Hartwig Liedtke

Scharfe Schnitte

Kriminalroman

grafit

Der Autor

Dr. med. Hartwig Liedtke, Jahrgang 1952, studierte Psychologie und Medizin. Er arbeitet heute als unfallchirurgischer Oberarzt an einer Kölner Klinik.

Scharfe Schnitte ist sein dritter Kriminalroman: 1991 erschien *Klinisch tot*, 1993 folgte *Tod auf Rezept*.

1.

Er entschloß sich, seine Augen nicht ganz zu öffnen, nur halb, mehr nicht. Der Rest durfte weiterschlafen. Später könnten sich beide Hälften austauschen, das wäre nur gerecht.

Brrrrrrrrrrrr.

Jetzt nicht!

Brrrrrrrrrrrr.

Sein Herz klopfte.

Brrrrrrrrrrrr.

Die Hand stieß gegen etwas Kaltes, Glattes und griff zu. Es dauerte eine Weile, bis der Hörer die Ohrmuschel gefunden hatte.

»Zahnstein.«

»Na, wieder eingeschlafen?«

»Haben Sie schon mal angerufen?«

»Vor fünf Minuten«, antwortete die Stimme aus der Dunkelheit geduldig.

»Das kann gar nicht sein. Das hätte ich hören müssen.«

»Wahrscheinlich.«

»Na gut, ich komme«, resignierte Zahnstein.

»Darf ich mich darauf verlassen?«

»Als ob ich jemals verschlafen hätte!«

Rudolf Zahnstein ertastete den Schalter der Lampe und knipste sie an. Sollte er auf die Unterhose verzichten? Ging schneller, war aber nicht ohne Risiko. Nachher würde sich was verklemmen. Hemd und Hose folgten, Kittel drüber und fertig.

Er versuchte, möglichst geräuschlos sein chirurgisches Dienstzimmer zu verlassen, um nicht die Kollegen der anderen Abteilungen zu wecken, weniger aus Rücksicht, als um zu vermeiden, daß Gleiches mit Gleichem vergolten würde.

Der Mann mit dem Neunzehnstundenbart trottete den dunklen Flur entlang zum Aufzug. Von irgendwo hallten die Schreie einer Kreißenden. Vollmond. Seine gynäkologischen Kollegen hatten wieder gut zu tun. Tröstlich, daß es anderen noch schlechter ging als ihm.

Ein rumpelnder Blechwürfel brachte ihn ins Erdgeschoß. Von weitem vernahm er das Weh und Ach seiner Kundschaft in der Ambulanz.

»Hallo, Doktor!« wurde er geradezu herzlich von seinem alten Freund Fritz Teichmann begrüßt, der sturzbesoffen von der Liege zu stürzen drohte. »Wegen einer Zigarre öffneste gleich 'n ganzen Laden? Hahaha!«

»Haste auf'm Gehsteig wieder den sterbenden Schwan gespielt?« fragte Zahnstein schlechtgelaunt, während er seinen Hosenschlitz verschloß.

»Wir haben ihn in einem Hauseingang gefunden«, antwortete müde einer der beiden bulligen Feuerwehrleute und hielt ihm den Transportschein zur Unterschrift vor die Nase. »Die Polizei hat uns gerufen.«

»Ist ja super, Fritz.«

Teichmann grub seine gelbschwarzen Fingernägel ins Liegenpolster und grinste. Dabei wurden seine kleinen Entenaugen vollends von den höckerigen, roten Fleischmassen des Gesichtes verschluckt. Entweder lächeln oder gucken. Beides ging nicht.

»Mir tut mein Bein so furchtbar weh! Auaaaaaaaaah!« Saure-Milch-Aroma mischte sich mit dem beißenden Uringeruch seiner Kleidung.

»Mach keinen Affen! Okay, ich glaube dir.« Zahnstein saß bereits am Schreibtisch, versuchte nicht zu atmen und kritzelte flüchtig ein paar Zeilen in den Aufnahmebogen.

»Wir sind dann weg«, riefen die Feuerwehrleute wie aus einem Munde und suchten das Weite.

»Hoffentlich für immer«, murmelte Zahnstein hinter ihnen her. »Fritz kommt zu Tante Karo«, wies er den Nachtpfleger an. »Stündlich Puls-, Blutdruck- und Pupillenkontrolle.«

»Wo bleibt das Zauberwort?« fragte der Pfleger.

»Bitte.«

Karo wurde der kleine gekachelte Raum neben der Ambulanz genannt. Eine Videoanlage ermöglichte die lückenlose Übertragung von allen lebenswichtigen Verrichtungen – natürlich live. Unglaublich, wozu Menschen fähig waren, wenn sie sich unbeobachtet fühlten.

2.

Kling, kling, kling – mit jedem Schritt schlug der Reflexhammer gegen das Stethoskop in Zahnsteins Kitteltasche. Ein Geräusch, das jeder in diesem katholischen Krankenhaus kannte, quasi das Erkennungszeichen des beliebten Chirurgen. Er dachte über Teichmann nach. Alle 14 Tage das gleiche Spiel, im Winter noch öfter: mit dem teuren Rettungswagen, dem Rolls-Royce für arme Schlucker, für eine Nacht ins Krankenwagen. Aber der Vergleich hinkte. Reiche Menschen mußten auf eigenen Beinen laufen, die Teichmanns ließen sich tragen. Und da behaupteten einige, heutzutage gäbe es keine Sänften mehr. Satte Kosten für das soziale Netz. Aber die Krankenkassen und das Sozialamt waren selbst Schuld, wenn sie das Geld für ein Taxi sparen wollten. Wie sollten die armen Schweine auch anders ins Krankenhaus kommen? Aber nur nicht aufregen, war Zahnsteins Devise, sonst konnte er nicht weiterschlafen. Schließlich freute er sich auf sein kuscheliges Bett im Bereitschaftszimmer, ihm blieben noch drei Stunden. Man wurde bescheiden.

Das Haus war ruhig, als er den dreieckigen Pfeil am Aufzug zum Erleuchten brachte. Wie ein Theatervorhang öffneten sich die Türen und gaben den Blick auf eine traurige Gestalt frei, die ihm gegenüber im Spiegel stand und näherzutreten vergaß. Dynamischer Jungmediziner, Notarzt, Leben retten um jeden Preis – alles Scheiße! Erst als sich die Aluminiumwände zu schließen begannen, wurde Zahnstein wieder wach und schlüpfte in den Container. Erschrocken wichen die Aufzugstüren zurück.

Endlich, die Blechbüchse hob ab. Eins – zwei – drei – und halt. Auch das noch! Wer wagte es, seine Fahrt zu unterbrechen?

»Was treiben Sie sich denn zu dieser Zeit noch rum? Sie gehören längst ins Bett!«

Im achten Stockwerk rührte sich nichts. Die defekte Neonröhre flackerte ohne Konzept. Aus einem der Bereitschaftszimmer war das Schnarchen des Internisten zu hören. Die Kreißende hatte vermutlich ihr Kleines bekommen. In diesen Frieden mischte sich das Brummen der anlaufenden Aufzugsmotoren. Von unten stieg ein Rumpeln auf, kam näher und wurde von einem Quietschen erstickt. Die Türen wichen auseinander. Auf dem blutverschmierten Boden lag Zahnsteins Reflexhammer.

3.

»Dies ist Herr Schmitz – ähm – Herr Schmitz wurde am – Moment mal – vor ungefähr einer Woche ...« Der rothaarige, junge Mediziner wühlte mit schweißnassen Händen in der Krankengeschichte. »Da! Ich hab's. Vor acht Tagen operiert.« Stolz blickte er hoch – in die bitterböse Miene seines Chefs.

Dicke Luft im Krankenzimmer.

»Was wurde operiert?« brummte Professor Gonzalez-Döricht bedrohlich.

Woher sollte Dr. Korn das wissen? Gerade aus dem Urlaub zurück, hatte er die chirurgische Station noch nicht im Griff. In solchen Fällen half nur die Flucht nach vorn. Mir klarer Stimme und wissendem Blick galt es, den Chef zu überzeugen: »Zustand nach Sprunggelenksfraktur rechts. Die Bilder sind leider in der Röntgenabteilung.« Wo blieb nur Zahnstein, der alte Sack? Ihn so schmählich im Stich zu lassen!

Gonzalez-Döricht ergriff einen Stoffzipfel und schlug die Bettdecke zurück. Vor ihm lagen zwei gesunde, behaarte Beine. »Wohl alles schon verheilt, wie?«

Der Assistenzarzt atmete schwer. »Moment – ein kleiner Irrtum.«

Eisiges Schweigen. Korn stand kurz vor der Exekution.

»Ich hatte einen Leistenbruch«, half der Patient und wagte, die heilige Chefvisite zu stören.

Das hatte Korn gerade noch gefehlt! »Ach natürlich, einen Leistenbruch«, wiederholte er lachend. »Der Heilungsverlauf ist komplikationslos. Die Wunden sind reizlos.«

»Und – was ist mit dieser Schwellung?« widersprach Herr Schmitz ängstlich und präsentierte einen dicken blauen Bluterguß im Bereich der Naht.

»Mir reicht es jetzt!« explodierte Gonzalez-Döricht. »Ich will wissen, wo Zahnstein bleibt. Diese Visite ist ein schlechter Witz! Zahnstein scheint der einzige zu sein, der sich auf dieser Station auskennt. Korn, Sie können verschwinden! Ich will Ihr Gesicht heute nicht mehr sehen!«

»A... aber Herr Professor.«

»Raus!«

Das Herz pumpte mehr Blut als nötig in den Kopf des jungen Arztes. Das puterrote Gesicht, dazu die fussigen Haare waren zwei Farben, die sich bissen. Kein schöner Anblick. »Ich war im Urlaub.«

»Raus!!« schrie Gonzalez-Döricht.

Herzlich willkommen! Erholung ade! Es ging doch nichts über einen sicheren Arbeitsplatz.

Während der völlig demoralisierte Dr. Korn aus dem Krankenzimmer schlich, hatten sich die beiden anderen Patienten die Bettdecke über den Kopf gezogen.

Schwester Franziska, die resolute Seele der Station, versuchte, die beklemmende Situation zu retten: »Möglich, daß Herr Dr. Zahnstein verschlafen hat. Herr Dr. Zahnstein soll einen harten Dienst gehabt haben.«

»Dann wecken Sie ihn gefälligst!«

Schwester Franziska schickte den verunsicherten Famulanten los, Zahnstein zu suchen, damit endlich Ruhe in diese stressige Visite einkehrte. Seit 32 Jahren im Geschäft und trotz ihrer einsneunundfünfzig eine Erscheinung, ertrug sie Professor Gonzalez-Dörichts Auftritte mit einer geradezu asiatischen Gelassenheit, vom devoten Verhalten auszubildender Jungmediziner keine Spur.

»Jetzt machen wir weiter«, bestimmte sie und zupfte ihren Chef am Ärmel.

Professor Gonzalez-Döricht war wie umgewandelt.

Nach dieser Katharsis verabschiedete er sich höflich von den eingeschüchterten Patienten. Aktionen wie die von eben konnten ein stabiles Arzt-Patientenverhältnis nur bereichern.

Die Visite wurde ohne Stationsarzt fortgesetzt: zwei weitere Leistenbrüche und einmal Krampfadern links in Zimmer 313; in 314 folgten zwei Gallen und die Gehirnerschütterung einer jungen Frau, die von ihrem Ehemann – nicht zum ersten Mal – verprügelt worden war und wieder nicht ins Frauenhaus wollte, weil sie Angst um ihre drei Kinder hatte.

Wenn man das Alter der drei nächsten Patientinnen zusammennahm, kam man ungefähr auf deren Zimmernummer.

»316 ist leer«, erklärte Schwester Franziska, als der Chef gerade eintreten wollte. »Herr Müller mit der Galle wurde gestern entlassen.«

»Sie meinen, ohne Galle. Hahaha!« ergänzte Gonzalez-Döricht.

Seinen Witz fand außer ihm niemand komisch. Der Chefarzt zog die leicht geöffnete Tür wieder ins Schloß, stutzte.

»Ist Ihnen nicht gut, Herr Professor?« fragte die Stationsschwester.

»Sagten Sie nicht, das Zimmer sei leer?«

»Ist es auch. Wir müssen bitte weitermachen. Auf mich wartet eine Menge Arbeit!«

Plötzlich machte der Chefarzt kehrt, wäre durch Schwester Franziska hindurchgegangen, hätte sie nicht einen rettenden Schritt zur Seite gemacht, und öffnete abermals die Tür. »Und was ist das da?«

Auf dem Boden lag ein Schuh.

4.

»Einmal Himmel und Äd, einen halven Hahn und einmal Tatar mit Ei. Das Tatar mit einer Extraportion Kapern«, bestellte Hauptkommissar Schmalenberg.

»Kölsch für alle?« Diese Frage des leicht angetrunkenen Köbes enthielt einen aggressiven Unterton, der keinen Widerspruch duldete.

»Ich hätte gern einen trockenen Weißwein«, meinte Ulrike Bohlmann.

Dem Köbes stockte der Atem.

Schmalenberg hatte es gewußt. Seine Kollegin mußte wieder provozieren. Nach dem anstrengenden Tag hatte er keine Lust auf Ärger.

»Wat willste, Mädchen?« Ungläubig verzog der Köbes sein aufgedunsenes Gesicht. »Wir sind doch nicht beim Müttergenesungswerk!«

Bohlmanns kurze, blonde Haare richteten sich auf zu Stacheln, ihre Neonohrringe baumelten angriffslustig. »Erstens laß ich mich nicht so dusselig anquatschen, und zweitens will ich einen trockenen Weißwein, kapiert?«

Schmalenberg, der um die sensible Seele eines Kölner Kellners wußte, der lieber auf Gäste und Trinkgeld verzichtet, als sein schnoddriges Image zu verlieren, sah sich schon das schöne *Peters-Brauhaus* am Altermarkt verlassen. Schade um diesen gemütlichen Tisch, für den er zwei Japaner und drei Möchtegern-Banker aus dem Feld geschlagen hatte.

»Haben Sie ein Glück, daß ich heute so gute Laune habe«, lenkte der Köbes mißmutig ein. »Heulen Sie mir aber später nicht die Ohren voll, wenn Sie nach der Essigplörre Magenschmerzen kriegen!« Er zog ab.

»Puh! Mutig, mutig! Das hätte ich nie gewagt«, lobte Martin Grundmann, seines Zeichens Krankenhausarzt und in ihrem Bunde der Dritte. »Ich kenne Leute, die sind nach einer ähnlichen Aktion verdurstet.«

»Ich kusche nicht vor einem Köbes! Ihr seid mir vielleicht Helden«, lachte Ulrike. »Wo waren wir stehengeblieben?«

»Ihr wolltet mir vom Mord im St. Josef-Krankenhaus erzählen.«

»Ach ja«, fuhr Schmalenberg fort. »Als wir diesen Arzt Dr. Zahnstein sahen, war er bereits sechs Stunden tot.

Das reinste Horrorszenarium: Stranguliert mit einer Drahtschlinge, streckte er uns die Zunge entgegen und glotzte uns aus weit aufgerissenen, blutunterlaufenen Augen an. Sein Hals baumelte am Galgen.«

»Übertreibst du nicht ein bißchen, Hans?« fragte Ulrike, die Schmalenbergs Vorliebe für dramatische Ausschmückungen kannte.

»Zahnstein hing am Galgen! Oder wie nennt man diesen Stahlbügel am Krankenhausbett, an dem sich die Patienten hochziehen können? Herr Doktor, Sie sind gefragt!«

Grundmann nickte.

Der Köbes rauschte heran. »Zuerst die Herren.« Stellte zwei frisch gezapfte Kölsch-Stangen ab. »Dann kommt lange nichts.« Er zögerte. »Und zum Schluß der Weißwein für die Dame!«

»Sein Ego hat Schaden genommen«, meinte Schmalenberg.

»Wenn er sich nicht schickt, gibt's was hinter die Löffel«, erklärte Oberkommissarin Bohlmann.

»Ulrike! Mach bitte keine Szene!« Schmalenberg hatte Angst um den schönen Tisch.

»Weshalb erzählt ihr mir eigentlich diese Geschichte?«

»Wie bitte?«

»Was habe ich mit dem Mord an diesem Chirurgen zu tun?« meinte Grundmann, nahm einen kräftigen Schluck Kölsch und endete mit einem glücklichen: »Aaaahh!«

»Du kannst uns vielleicht helfen.«

»Ich euch helfen? Ihr seid Spaßvögel.«

»Nein, im Ernst.«

»Wie sollte ich euch helfen können? Ich bin ein braver, kleiner Internist und kein Hilfssheriff.«

»Jetzt hör uns erst mal zu«, versuchte Schmalenberg die Neugier seines Freundes zu wecken.

»Seit drei Monaten treten wir auf der Stelle«, fuhr Bohlmann fort. »Dieses St. Josef-Krankenhaus ist ein einziger Sumpf. Je weiter wir mit unseren Ermittlungen vordringen, umso eisiger werden die Fronten. Wir haben alles durchwühlt, die belanglosesten Spuren gesichert, jeden Angestellten mehrmals vernommen, mindestens hundert Patienten aufgesucht, sogar mit Bakterien gesprochen – ohne den geringsten Erfolg. Das Krankenhausmotto ›Wir helfen und heilen‹ kann ich nicht mehr hören! Von Hilfsbereitschaft kann keine Rede sein. Obwohl etliche Mitarbeiter nicht ganz saubere Finger haben, sich untereinander zum Teil spinnefeind sind und am liebsten die Augen auskratzen würden, spielt man nach außen die Heilige Familie. Alle sind sich einig und blokken. Wir kommen keinen Schritt weiter.«

»Und wir sind die Deppen«, ergänzte Hauptkommissar Schmalenberg. »Man macht sich schon über uns lustig, wenn wir die nur Klinik betreten. Hinzu kommt, daß nicht nur unser Chef, sondern auch die Krankenhausverwaltung, die aus den Schlagzeilen der Presse verschwinden will, permanent Druck macht!«

Wortlos tauschte der Köbes zwei volle gegen die leeren Gläser und würdigte Ulrike Bohlmann keines Blickes.

»Zum Wohl!«

»Zum Wohl, Ulrike!«

Die beiden Männer machten sich einen Scherz daraus, Ulrike und ihrem leeren Weinglas zuzuprosten.

Zufällig beobachtete sie, wie der Köbes am Nebentisch sechs Kölschstangen vor die lustig durcheinanderschnatternden Gäste stellte, dann aber unauffällig sieben Bleistiftstriche auf dem Deckel notierte.

»Hallo, Köbes?« rief Ulrike. Keine Reaktion. »War das nicht eben ein Strich zuviel?«

Die Rache ist mein, sprach der Herr und sandte sechs Engel, allesamt übergewichtig. Der Köbes wurde zerlegt, gefönt und dauergewellt, gefriergetrocknet, aromaversiegelt und portionsfertig verpackt. Ulrike genoß das Schimpf-Spektakel am Nachbartisch, obwohl sie Denunziation eigentlich verabscheute. Aber manchmal muß man auch von starren Prinzipien lassen können.

Nachdem sich die wütenden Wogen etwas geglättet hatten, kam der entnervte Köbes herüber. »Sie wollten noch ein Gläschen Weißwein, gnä' Frau?«

Frau Bohlmann wollte.

»Wie habt ihr euch meine Hilfe vorgestellt?« fragte Grundmann.

»Ganz einfach«, erklärte Schmalenberg, »du kündigst deine Stelle als Internist und fängst im nächsten Monat im St. Josef als chirurgischer Assistent an, um den Betrieb von innen zu beleuchten.«

Grundmann schmunzelte. »Ach so! Ich wußte doch, daß ihr mich verscheißern wollt. Um ein Haar wäre ich darauf reingefallen.«

Das Essen wurde gebracht. Der Köbes war wie eine Amme zu ihnen. Selbstverständlich wurde Ulrike zuerst bedient. »Ädäppelsbrei mit Appelkumpott, dazu ene wärm Flönz für Madamm. Für den jungen Mann«, damit meinte er den Mittvierziger Schmalenberg, »einmal totes Rind mit extra ville Kapern. Und für unser Küken«, Grundmann zuckte kurz, »'ne halve Hahn. Laßt's euch schmecken!«

»Danke«, kam es wie aus einem Munde. Alle waren versöhnt.

»Das war kein Scherz«, begann Schmalenberg nach einer Weile.

»Was?«

»Der Vorschlag mit dem Stellenwechsel.«

»Du spinnst!« amüsierte sich Grundmann und schnitzte die Scheibe mittelalten Goudas auf Röggelchenformat. »Ulrike, wie lange arbeitest du schon mit diesem Idioten zusammen?«

»Sechs Jahre.«

Der Arzt bestrich den Käse mit Senf. »Du Arme.« Er biß hinein.

»Das haben wir uns gemeinsam überlegt.«

Grundmann verschluckte sich und begann zu prusten und husten, bis ihm die Tränen liefen. Erst nachdem ihm Schmalenberg mehrmals auf den Rücken geklopft hatte, löste sich ein Krümel. »Warum laßt ihr mich nicht in Ruhe essen?« fragte Grundmann heiser, rotgesichtig und mit feuchten Augen.

»Seit Monaten liegst du mir in den Ohren, wie langweilig dein Job ist. Ein einziges Klagelied, gräßlich«, begann Hans Schmalenberg und bemühte sich, Grundmanns Tonfall zu imitieren. »Immer zuckerkranke, alte Menschen tagein, tagaus.«

»Eine Chirurgiestelle wäre spannender, was?«

»Du kannst mir natürlich auch weiterhin was vorjammern!«

»Was soll das jetzt? Wenn du wissen willst, wie es mir geht, gebe ich dir eine ehrliche Antwort. Erwartest du, daß ich lüge?« reagierte Martin gereizt. »Ich habe mich dir nie aufgedrängt. Wir können in Zukunft auch nur über's Wetter reden!«

»Entschuldige. Ich wollte dich nicht verletzen. Natürlich sollst du mir alles sagen, mußt du sogar. Aber sieh mal: Ich spreche jetzt als Freund zu dir und nicht als blöder Bulle, der dich zu einer Dummheit überreden möchte. Du kannst was für dich tun! Darin steckt eine Chance! Ein Stellenwechsel brächte wieder frischen Wind in deinen verstaubten Alltag.«

»... als wenn das so einfach wäre.«

»Sei nicht so stur«, griff Ulrike Bohlmann in den Dialog ein. »Mit Praxiserfahrung in Chirurgie kannst du den Facharzt für Allgemeinmedizin machen. Das hast du uns kürzlich erzählt.«

»Als Allgemeinmediziner hat man mehr Möglichkeiten: Man kann Menschen aller Altersgruppen behandeln, kleinere ambulante Operationen vornehmen ...«

»Darf den Zucker einstellen«, ergänzte Martin trotzig.

»So kommst du wenigstens nicht aus der Übung.«

»Der Arbeitsmarkt ist dicht. Ich kriege nie und nimmer eine Chirurgiestelle auf die Schnelle.«

»Wir haben schon mit der Verwaltung gesprochen. Die wünschen sich nichts sehnlicher als eine rasche Aufklärung.«

»Ihr vergeßt, daß ich einen unbefristeten Arbeitsvertrag habe. In den unsicheren Zeiten heute ist das eine Bank.«

»Für die Ergreifung des Täters sind 30.000 Mark Belohnung ausgesetzt.«

»Oh!« entfuhr es Martin.

5.

»Darf ich Ihnen unseren neuen Kollegen Herrn Grundmann vorstellen.« Professor Gonzalez-Döricht rückte seine Brille zurecht und richtete sich auf, blieb aber trotz der erhöhten Absätze der Kleinste in der Runde. Mit seinem frischgestärkten Kittel sah er aus wie ein weißer Brummkreisel, sich oben und unten verjüngend, in Taillenhöhe genauso breit wie tief. »Herr Grundmann war bislang Internist und möchte endlich ein vernünftiger Arzt werden. Daran wollen wir ihn nicht hindern, was, meine Herren?«

Müdes Schmunzeln an diesem Montag morgen. Sechs Assistenz- und zwei Oberärzte begrüßten Martin Grundmann per Handschlag. Frauen suchte man in dieser Abteilung vergeblich. Die körperlich anstrengende Tätigkeit eines Chirurgen wollte der Chef dem schwachen Geschlecht nicht zumuten, das ohnehin mit seinen immer wiederkehrenden Schwangerschaften restlos ausgelastet war.

»Herr Korn, wären Sie so nett, Ihrem neuen Kollegen nach dieser Röntgenbesprechung das Haus zu zeigen? Stellen Sie ihn auch gleich den anderen Abteilungsleitern vor. Dafür wird Sie Herr Grundmann auf Ihrer Station unterstützen. Sie sind mir dafür verantwortlich, daß aus ihm ein gestandener Chirurg wird.«

Dr. Korn nickte stumm.

Grundmann war gerührt von dieser warmherzigen Begrüßung. Chirurgen hatte er solch höfliche Umgangsformen gar nicht zugetraut. Auch die Kollegen machten einen sympathischen Eindruck. Er beglückwünschte sich zu seiner Entscheidung, die Fachrichtung gewechselt zu haben.

»Weiter geht's!« bestimmte Gonzalez-Döricht. »Wer hatte Dienst?«

»Ich«, bekannte eine unsicher wirkende Stimme aus dem Kreis der Weißkittel.

»Na dann mal los, Pelzer!«

Ein junger Mann arbeitete sich nach vorn zum Lichtkasten, an dem die Röntgenbilder hingen, die am Wochenende entstanden waren. Im weißen Schein der Neonröhren wirkte das fahle Gesicht mit den dunkelgeränderten Augen gespenstisch. Ein Folteropfer durch Schlafentzug.

»Dieser Mensch hat beim Fußballspiel einen Tritt gegen das Schienbein bekommen. Keine Fraktur.«

»Weiter!«

»Dieser Finger ist von einer Frau, die versucht hat, einen Nagel in die Wand zu schlagen. Undislozierte Nagelkranzfraktur. Stülpaverband.«

»Was macht sie beruflich?«

»Sie ist Lehrerin.«

Allgemeines Gekicher.

»Weiter!«

6.

»Was hat der Chef gegen Pelzer? Der arme Teufel war doch völlig übermüdet. Kein Wunder, daß er sich immer wieder verhaspelt hat.«

»Nichts«, antwortete Korn.

»Und warum wurde er systematisch runtergeputzt und fertiggemacht?«

»Keine Ahnung. Der Bindestrich ist launisch.«

»Wie nennt ihr den Chef?« Grundmann mußte lachen.

»Bindestrich. Professor Gonzalez-Döricht kann doch keine Sau aussprechen. Soviel Zeit haben wir nicht. Aber untersteh dich, ihn so zu nennen! Sonst darfst du die Sickergruben auslecken. Wo war ich stehengeblieben?«

»Bei seinen Launen.«

»Genau! Das ist typisch für ihn. Ich sage nur: Syndrom des kleinen Mannes. Vor denen muß man sich in acht nehmen. Aber nicht immer. Manchmal kann der Bindestrich charmant und zuckersüß sein.«

»Einmal im Monat?«

»Seltener – aber man darf ihn nicht ernst nehmen. Er meint es nicht so.«

»Das fängt ja lustig an«, seufzte Grundmann.

»Keine Angst. Du hast hundert Tage Schonzeit.«

»Danach werde ich zum Abschuß freigegeben?«

Der rothaarige Korn blieb auf dem Flur stehen und reichte seinem neuen Kollegen die Hand. »Ich heiße Rainer.«

»Martin«, antwortete Grundmann. »Moment. Reiner – Reiner Korn?«

»Jetzt sag nicht, du hättest meinen Namen schon mal gehört!«

»Doch«, widersprach Martin ehrlich, der nicht sofort kapierte.

»Mein Vorname wird mit ›ai‹ geschrieben. Und wenn du mich jemals mit ›Mariacron‹ verkuppeln willst, wird unsere Freundschaft beendet, noch bevor sie begonnen hat!« drohte Korn augenzwinkernd.

»Wohin gehen wir eigentlich?«

»Wir sind bereits da.«

Auf der grauen Tür stand *Umkleide – Herren*, lautes Gemurmel drang heraus.

»Du kannst mich in den OP begleiten. Da lernst du gleich das Herzstück unserer Abteilung kennen.« Korn betrat die Männerschleuse des Zentral-OPs und stürzte sich mit Grundmann ins Gewühl. »Morgen!«

»Morgen«, murmelten sieben Herren verschiedener Fachgebiete durcheinander, die mit hakenden Reißverschlüssen, in der Achselhöhle kneifenden OP-Hemden, zu kurzen oder zu langen Hosen kämpften. Von hager über fleischig bis massig waren alle Kaliber vertreten. Hin und wieder klatschten zwei Leiber aneinander. Man mußte aufpassen, beim Hosenwechsel im Einbeinstand nicht umgeschubst zu werden. Über allem hing der Duft nach alten Socken, ohne daß der Übeltäter auszumachen war.

»Darf ich meinen neuen Kollegen Dr. Grundmann vorstellen?« rief Dr. Korn in die Menge.

Sieben Augenpaare drehten sich in Martins Richtung

und musterten skeptisch den etwas schmalbrüstigen, aber gutaussehenden Neuen. Während Grundmann fremde Hände schüttelte und sich die größte Mühe gab, die Namen zu speichern, nutzte Korn die Gunst der Stunde, um dem Chef der gynäkologischen Abteilung den letzten Kleiderbügel zu mopsen. Ein Mensch, der niemals grüßte, immer muffig war, seine mimische Starre hinter einem Seehundschnäuzer verbarg, hatte es nicht besser verdient.

»Hast du dich früher schon mal gewaschen?«

»Klar, erst heute morgen.«

»Witzbold! Weißt du, wie das geht, oder nicht?«

»Nicht so richtig. Ich glaube, meine letzte Assistenz ist sicherlich sechs Jahre her«, gestand Martin.

»Kein Problem. Du kannst gleich damit anfangen. Ich brauche dich nämlich für den ersten Eingriff.«

Korn zeigte seinem Kollegen den Waschraum, überprüfte dessen OP-Haube und Mundschutz, unterwies ihn im korrekten Gebrauch der Bürsten und demonstrierte ihm, wie man Unterarme und Hände desinfizierte.

Mit leicht erhobenen, vom Körper abgespreizten Armen betraten sie schließlich den chirurgischen Operationssaal.

»Endlich! Das wurde aber auch Zeit!«

»Muß das sein, daß Sie uns so lange warten lassen!«

»Typisch Chirurgen! Denken wohl, sie wären was Besseres!«

Die OP-Schwester, zwei Springer, Anästhesist und Narkosepfleger maulten. Wenn der Patient, dessen Metallplatte am Außenknöchel entfernt werden sollte, nicht durch einen Tubus in der Luftröhre behindert worden wäre, hätte er sich vermutlich dem Chor der Entrüstung angeschlossen.

»Unser Spirituskocher ist explodiert«, buhlte Korn um Nachsicht. Er wußte, daß mit der Wahrheit die erregten Gemüter nicht zu besänftigen waren. Während er sich von OP-Schwester Gudrun den grünen Kittel überstreifen ließ, machte er den Assistenten bekannt: »Wir haben übrigens einen neuen Kollegen. Was für einen Eindruck soll Herr Dr. Grundmann bekommen, wenn man an diesem unschuldigen Montag morgen auf das Unflätigste beschimpft wird.«

»Komm nächstens pünktlich, und wir sind alle friedlich«, sagte der Anästhesist und kam lächelnd mit der ausgestreckten Rechten auf Grundmann zu.

Martin, neu im Geschäft und höflich, schüttelte erfreut die Hand.

»Unsteril!« schrien alle aufgeregt und wollten sich totlachen. Auf diesen uralten Scherz aus den prähistorischen Anfängen der Chirurgie war seit zweieinhalb Jahren niemand mehr reingefallen.

Nur Schwester Gudrun blieb ernst. Ihre dunkelblauen Augen trösteten den frischgebackenen Assistenzarzt.

7.

»Wenn das so weitergeht, bin ich schneller weg, als hier einer gucken kann«, erklärte Grundmann, während er sich bis auf die Unterhose seiner verschwitzten OP-Kleidung entledigte. Die Herrenschleuse erinnerte an eine Altkleidersammlung beim Deutschen Roten Kreuz: Berge von grünen Klamotten türmten sich in den Ecken, OP- und andere Schuhe lagen kreuz und quer herum, weiße Kittel, Hemden und Hosen, die von vollgepackten Bügeln heruntergerutscht waren, verteilten sich auf dem Fußboden. Irgendwo piepte ein verwaister Funker.

Dr. Korn stand vor dem Klobecken bei geöffneter Toilettentür und strullte. »Mach dir nicht gleich ins Hemd. Der Ton in der Chirurgie ist eben etwas rüder. Man gewöhnt sich dran. Nimm's nicht persönlich.«

»Wird erwartet, daß man mit gleicher Münze heimzahlt?«

»Jeder, so gut er kann!« rief Rainer Korn zurück, wippte elegant mit leicht gebeugten Beinen und stopfte sein abgetropftes Schmuckstück zurück in die Verpakkung. »Ein paar satte Sprüche zum richtigen Zeitpunkt, und du hast gewonnen. Sei bloß nicht zu höflich, das dankt dir niemand.«

Als auch Martin mit dem Umziehen fertig war, verließen sie den engen Raum und traten auf den Flur hinaus, wo ihnen ein hochgewachsener Arzt, Anfang Dreißig, entgegenkam. Grundmann glaubte, in ihm einen Kollegen aus der Frühbesprechung wiederzuerkennen.

»Hi, Folks!« wurden sie forsch begrüßt.

»Hallo«, antwortete Grundmann verwundert.

Korn beachtete ihn nicht und lief weiter.

Nachdem der junge Mann im OP verschwunden war, fragte Grundmann: »War das nicht der Kollege von heute morgen mit dem unaussprechlichen Namen?«

»Kann sein.«

»Ihr seid euch nicht grün, was?«

»Was meinst du damit?«

»Daß ihr Schwierigkeiten im Umgang miteinander habt.«

»Ich werde dir mal was sagen«, Korn blieb stehen. »Wir sind hier in der Chirurgie und nicht auf einer Psychowiese.« Die Stimme wurde scharf. »Unsere Abteilung ist eine Zweckgemeinschaft und keine Familienfeier. Ich kann mir meine Kollegen nicht aussuchen!«

»Mit diesem Ton schaffst du dir jedenfalls keine Freunde«, reagierte Grundmann verstimmt und ging schweigend weiter.

Kurz bevor sie ihre Station 7 erreicht hatten, packte Korn den Arm seines neuen Kollegen und zog ihn zur Seite. »Entschuldige, Martin. Ich habe das nicht so gemeint. Quibbeldey junior, dieser Flachwichser, ist für mich ein rotes Tuch.«

»Hab ich gemerkt.« Mit einem Ruck machte sich Martin los, ihm war nicht nach Körperkontakt.

»Vor dem mußt du dich in acht nehmen!«

»Ach! Schon wieder jemand? Wem kann man denn hier überhaupt trauen?«

»Quibbeldey junior ist gefährlich!«

»Inwiefern? Ist er schwul?« fragte Grundmann schroff, ihm war die Lust auf Unterhaltung vergangen.

»Er ist der Privat-Assi vom Alten. Er tut alles für den Bindestrich. Macht jedes Wochenende Visite auf der Privatstation, schmiert dem Chef die Brötchen und holt die Pantoffeln, wenn es sein muß.«

»Dann ist er bescheuert, aber nicht gefährlich! Wieso nennst du ihn eigentlich immer ›junior‹?«

»Sonst kann man ihn nicht von seinem Vater unterscheiden, und den wirst du auch noch kennenlernen! Quibbeldey junior ist der Spitzel vom Chef. Alles, was im Haus und in unserer Abteilung passiert, erfährt der Bindestrich über ihn. Nach außen mimt er den charmanten Sonnyboy, auf den die Frauen reihenweise reinfallen. Hintenrum haut er gnadenlos jeden in die Pfanne, der ihm in die Quere kommt. Ein eiskalter Fisch!«

Eine reizende Abteilung, dachte Grundmann. Was hätte ihm wohl dieser Quibbeldingsda über Korn erzählt. Vielleicht, daß Rainer mit seinen roten Haaren und dem häßlichen Gesicht die Patienten erschrecke oder nur eifersüchtig auf seine Erfolge bei Frauen sei?

Als sie die Station erreichten, wurde Korn angefunkt: »... bitte mal 5-5-3! 5-5-3 bitte! Die Feuerwehr braucht eine Unterschrift!«

»Das ist die Ambulanz mit einem frischen Unfall«, seufzte Korn. »Kannst du schon mal runter düsen, Martin? Die Schwestern zeigen dir alles. Ich muß nämlich dringend auf der Station bleiben, sonst bringt mich Schwester Franziska um! Franziska ist unser Stationsdrachen. Freu dich drauf!«

8.

Grundmann mußte in den Schockraum. Ach du lieber Himmel! Sein erster Blick fiel auf die blutverschmierte, orangene Vakuummatratze. Sie thronte mitten im Raum wie ein Sarg. Wegen der wulstigen, aufgewölbten Ränder war der Verletzte kaum zu sehen. Es fehlten bloß die Kerzen.

Die Schwestern wuselten geschäftig hin und her, maßen Blutdruck, klebten EKG-Elektroden auf die wehrlose, behaarte Brust, wechselten die Infusionsflasche, nahmen die Personalien auf und beschrifteten Blutröhrchen.

Grundmann, in chirurgischen Notfällen völlig unerfahren, wurde es mulmig. Ein Polytrauma gleich am ersten Tag! Das konnte nur ihm passieren. Als der Rettungssanitäter von der Feuerwehr auf ihn zukam, hätte er am liebsten Reißaus genommen.

»Sind Sie der Chirurg?«

Martin hätte sich gerne verleugnet.

»Der Mann ist vom Dach gestürzt – aus zehn Meter Höhe!«

Heftiges Herzklopfen und weiche Knie waren Martins Antwort.

»Dachdecker. War zwar angeschnallt, aber mit dem falschen Seilende!« Der hünenhafte Feuerwehrmann mit einem viel zu engen Kittel und monströsen, schwarzen Sicherheitsschuhen grinste.

Martin rechnete mit dem Schlimmsten. Jetzt ganz ruhig bleiben! Er trat an die Liege heran und schaute über den Rand der Matratze. Vor ihm lag ein fast unverletzter Mann. Die Platzwunde in der rechten Augenbraue war der Grund für das viele Blut.

»Wollen Sie mich nicht aus diesem Gefängnis befreien? Mir tut schon alles weh«, beschwerte sich das Unfallopfer.

»Sie sind aus zehn Metern Höhe abgestürzt?« wunderte sich Martin.

»Bin ich, war aber angeseilt.«

»Ich denke, mit dem falschen Ende?«

»Stimmt, das Seil hat mich trotzdem gerettet. Es war nur acht Meter lang! Darf ich jetzt endlich aufstehen? Ich muß mal!«

»Klar doch.« Grundmann strahlte, sein erstes Polytrauma.

Unter Zischen wurde Luft in Matratzenkammern gelassen. Der Dachdecker setzte sich auf, streckte und reckte sich und startete sein zweites Leben mit einem Gang aufs Klo.

»Bist du wahnsinnig?« flüsterte Korn, als er die Ambulanz betrat und sah, daß Grundmann die Augenbraue rasieren wollte. »Willst du deine Karriere als Chirurg gleich mit einem Haftpflichtprozeß beginnen?«

»Wieso?«

»Augenbrauen wachsen nicht immer nach. Den Rest kannst du dir denken.«

Martin legte den Einmalrasierer zur Seite, streifte sich sterile Handschuhe über und begann mit zitternden Händen die Platzwunde zu nähen.

»Schwester Erika«, wandte sich Korn vorwurfsvoll an die Leiterin der Ambulanz. »Das hätten Sie doch wissen müssen! Warum haben Sie dem Kollegen nichts gesagt?«

»Dr. Grundmann bestand darauf. Aus hygienischen Gründen, wie er meinte. Herr Dr. Grundmann ist schließlich Arzt, er muß es wissen. Ich bin nur ein kleines Schräubchen im Räderwerk des Gesundheitswesens.«

9.

»Wohin gehen wir jetzt?«

»In die Röntgenabteilung«, antwortete Korn. »Ich werde dich dort dem Chef vorstellen.«

»Muß das sein? Bei den vielen Namen blicke ich bald nicht mehr durch.«

»Muß sein«, erstickte Korn den Widerspruch. »Ohne ein gutes Verhältnis zur Röntgenabteilung gibt es keine anständigen Röntgenbilder. Ohne anständige Röntgenbilder gibt es keine vernünftige Diagnostik.«

Klingt logisch, dachte Grundmann und ließ sich durch den abgedunkelten Flur führen. Durch die meist offenen Türen sah er in jedem Raum ein anderes, skurriles Metallmonster stehen, die in dem schummrigen Licht wie Installationen auf der *documenta* wirkten. Auch dem Nichtfachmann drängte sich der Eindruck auf, daß die meisten Geräte älteren Datums waren.

Chemie lag in der Luft. Die zahlreichen weißen Plastikbehälter in der Ecke mit dem unheimlichen Kürzel

XAD3 auf grellrotem Etikett mochten die Übeltäter sein. Jedenfalls hatte die veraltete Klimaanlage alle Abluftschächte voll zu tun, den beißenden Gestank auf ein erträgliches Maß zu reduzieren.

Wieso, fragte sich Grundmann, hatte er eigentlich nie einen Thriller gesehen oder gelesen, der im klassischen Röntgen-Milieu spielte. Im Labyrinth von verwinkelten Räumen, dunklen Kammern und gigantischen, automatisch schwenk- und rotierbaren Maschinen, die den gutgläubigen Patienten in Sicherheit wiegen sollten, fände sich die ideale Brutstätte des psychopathologischen Verbrechens. ›Tod im Entwicklerbad‹ oder ›Wie kam der Hammer in die Dunkelkammer?‹ Oder wie wäre es mit einer einer Daily-Röntgen-Soap?

Martin hörte, wie eine Röntgenassistentin einem offenbar schwerhörigen Kranken zubrüllte: »Ausatmen – einatmen – nicht mehr atmen!«

Auch kein schlechter Titel für einen Krimi, überlegte er.

Sie fanden den Abteilungsleiter im Ultraschall, einem stockfinsteren Raum. Die Augen mußten sich erst an die veränderten Lichtverhältnisse gewöhnen. Der Chefarzt war gerade dabei, den riesigen Bauch einer unglaublich fetten Patientin mit einer durchsichtigen Paste einzuklitschen, wozu er fast den gesamten Inhalt der Plastikflasche benötigte.

»Dürfen wir einen Moment stören, Herr Paffrath?« frage Korn höflich. »Ich möchte Ihnen unseren neuen Kollegen, Herrn Grundmann, vorstellen. Herr Grundmann ist bereits Facharzt für Innere Medizin.«

»Sie stören nicht.« Paffrath erhob sich, legte den gelverschmierten Schallkopf zur Seite und gab Grundmann eine feuchte, klebrige Hand. »Was hat so ein netter Kollege in dieser schrecklichen, chirurgischen Abteilung verloren?«

Dr. Paffrath nahm seine Arbeit wieder auf, indem er zuerst den Oberbauch seiner Patientin schallte. Das Schneegestöber auf dem Monitor entpuppte sich als ein Haufen Gallensteinen. »Die müssen raus!«

»Wir gehen ja schon«, erklärte Korn.

Paffrath drehte sich um und sah in Korns grinsendes Gesicht. »Immer witzig, immer vorlaut, was, Herr Korn? Ihnen, Herr Grundmann, wünsche ich einen erfolgreichen Start.«

»Mmmh – danke«, antwortete Martin eher skeptisch. Er bezweifelte, ob er Paffrath im Hellen wiedererkennen würde.

Draußen wurde Grundmann weiteren Beschäftigten vorgestellt. Namen, Namen, Namen.

»Der Röntgenchef macht einen sympathischen Eindruck«, bemerkte Martin, als sie sich auf den Weg zur Kantine machten.

»Er ist ausgesprochen kooperativ. Wenn du mal Probleme hast, geh ruhig mit den Röntgenbildern zu ihm und frage ihn.«

»Endlich mal ein personeller Lichtblick.«

»Freu dich nicht zu früh! Auch Paffrath hat dunkle Flecken auf der weißen Weste. Sind dir die überalterten Geräte aufgefallen?«

»Klar!«

»Die entsprechen längst nicht mehr den neuesten Strahlenschutzbestimmungen. Paffrath schafft es aber immer wieder, mit getürkten Prüfberichten das Gewerbeaufsichtsamt zu leimen. Was bleibt ihm anderes übrig, wo unser Verwaltungsdirektor Garzweiler keine müde Mark für neue Investitionen locker macht. Zahnstein hatte sich wegen der Gefahr für die Patienten bereits mit den Behörden in Verbindung gesetzt.«

»Zahnstein?« fragte Grundmann verwundert.

»Ein früherer Kollege von uns, sozial eingestellt, Chef der Mitarbeitervertretung. Du hast von seinem gewaltsamen Ableben gehört? Der Mord geisterte damals tagelang durch die Presse.«

»War das nicht vor ungefähr drei Monaten? Ich erinnere mich. Weiß man inzwischen, wer der Mörder ist?«

»Keine Spur. Die Polizei tappt im dunkeln. Diese Brutalität! Das kann nur die Tat eines durchgeknallten Patienten gewesen sein. Das ist meine feste Überzeugung.

Wo waren wir stehengeblieben? – Genau! Paffrath steckt auch in argen Finanznöten.«

»Rainer, erzähl mir keinen Unsinn! Als Chefarzt einer Röntgenabteilung verdient man sich doch dumm und dämlich.«

»Der Mann soll sich mit verschiedenen Bauherrenmodellen völlig übernommen haben. Jetzt läuft er nicht mehr den Frauen hinterher, sondern nur noch seinen Schulden.«

Martin schüttelte den Kopf. »Daß die Leute ihren Hals nicht vollkriegen können.«

10.

Martin wurde ins heilige Kantinenritual eingewiesen. Da ihm nicht nach Fleisch mit zerkochtem Gemüse war, bediente er sich an der übersichtlich arrangierten Salatbar. Er war gerade beim Gurkensalat, als ihn eine dezente Parfümwolke erreichte, die sich positiv vom Wirsinggeruch abhob. Er drehte sich um und schaute in zwei dunkelblaue Augen. Ihm wurde flau.

»Lassen Sie sich ruhig Zeit«, sagte die hübsche Krankenschwester.

»D... danke.« Martin ärgerte sich über seine Verlegenheit, gab sich mit dem halbvollen Teller zufrieden, um nicht zu kleckern, und suchte den Tisch, an dem Korn bereits Platz genommen hatte.

»Wer ist denn die Schwester dort drüben?« erkundigte sich Martin betont gleichgültig.

Korn schmunzelte. »Du kennst sie schon. Heute morgen habe ich euch bekannt gemacht, aber da war sie maskiert und eingetütet.«

»Schwester Gudrun?« Martins Stimme hatte sich verräterisch gehoben. »Der Salat ist nicht schlecht«, versuchte er das Thema zu wechseln.

»Schön, daß es dir schmeckt.« Korn konnte sich ein Grinsen nicht verkneifen.

»Mahlzeit!« Laut polternd ließ sich ein untersetzter

Mann Mitte Fünfzig am Nebentisch nieder. Er brauchte sich nicht breit zu machen, er war so. Seine Wurstfinger schoben den Salz-Pfeffer-Maggi-Ständer beiseite und wischten klebrige Essensreste vom Tisch, von denen ein Teil am rechten Kittelärmel hängenblieb. Mit aufgestützten Ellenbogen stach er seine Gabel in das unschuldige Schnitzel und sägte los. Selbst übergroße Portionen verschwanden mühelos im Mund, der stets noch mit dem letzten Bissen beschäftigt war.

»Wer ist denn das?« wisperte Martin fassungslos.

»Einen Moment«, antwortete Korn und wandte sich dem Herrn am Nachbartisch zu. »Darf ich Ihnen unseren neuen Mitarbeiter Dr. Grundmann vorstellen? Martin, das ist der Chefarzt der Anästhesie, Dr. Quibbeldey.«

Man einigte sich aufs Kopfnicken als Begrüßung, ein jeder aus gutem Grund: Quibbeldey brachte mit vollen Backen kein verständliches Wort heraus, und Grundmann ekelte sich allein beim Gedanken an ein Händeschütteln.

»Quibbeldey?« wunderte sich Martin. »Habe ich den Namen heute nicht schon mal gehört?«

»Das war«, Quibbeldey schluckte, »mein Sohn! Das kann nur mein Sohn gewesen sein. In Köln gibt's sonst keine Quibbeldeys.«

»Wie praktisch für mich. Dann brauche ich mir nicht so viele Namen zu merken.«

Quibbeldey verstand nicht so recht. War Grundmanns Bemerkung ein Witz oder schlicht eine Unverschämtheit? Man spürte, wie er grübelte. Er entschied sich fürs Weiterschlingen.

»Der Sohn sieht ihm aber sehr ähnlich«, flüsterte Grundmann.

»Soll ehelich sein«, antwortete Korn ebenso leise. »Ich habe da auch meine Zweifel. Wahrscheinlich ist dieser Lackaffe von Sohn das Ergebnis eines Seitensprungs seiner hübschen Mutter.«

Beide kicherten in sich hinein.

Hin und wieder riskierte Martin einen Blick in die Richtung der dunkelblauen Augen, leider ohne Resonanz. Gudrun unterhielt sich angeregt mit ihren Kolleginnen. Die kräftigen Hände mit den schlanken Fingern formten Bilder in der Luft, die nicht nur Martin zu faszinieren schienen. Hin und wieder warf sie mit einer kurzen Kopfbewegung ihr halblanges, braunes Haar zurück.

»In einer Hinsicht sind sich Papa und Sohn aber ähnlich«, flüsterte Korn. »Hörst du mir überhaupt zu?«

»Klar! – Was hast du gesagt?«

»Beide sind widerliche Schürzenjäger. Wo andere ein Hirn haben, schwimmt bei denen nur eine Haselnuß im Testosteronsee.« Mit vorgeschobenen Schultern und eingezogenem Hals wirkte Korn wie ein Klatschkolumnist. »Der Alte ist ein dreckiger Grabscher. Mehrere Schwestern haben sich schon beschwert, stets vergeblich: Immer stand Aussage gegen Aussage. Einige qualifizierte Schwestern haben seinetwegen sogar gekündigt.«

»Dem Sohn würde ich das zutrauen. Der sieht ja relativ passabel aus. Aber der Vater, dieses fette Schwein? Als Frau würde ich einen Herpes kriegen.«

Beide prusteten los.

Quibbeldey senior schaute neidisch zu ihnen herüber, er hätte gerne mitgelacht.

11.

Zwei Tage später mußte Grundmann zum Personalchef, um seinen Vertrag zu unterschreiben. Normalerweise sind Vertragsverhandlungen vor Antritt der Stelle abgeschlossen, in seinem Fall war aber nichts normal. Welcher ›fertige‹ Internist traute sich, in die Chirurgie zu wechseln, und dann ausgerechnet in dieses Haus, das nicht gerade den besten Ruf genoß? Der Stellenwechsel war in weniger als vierzehn Tagen vollzogen worden, übrigens sehr zum Erstaunen seiner früheren Arbeitskollegen, die Grundmann inzwischen zum festen Inventar ihres städtischen Krankenhauses gezählt hatten.

Gegenüber dem leicht heruntergekommenen Hauptgebäude des St. Josef-Krankenhaus nahm sich das separat liegende Verwaltungsgebäude mit seinen gepflegten Grünanlagen geradezu prächtig aus. Mit dem eierschalenfarbenen Anstrich und den roten Dachschindeln trug es Züge einer Großindustriellenvilla. Das Interieur hingegen entsprach deutschem Bürostandard: Halogenleuchten, Noppen-PVC, überdimensionierte Birkenfeigen, Kunstdrucke hinter Glas im einheitlichen 60/80 Format. Überstehende Klees, Feinigers, Mackes und Chagalls waren unpassend passend geschnitten worden.

Grundmann wunderte sich über den großzügigen Personalbestand, der sogar den seiner früheren städtischen Arbeitsstelle übertraf. Viele Räume für viele Angestellte gaben ein beredtes Zeugnis für die wachsende Bedeutung der Verwaltung in unserem Gesundheitswesen. Was wäre der kranke Mensch ohne den selbstlosen Einsatz von Verwaltungsangestellten? Die Krankenhäuser mit ihren Ärzten, Schwestern und Pflegern treiben die Kosten im Gesundheitswesen in die Höhe, stand täglich in den Zeitungen zu lesen. Von der Verwaltung war nie die Rede. Logisch, daß sich das Zahlenverhältnis der Beschäftigten zuungunsten des Pflege-Ärzte-Bereichs verschieben mußte.

Die Büros von Verwaltungsdirektor und Personalleiter lagen hinter einer vom übrigen Gebäudeteil abgetrennten Tür, die sich nur über Gegensprechanlage öffnen ließ. Hatten die Herren etwa Angst vor dem Amoklauf eines unzufriedenen Mitarbeiters? Grundmann drückte den Summer.

»Sie wünschen?« flötete eine überdrehte Frauenstimme.

»Grundmann. Ich bin verabredet mit Herrn Poch.«

»Einen Poch haben wir hier nicht. Sie meinen sicher Herrn Koch, den Personalleiter?«

Offenbar hatte sich Grundmann verhört.

»Moment, ich öffne!« Schnarren – Klack – die Tür sprang auf.

Der junge Personalleiter im modischen Zweireiher wartete bereits. »Koch. Treten Sie näher, Herr Dr. Grundmann.«

Selbstsicher ließ Günter Koch sein zweitkostbarstes Körperteil in den ultramodernen Bürosessel fallen, während Martin auf der anderen Schreibtischseite mit einem hartgepolsterten Stuhl vorlieb nehmen mußte.

»Wie gefällt es Ihnen?« fragte Koch betont fröhlich.

»Prima – oder meinen Sie diesen harten Stuhl?«

»Hahaha! Sie haben Humor, Herr Dr. Grundmann! Solche Leute brauchen wir. Die geben unserem Krankenhaus ein neues Gesicht. In der heutigen Zeit müssen wir um ein attraktives Image bemüht sein.« Seine Augen folgten Martins Blick, der auf den Computer hinter ihm gerichtet war.

Ununterbrochen liefen die Wörter *ST. JOSEF-KRANKENHAUS – ST. JOSEF-KRANKENHAUS – ST. JOSEF-KRANKENHAUS* über den Bildschirm.

»Brauchen Sie das als Gedächtnisstütze?«

»Ach, das ist nur eine Spielerei.« Koch lächelte verlegen. »Wir sollten schnell zur Vertragsunterzeichnung kommen, ehe ich's mir anders überlege. Sie sind mir zu vorwitzig.« Günter Koch blätterte pedantisch in einer Ledermappe und zog mit spitzen Fingern zwei identische Blätter heraus. »Ich wundere mich sowieso, daß Herr Garzweiler, der Verwaltungsdirektor, Sie unbedingt einstellen wollte. Tarifgruppe IB – viel zu teuer und viel zu alt.«

»Danke!« Martins Sympathien für sein Gegenüber stiegen.

»Er muß ein besonderes Interesse an Ihnen haben.« Koch zögerte und hoffte auf Antwort. »Sie sind nicht zufällig mit ihm verwandt?«

»Ich kannte bis eben nicht einmal seinen Namen.«

»Egal – wenn es nach mir ginge, würden wir nur junge Leute einstellen. Die Alten kosten mehr und leisten weniger. Wenn wir befristete Verträge einführen dürften, wäre das Problem gelöst. Aber das wird kommen, da bin ich sicher – wie in Ihrem Fall, Herr Dr. Grundmann.« Koch grinste hämisch. »Ihr Vertrag läuft über vier Jahre. Mehr haben wir an Weiterbildungszeit in der Chirurgie leider nicht zu bieten.«

12.

Wenn Dr. Martin Grundmann sonst mit seinem Fahrrad in die Löwengasse einbog, dann mit dem Ziel *Comedia Colonia*, seinem erklärten Lieblingstheater in Köln. Dabei wußte er nicht, was ihn mehr reizte: das abwechslungsreiche, teils schräge, aber meistens witzige Programm oder eher das knusprige, warme Käse-Schinken-Gebäck in der Pause.

Mit wäßrigem Mund bremste er heute bereits am Anfang der Straße, kettete sein Rad an und betrat das Kriminalkommissariat.

»Sie wünschen?« fragte der Pförtner und hämmerte mit seiner Handprothese rhythmisch auf die Tischplatte, wahrscheinlich um seiner Frage mehr Gewicht zu verleihen. Die andere mögliche Erklärung, der Mann sei nicht nur an der Hand behindert, verbot sich Grundmann.

»Ich möchte zu Hauptkommissar Schmalenberg. Wir sind verabredet.«

»Ihren Ausweis!«

Martin folgte der freundlichen Aufforderung.

Der Mann studierte das unvorteilhafte Foto und prüfte es auf versteckte Ähnlichkeiten mit dem Besitzer. »Mmmh. Grundmann?«

»Das bin ich.«

»Mmmh – sind Sie nicht der bekannte Kunstturner?«

»Daß Sie mich erkannt haben, ist ja unglaublich! Sie müssen ein messerscharfes Auge haben.«

Der Pförtner fühlte sich geschmeichelt und wurde ganz verlegen. Natürlich durfte Martin jetzt den Eingang passieren. Er fand seinen Freund Hans Schmalenberg fluchend beim Ausfüllen eines Formulars.

»Verdammte Hacke! Je mehr Verwaltung, umso bescheuerter die Fragen. Wenn du mich fragst, haben die alle zuviel Zeit.«

»Ich frage dich aber nicht«, blockte Martin ab, der keine Lust auf dieses leidige Thema hatte. »Hast du zufällig etwas zu essen da? Am liebsten was Herzhaftes, Käse oder Schinken wäre mir recht.«

Hauptkommissar Schmalenberg nahm den Bogen, riß ihn in der Mitte durch und dann nochmal und nochmal. »Wenn die ein Problem haben, sollen sie gefälligst selber kommen. Ich habe jetzt keine Zeit. Nimm Platz, alter Junge. Schön, daß du kommst. Zu essen gibt's leider nichts, aber einen Kaffee kannst du haben.«

»Nein, danke. Aber vielleicht hast du Sprudel?«

»Bist du sicher?« Hans musterte den Arzt skeptisch. »Wir haben schon auf dich gewartet. Gestern hat sich der Chef wieder nach dem Stand der Ermittlungen in Sachen Zahnstein erkundigt. Bitte erzähl! – Nein warte! Ich muß erst Ulrike holen.« Mit diesen Worten sprang Schmalenberg auf, schob seinen Stuhl gegen Bohlmanns sorgsam gepflegte Birkenfeige, die weitere Blätter verlor, und verließ hektisch das Büro. Durch den Luftzug wurden Zettel und Papiere von dem überquellenden Schreibtisch gewirbelt.

Martin lächelte. In den vier Jahren, die er Schmalenberg kannte, hatte der sich keinen Deut geändert. Mit seinem ›Blick fürs Wesentliche‹ entschuldigte Hans das Chaos in seinem Büro genauso wie das Kuddelmuddel im Privatleben. Und trotzdem schienen ihn alle zu mögen, seine Kollegin Ulrike inklusive. Nur von seiner Liebe wollte sie nichts wissen. Da half kein Scharren und kein Baggern, sie ließ ihn zappeln. Das bräuchte sie für ihre Selbstfindung, vertröstete sie Hans. Irgendwann war mal was zwischen beiden gewesen, dessen war sich Martin sicher. Charme hatte Hans ja, der Schrecken der Kölner Unterwelt, auch wenn ihm als Mittvierziger mit leichtem Bauchansatz die jugendliche Frische abhanden gekommen war.

Druckvolle, feste Schritte hallten über den Flur und kamen näher. Die Bürotür wurde aufgestoßen, Schmalenberg und Bohlmann stürmten herein.

»Ich habe Sprudel ergattert«, triumphierte Hans.

»Hallo, Martin«, grüßte Ulrike und nahm hinter ihrem Schreibtisch Platz. »Gut siehst du aus.«

»Ich bin völlig übermüdet, hab Ringe unter den Augen und bin kreidebleich im Gesicht! Ich kann gar nicht gut aussehen.«

»Wie lange arbeitest du jetzt im St. Josef?«

»Fast anderthalb Monate.«

»Und wie gefällt es dir?«

»Beschissen!«

Die beiden Kripobeamten schluckten betreten, schließlich hatten sie Martin zum Stellenwechsel überredet und ihm diese Suppe eingebrockt.

»Wenn ich gewußt hätte, an was für einen miesen Haufen ich da geraten würde, hätte ich mich niemals darauf eingelassen«, klagte Martin verbittert. Mit der Happy-Hour-Stimmung der beiden hatte er nichts am Hut.

»Denk an die schöne Belohnung«, schwärmte Hans.

Ulrike warf ihrem Kollegen böse Blicke zu.

»Keine blöden Sprüche«, drohte Martin prompt. »Sonst werfe ich alles hin. Sofort! Mir stinkt's!«

»Und wie steht's mit netten Schwestern?« fragte Hans sensibel nach.

»Das muß ja wohl nicht sein!« wurde Ulrike barsch.

Schweigen. Nach diesem Satz war immer Schweigen. Ob sie sich beim Kaffeekränzchen oder im knallharten Verhör befand, dieser Spruch verfehlte nie seine Wirkung. Und niemand außer Bohlmann konnte diesen Satz so klar, so eisig prägnant, so scharf plazieren. Sozusagen eine Sprachguillotine.

»Ich rackere mir als kleiner Assistenzarzt die Pfoten blutig, muß nebenbei miese Schnüffeldienste leisten, während ihr euch an den Brosamen der Steuerzahler mästet.«

»Mensch, du bist Privatdetektiv«, munterte Hans seinen Freund auf, »andere lecken sich die Finger nach so einem Job.«

»Du bist still!« befahl Ulrike.

»Ich und Privatdetektiv? Daß ich nicht lache! Ich bin ein kleiner, dreckiger Spitzel!« Damit versank Martin wieder auf seinem Stuhl und ließ die Schultern hängen. Sprudel konnte ihn nicht mehr reizen.

»Ich kann mir denken, wie dir zumute ist«, tröstete ihn Ulrike, »so ein Fachwechsel bedeutet sicher eine enorme Umstellung. Als Internist kanntest du dich aus, hattest alles fest im Griff – jetzt bist du wieder der unerfahrene Assistenzarzt, der Arsch, der sich herumschubsen lassen muß.«

Martin nickte und seufzte aus tiefstem Herzen.

Hans wollte etwas sagen, ließ es aber bleiben, als ihm Ulrike mit ihren rotlackierten Krallen drohte.

»Martin – in deinem neuen Job steckt eine große Chance!«

»Ach ja?«

»Wenn du Allgemeinmediziner werden willst, brauchst du deine Weiterbildungszeit in der Chirurgie. Das hast du uns erklärt, oder?«

»Mag sein. Aber womöglich will ich gar kein Allgemeinmediziner werden? Nicht um jeden Preis! Nächste Woche habe ich meinen ersten Nachtdienst. Davor habe ich jetzt schon Fracksausen!«

»Keiner zwingt dich dazu. Du brauchst das alles nicht zu machen. Jetzt kannst du noch zurück«, sagte Ulrike. »Ein Wort, und wir beschaffen dir wieder deine alte Arbeitsstelle.«

Ruckartig hob Martin den Kopf und wurde munterer. »Das meinst du nicht im Ernst?«

»Bevor Hans und ich den Deal pefekt gemacht haben, haben wir deinen früheren Chef um diese Option gebeten.«

Ein Strahlen erhellte Martins Gesicht. Hans dagegen verlor seine Farbe.

»Also«, forderte Ulrike, »entscheide dich! Ewig gilt dieses Angebot nicht!«

»Ähm – tja – so betrachtet«, druckste Martin herum, »finde ich meine neue Arbeitsstelle eigentlich gar nicht so übel.«

»Bravo!« jubelte Hans, klatschte in die Hände und feixte.

Schlagartig löste sich die Spannung. Martin begann zu schmunzeln, erst verschämt, danach verzogen sich die

Mundwinkel zu einem breiten Grinsen. Wenig später ließen sich auch Hans und Ulrike von seinem Gekicher anstecken, bis sich schließlich alle kugelten vor Lachen.

Nachdem Freudentränen abgetupft und Nasen geschneuzt worden waren, sprudelte Martin los wie ein Wasserfall.

Im Zeitraffer ließ er die anderthalb Monate Revue passieren, in denen er mehr an Intrigen, dunklen Machenschaften und anderen Schweinereien entdeckt hatte, als Bohlmann und Schmalenberg in all den Monaten zuvor.

Professor Gonzalez-Döricht, sein Chef, war Öl auf das Feuer der Arztkritiker, die Inkarnation des Schlechten: jähzornig, unberechenbar, humorlos, bar jeder Selbstkritik, zudem ein schlechter Operateur, furchtbar geldgeil und geizig. Keine Abgaben an seine Mitarbeiter, Bescheinigungen kassierte er bar, schnorrte sich überall durch, ohne je Geschenke oder Einladungen zu erwidern. Essen und Reisen auf Kosten der Pharmaindustrie. Selbst Blutproben verscherbelte er persönlich und offenbar an der Steuer vorbei.

Bis auf eine Ausnahme schilderte Martin seine Arbeitskollegen als engagierte, sympathische Ärzte, die aber alle unter dem Druck und den schrecklichen Launen ihres Chefs zu leiden hatten. Der setzte nach Belieben Krönchen auf, vergab Fleißkärtchen oder stieß in den Abgrund. Niemand wagte aufzumucken, alle hatten Angst. Keiner wollte das nächste Opfer sein, es herrschte gegenseitiges Mißtrauen. Zahnstein war in dieser Atmosphäre aus Mißgunst und Neid ein Fall für sich gewesen. Er hatte sich mehr herausgenommen als alle anderen, hatte nie Ärger mit dem Chef gehabt, war im Gegenteil sogar gefördert worden. Neidische, böse Zungen behaupteten, er hätte sich damit sein eigenes Grab geschaufelt.

Martin berichtete vom Möchtegern-Casanova Quibbeldey senior, dem Chef der Schlafabteilung mit Spitznamen ›Grabscher‹. Erst kürzlich sollte er eine Affäre mit einer angehenden Ärztin gehabt haben, die nun ein Kind von ihm erwartete. Was in der Klinik ein offenes Geheimnis war, wäre für die biedere Ehefrau ein unvorstellbares

Drama. Trotz katholischer Doppelmoral wäre eine Scheidung nicht auszuschließen. Einen solchen Skandal wiederum könnte sich selbst Quibbeldey, ein ›Ritter vom Heiligen Grabe‹, an seiner kirchlichen Arbeitsstelle kaum leisten.

Undurchsichtig war der ehrgeizige Personalleiter Koch, ein Betriebswirt, Mitglied in der Partei der Leistungsträger und Besserverdienenden, der seinen Laden am liebsten mit billigen Aushilfskräften schmeißen wollte.

Überdies gab es den radiologischen Chef Paffrath mit einem mittleren Schuldengebirge, veralteten Geräten und jeder Menge Ärger mit dem Gewerbeaufsichtsamt.

Vom Verwaltungsdirektor Garzweiler hatte Grundmann bislang nicht viel gehört. Er hielte sich recht bedeckt, sei wohlhabend, hieß es. Ob es mit dem Einkauf zusammenhing, den er alleinverantwortlich für das gesamte Krankenhaus organisierte?

Was hatte Zahnstein mit alledem zu tun gehabt? Er sei beliebt gewesen, aber längst nicht bei jedem. Manche hätten ihn gehaßt, einige hatten Grund gehabt, ihn als gutinformierten Leiter der Mitarbeitervertretung zu fürchten. Aber brachte man deswegen jemanden um?

13.

Brrrrrrrrrrr.

»Nein! Nicht schon wieder.«

Brrrrrrrrrrr.

Grundmann hatte sich wieder hingelegt und wollte gerade das Licht ausmachen.

Brrrrrrrrrrr.

Ignorieren ging nicht. Er griff zum Hörer. »Grundmann!«

»Tut mir leid, Herr Dr. Grundmann, aber ich muß Sie noch einmal stören.«

»Sie stören nicht«, log Grundmann seufzend, »ich komme.«

Fünf Sekunden später meldete sich das Telefon erneut mit dem lästigen ›Brrrrrrrrrrrr‹.

Was ist denn nun schon wieder, fragte sich Martin wütend. Mein erster Nachtdienst, und ich habe bisher kein Auge zugemacht. Läßt sich ja super an! »Grundmann«, meldete er sich mit gespielter Freundlichkeit.

»Sie wissen doch gar nicht, von wo aus ich anrufe und wohin Sie müssen!«

»Ach ja! Danke«, gab Grundmann verlegen zu. »Um diese Uhrzeit bin ich nicht mehr auf der Höhe.«

Es war kurz nach drei Uhr morgens.

»Schwester Pathmini, Station 7. Sie erinnern sich an den Patienten mit dem Knöchelbruch, den Sie vor ein paar Stunden aufgenommen haben.«

»Den Alki? Mit der Tätowierung auf der Stirn?«

»Genau! Der packt seine Sachen und will nach Hause.«

Die Nachtschwester hatte ihren Satz kaum zu Ende gesprochen, da war Martin bereits in seine weiße Hose geschlüpft, schnappte sich den Kittel und lief los. Halt! Die Schuhe.

Er eilte über den Flur direkt ins Treppenhaus, der Aufzug dauerte ihm zu lange. Der rutscht mir ins Delir, schoß es ihm durch den Kopf, sein Herz raste. Martin hatte vor etlichen Jahren einmal einen Alkoholiker verloren, dessen merkwürdiges Verhalten zunächst niemand ernst genommen hatte. Kurz danach war es zu spät gewesen.

»Was rennen Sie so?« empfing ihn die erfahrene, indische Nachtschwester. »Der Mann ist friedlich. Will bloß nach Hause. Als Obdachloser!« Sie zeigte ihre makellosen, weißen Zähne.

»Wir dürfen ihn nicht gehen lassen«, schnaufte Grundmann und wartete auf die zweite Luft. »Der Typ ist prädelirant. Das kann bis zum Herz-Kreislaufversagen führen. Dieser Zustand kann lebensgefährlich sein. Ich weiß, wovon ich rede.«

»Keine Panik, Herr Doktor«, beruhigte ihn Schwester Pathmini.

»Ich brauche eine Infusion und drei Ampullen Tranxilium in einer Spritze!«

»Wird gemacht, Herr Doktor. Aber der Mann ist brav, glauben Sie mir. Zimmer 316.«

Während sie in aller Seelenruhe ins Schwesternzimmer schlurfte, um die Infusion zu richten, betrat Martin die 316. Ausgerechnet dieses Zimmer! Ihn gruselte immer bei dem Gedanken an Zahnsteins schreckliches Ende.

Der Alki stand vor dem Schrank und versuchte vergeblich, seine stinkenden Jeans in eine durchlöcherte Plastiktüte zu stopfen. Obwohl er immer wieder mit der zerfledderten Gipsschiene auftrat, schien er seinen mehrfach gebrochenen Knöchel nicht zu spüren.

Die armen Knochen, spekulierte Martin, das wird die notwendige Operation nicht gerade einfacher machen. »Wo willste hin, Gustav?«

»Nach Hause!«

Wie ET. »Und wo ist das, dein Zuhause?«

»Frag doch nicht so dusselig!« war die logische Antwort.

»Jetzt leg dich erst mal wieder ins Bett. Wir können über alles reden.«

»Ick will nich quatschen, ick will nach Hause!« Fast nackt, nur mit einer vollgeschissenen, grauen Unterhose bekleidet, konnte sich sein Odeur ungehindert verbreiten. Jedes Körperteil zierte eine andere Tätowierung. Im schummrigen Schein der Nachtbeleuchtung schienen sich Adler, Nazi-Embleme, die berühmte Zunge der Stones und diverse Frauen munter zu bewegen. Die Krönung des Körperschmucks aber fand sich auf seiner Stirn in Form eines querverlaufenden Stacheldrahtes, ein hübsches Souvenir aus Bautzen. Wen wunderte es, daß Gustav nach der Wende auf dem bundesdeutschen Arbeitsmarkt als schwer vermittelbar galt, obwohl er erst 34 Jahre alt war.

»Ich helf dir.« Martin stützte den zitternden, übelriechenden Körper.

Gustav schwitzte stark und hatte einen hochroten Kopf, sein Puls raste.

»Setz dich drüben aufs Bett. Ich packe deine Sachen zusammen!«

Plötzlich riß sich Gustav los und stieß Martin mit Bärenkräften zurück. »Faß mich nich an, du Arsch!« Seine Augen funkelten böse, die kriminelle Vergangenheit ließ grüßen. Verängstigt verfolgten die beiden anderen Patienten, die im Zimmer lagen, das Geschehen.

»Lassen Sie mich mal!« Schwester Pathmini drückte Grundmann die Infusionsflasche in die Hand und schob sich an ihm vorbei, um der verkrachten DDR-Existenz das Haar zu kraulen. »Was ist los, mein Junge! Jetzt nimmste erst mal Platz und ruhst dich ein bißchen aus. War ja so ein anstrengender Tag. Ganz fertig siehst du aus.«

Bereitwillig ließ sich Gustav von ihr zu seinem Bett führen, wo er sich niederließ und dabei den braunen Haufen in seiner Hose zerquetschte.

»Der Doktor wird dir jetzt 'ne Spritze geben, damit du wieder fit wirst und nach Hause kannst.«

Oh, Wunder. Martin bekam einen Arm gereicht, stach die Braunüle mitten durch ein rotes Herz, schloß die Infusion an und spritzte langsam, sehr langsam das Beruhigungsmittel.

»Hat Ihr Name eine Bedeutung, Schwester Pathmini?«

Sie zögerte etwas. »Das bedeutet – Lotusblume.«

»Ein schöner Name.«

Pieeep – Pieeep – Pieeep.

»Bitte 5-5-3! 5-5-3 bitte!« krächzte Martins Funker.

»Wären Sie so nett, für mich anzurufen, Schwester Pathmini? Ich kann gerade nicht.«

Sie erledigte für ihn das Telefonat. »Sie möchten hiernach in die Ambulanz kommen. Unten wartet jemand mit einem Hexenschuß.«

»Geht diese Nacht denn nie vorbei?« stöhnte Martin. Während er kontinuierlich das Medikament injizierte, beobachtete er zufrieden, wie Gustav allmählich ruhiger und müde wurde. Eigentlich sollte er auf der Intensivstation überwacht werden, aber dafür müßte Grundmann seinen internistischen Kollegen wecken.

»Das haben Sie super gemacht, Herr Doktor. Ich hatte schon Angst, er würde mich die Nacht auf Trab halten.«

»Der Schein trügt, Schwester Pathmini«, wisperte Martin, »der Junge kann in fünfzehn Minuten wieder auf der Matte stehen und Terror machen. Patienten in diesem Zustand sind unberechenbar. Sie müssen regelmäßig Puls und Blutdruck messen.«

»Wird gemacht, Herr Doktor.«

Um Gustav nicht zu stören, verließ Martin auf Zehenspitzen das unheilvolle Zimmer 316.

14.

Grundmann war stinkig, als er um vier Uhr morgens die Ambulanz verließ. Der Patient hatte Kreuzschmerzen seit drei Tagen! Bislang hatte er es nicht für nötig befunden, zum Hausarzt zu gehen, mußte aber ausgerechnet jetzt, in aller Herrgottsfrühe kommen. Die Schmerztablette hätte er auch zu Hause nehmen können. »Sie werden ja dafür bezahlt.« Dieser unverschämte Satz klang Martin immer noch in den Ohren.

Auf dem Weg zum Aufzug versuchte er sich zu beruhigen. In zweieinhalb Stunden war die Nacht vorbei. Daß er wieder einschlafen würde, wagte er zu bezweifeln.

Das Haus war ruhig, als er den dreieckigen Pfeil am Aufzug zum Erleuchten brachte. Wie ein Theatervorhang öffneten sich die Türen. Im Spiegel gegenüber stand das Ergebnis eines langen, arbeitsreichen Dienstes: bleich und abgekämpft, halonierte Augen, zerdrückter Kittel.

Als sich der Lift nach oben zu bewegen begann, erinnerte sich Grundmann wieder, daß heute Christi Himmelfahrt war. Ob sich Jesus damals ähnlich groggy gefühlt hatte wie er?

Eins – zwei – drei – und halt. Was sollte das!

Die Aluminiumtüren des Aufzugs rollten auf.

Grundmann trat erschrocken zurück. »Was machen Sie denn hier?«

Im achten Stockwerk rührte sich nichts. Eine defekte Neonröhre flackerte ohne Konzept. Aus dem Bereitschaftszimmer des diensthabenden Internisten war ein ungesundes Schnarchen zu hören. In diesen fragilen Frieden mischte sich das Brummen der anlaufenden Aufzugsmotoren. Von unten stieg ein Rumpeln auf, kam näher und wurde von einem Quietschen erstickt. Die Türen wichen auseinander.

Grundmann stolperte heraus.

»Sie müssen die Füße heben, Herr Doktor.« Hinter ihm kicherte eine hübsche Frau mit dunkelblauen Augen.

Martin war verlegen. »Ich war schließlich die ganze Nacht auf den Beinen.«

»Wir haben auch nicht nur geschlafen. Wir hatten einen Kaiserschnitt und eine Eileiterschwangerschaft. Gute Nacht, Herr Grundmann.«

»Schlafen Sie gut, Schwester Gudrun.«

Sie trennten sich auf dem Flur, die defekte Neonröhre schien ihnen zuzuzwinkern.

Plötzlich faßte sich Martin ein Herz und drehte sich um. »Ach, Schwester Gudrun, eine Frage!«

»Ja, bitte?«

»Könnten wir uns demnächst nicht mal sehen?«

»Aber klar doch! Morgen im OP.« Damit verschwand sie im Seitenflügel, wo ihr Bereitschaftszimmer lag.

15.

»Wo bleiben Sie denn?« fragte Schwester Gudrun leise, als sie Grundmann den Kittel überstreifte. »Die Assistenten müssen vor dem Chef im Saal sein, wenn sie nicht ihr Leben riskieren wollen.«

»Was tuscheln Sie da?« brüllte Professor Gonzalez-Döricht gereizt, seine Rechte steckte tief in der Bauchhöhle einer Privatpatientin. »Überall dieses Gequatsche! Von der Anästhesie ist man nichts anderes gewöhnt, aber jetzt fangen Sie auch noch an, Schwester Gudrun. Man versteht ja sein eigenes Wort nicht mehr.«

»Das wäre kein Verlust«, flüsterte die routinierte OP-Schwester, während sie Grundmann einen Latexhandschuh der Größe siebeneinhalb aufspannte.

Martin war nervös. Hastig stieß er seine vom Desinfektionsmittel noch feuchte Hand ins gepuderte Gummi, das Gudrun sogleich wegflutschen ließ. Für Kurskorrekturen war es jetzt zu spät. Klein- und Ringfinger befanden sich gemeinsam in der Röhre des Mittelfingers, der Daumen klebte an der Handinnenfläche.

»Herr Grundmann, wo bleiben Sie?« erkundigte sich Gonzalez-Döricht sonderbar friedlich.

»Bin schon da!«

Gudrun hielt ihm den nächsten Handschuh hin. Diesmal war Martin klüger. Mit seiner bizarr geformten Rechten vergrößerte er die Öffnung derart, daß er problemlos hineinrauschen konnte, leider so forsch, daß er dabei das Gummi zerfetzte.

Erst zwei Minuten später trat er mit zwei neuen Handschuhen an den OP-Tisch, um die Haken zu übernehmen.

»Ich dachte, Sie hätten gekündigt«, begrüßte ihn der Bindestrich, gleichzeitig zog und zerrte er am Dickdarm, um sich die Präparation zu erleichtern. Frei nach dem Sprichwort ›Der Klügere gibt nach‹ riß das Gekröse ein. Dank der schnellen Hand des assistierenden Oberarztes Morgen konnte mit einer Klemme ein größeres Blutbad vermieden werden.

»Passen Sie doch auf, Grundmann!« schrie Gonzalez-Döricht.

Martin hatte sich nicht bewegt, geschweige denn geatmet. Trotz dieser Ungerechtigkeit blieb er gelassen und schwieg.

»Sie haben Ihre Leute schlecht erzogen«, meldete sich Chefnarkotiseur Quibbeldey, dessen massiger Kopf über dem Anästhesietuch drohte wie im Kasperletheater der böse Drache. Kein Mundschutz verdeckte das breite Grinsen.

Ausgerechnet der muß so dusselig quatschen, ärgerte sich Martin, macht ausschließlich seine Privatnarkosen und ist mittags durch die Tür.

Immer, wenn Martin als zweite oder manchmal dritte Assistenz am Haken stehen mußte, schweiften seine Gedanken ab. Für diese intelligente Arbeit mußte man kein Abitur haben, das hatte nichts mit knallhartem ›Emergency‹ oder ›Leben-retten-um-jeden-Preis‹ zu tun. Im Film oder selbst in einer abgenudelten Krankenhausserie tauchten Hakenhalter nur als namenlose Statisten auf. Til Schweiger oder Tom Cruise am Haken? Hakenhalten war häufig langweilig, meistens ätzend und auf die Dauer immer anstrengend.

Von seiner leicht erhöhten Position auf einem Fußbänkchen aus konnte Grundmann beobachten, wie der Bindestrich vor sich hinwurstelte, ohne daß ein Ende der Operation abzusehen war.

Martin war sauer. Seine Arme wurden länger und länger, während Quibbeldey senior zuschaute und bescheuert grinste. Kaum zu glauben, daß so ein häßliches Gesicht es wagte, fremde Frauen anzumachen. Was dachte der sich eigentlich? Das war Halloween in Reinkultur. Warum setzte sich dieser Fatzke nicht wieder auf seinen fetten Arsch an sein verschissenes Beatmungsgerät hinter seinen vollgesabberten, grünen Vorhang und las weiter sein Handelsblatt?

Martin faßte sich ein Herz und griff an. »Warum tragen Sie eigentlich keinen Mundschutz, Herr – Chefarzt Dr. Quibbeldey – wie jeder andere auch?«

Der Narkosechef erstarrte.

Schwester Gudrun und Oberarzt Morgen, im Haus auch Captain Morgen genannt, blickten sich erstaunt an. Offenbar hatte Grundmann einen wunden Punkt berührt. Gonzalez-Döricht konzentrierte sich indes unvermindert auf die Bauchhöhle.

»Herr Grundmann!« Quibbeldey senior wurde pathetisch. »Ich bin Ihnen keine Rechenschaft schuldig.« Pause. Zögern. »Ich habe eine schwere Allergie gegen diese Materialien.«

»Ach so, ich verstehe«, antwortete Martin. »Und warum benutzen Sie keine Stofftücher als Mundschutz?«

»Die sind alle in der Wäsche.«

»Sie wissen, daß Sie diese arme Patientin einem unnötigen Infektionsrisiko aussetzen?«

Mit dem Schuldbewußtsein eines Schülers, der seine Hausaufgaben vergessen hatte, tauchte Quibbeldey wieder ab und schnappte sich seine Wirtschaftszeitung. Warum nicht gleich so!

Professor Gonzalez-Döricht wurde zunehmend unruhiger. Nicht seine Krampfadern, sondern die Aufregung ließen ihn von einem Bein auf das andere treten. Es gab zahlreiche Verwachsungen. Das Gewebe dieser Krebspatientin war brüchig, die Übersicht schlecht.

Grundmann wunderte sich über die fehlende Souveränität des Operateurs, der ohne die ständige Hilfe seines versierten, ersten Oberarztes verloren gewesen wäre. Es kam sogar vor, daß Morgen bei manchen Umstechungen in der Tiefe seinem Chef die Hand führen mußte. Ein alteingespieltes Team, die Symbiose aus Schaumschlägerei und Können.

Martin hatte dem Großen Gonzalez-Döricht mehr Kompetenz zugetraut. »Eine Frage, Herr Professor.«

»Was wollen Sie, Grundmann?«

»Hat das einen besonderen Grund, daß Sie die beiden Lymphknotenmetastasen in der Mesenterialwurzel nicht mit herausnehmen? Könnte das für die Patientin nicht gefährlich werden?«

Martin hörte das bedrohliche Schnaufen und sah, wie der Bindestrich langsam den Kopf hob. Das Weiß in den Augen verhieß nichts Gutes. Prompt flog der Nadelhalter dicht an seinem Kopf vorbei und krachte gegen die grauen Kacheln. »Herr Grundmann! Vielleicht ist Ihnen das nicht deutlich genug gesagt worden, aber in den ersten zwei Jahren Ihrer Ausbildung herrscht hier der Grundsatz: Haken halten und das Maul! Und wenn Sie das nicht kapieren, können Sie sofort verschwinden! Auf der Stelle!«

Bindestrichs Gebrüll ließ jegliches Gemurmel im Saal verstummen. Chefarzt Dr. Quibbeldey triumphierte höhnisch, nur das Übergewicht hinderte ihn an einem Luftsprung.

Martin fühlte sich hundeelend. Mit so einer heftigen Reaktion hatte er nicht gerechnet. Er klammerte sich an die Haken, um nicht zu straucheln, brachte kein Wort heraus. Seine Kehle war wie zugeschnürt, ließ ihm gerade genügend Luft zum Atmen. Unglaublich, wie er hier als erwachsener Mensch behandelt wurde. Mußte er sich sowas bieten lassen? Wo blieb seine Selbstachtung? Es fehlte nicht viel, und er wäre abgetreten.

Da spürte Martin – Gonzalez-Döricht hatte längst wieder im Bauch der Patientin zu wühlen begonnen – eine zarte Berührung auf seinem Unterarm. Erst sah er die Hand, dann trafen sich ihre Blicke. Gudruns dunkelblaue Augen schlossen sich für einen Moment, nur kurz, aber lang genug, um Beruhigung und Unterstützung zu signalisieren.

In diesem Augenblick hatte sich Martin verliebt.

16.

Montag morgen. Station 7.

»Schwester Franziska! Wo bleiben Sie denn?« fragte Dr. Rainer Korn ungeduldig. »Wir müssen mit der Visite fertig werden! In zehn Minuten beginnt unsere Röntgenbesprechung.«

»Nun mal halblang, junger Mann. Ich hatte zu tun. Schließlich sind wir hier bei der Arbeit und nicht auf der Flucht. Übrigens, wenn Herr Dr. Grundmann pünktlich zur Arbeit gekommen wäre, hätten wir unsere Visite längst beendet.«

»Hacken Sie nicht immer auf meinem armen Kollegen rum.«

»Kritik hat noch keinem geschadet, was Herr Dr. Grundmann?«

»Ich liebe das! Bitte mehr davon!« antwortete Martin eisig. Ihm war schlecht, gefrühstückt hatte er auch noch nicht.

Sie betraten das Zimmer 316, was Martin wiederum Überwindung kostete.

»Was ist los mit dir?« drängte ihn Korn und schob ihn ins Zimmer. »Willst du hier Wurzeln schlagen?«

Da Korn über das verlängerte Himmelfahrtswochenende weggefahren war, kannte er die neuen Patienten noch nicht und war auf Informationen seines Kollegen angewiesen. So bestritt Martin heute die Visite, ein Privileg, das nur ausnahmsweise dem Dienstjüngsten zustand, auf das er aber liebend gern verzichtet hätte.

»Hier kommt gleich ein Knöchelbruch rein«, kündigte Schwester Franziska an und erklärte damit das Fehlen eines Bettes, »die Ambulanz hat gerade angerufen.«

»Wo ist der Mann jetzt?« wollte Martin wissen.

»Der kommt von der Ambulanz direkt in den OP. Ist zwar privat, wollte aber partout auf unsere Station. Vermutlich will er sich die Differenz ausbezahlen lassen. «

Der einzige Kranke in Zimmer 316 war heute ein sauber gewaschener, fast ein wenig streng parfümierter, sorgfältig gekämmter Mann, der brav vor seinem Frühstück saß und mit den wenigen, vergilbten Zähnen an einem Brötchen nagte. Mit seinem blütenweißen Flügelhemd und dem friedlich dumpfen Gesichtsausdruck wirkte er wie ein unschuldiger Engel. Seltsamerweise lag er nicht in der Mitte des Bettes, sondern quetschte sich auf die am Gang befindliche Hälfte.

Ohne die Stacheldrahttätowierung auf der Stirn hätte Martin ihn kaum wiedererkannt. »Das ist Gustav, unser Sorgenkind! In der Nacht von Mittwoch auf Donnerstag hat er sich am Römisch-Germanischen Museum den Knöchel gebrochen.«

»Schlimm?« fragte Korn.

»Das kann man wohl sagen! Völlig indolent, wie er war, ist er darauf rumgelatscht. Die Feuerwehr hat ihn mit so einem Elefantenfuß hierhergebracht. Dank Tranxilium ist er seit vier Tagen trocken. Stell dich bloß nicht mit Namen vor, Rainer, sonst wird er wieder rückfällig.«

Alle schmunzelten, selbst Gustav, ohne zu wissen warum.

Mühsam öffnete Korn den Gipsverband mit einer Schere, die schon etliche Kilometer Verband durchschnitten hatte. Das Bein war immer noch so stark geschwollen, daß an eine Operation in den nächsten Tagen nicht zu denken war.

»Wollen Sie nicht das Tranxilium reduzieren oder sogar absetzen?« fragte Schwester Franziska, die gute Seele der Station. »Schauen Sie nur, wie friedlich er dasitzt.« Dabei zupfte sie dem notorischen Alkoholiker das Hemdchen zurecht, zog mit einem Kamm den Scheitel nach, als ob sie ihn zur Kinderkommunion schicken wollte.

»Darf ick die Herren Doktors ma unterbrechen?« meldete sich Gustav höflich. »Ick hätt ma 'ne Frage.«

»Aber klar, schieß los«, ermutigte Martin seinen Patienten, froh, daß dieser die kritischen Tage so gut überstanden hatte.

»Wie lange bleibt dieser Mann neben mir hier liegen?« Dazu wies er mit dem Daumen in Richtung Wandseite. »Kann ick nich ein Bett für mich alleene haben?«

Das Beruhigungsmittel Tranxilium wurde nicht reduziert.

17.

Natürlich kamen Korn und Grundmann zu spät zur Röntgenbesprechung. Da der Bindestrich bereits ihren Kollegen Pelzer im Schwitzkasten hatte, blieben die beiden unbehelligt.

Schwarzweißfotos diverser Skeletteile aus allen Lebenslagen wurden mit monotonem Gemurmel präsentiert. Wurde der Unfallhergang etwas zu ungenau beschrieben oder klang die Diagnose für den Chef zu verwaschen, wurde Pelzer lautstark zusammengefaltet. Das arme Schwein tat allen leid. Aber niemand von den lieben Kollegen trat für ihn ein und setzte sich damit leichtfertig der Gefahr aus, selbst zum Kanonenfutter zu werden. Pelzers tapsige Art, Brillengläser dick wie Glasbausteine und die stets feuchten Finger, deren Abdrücke auf jedem Röntgenbild zu sehen waren, das er in Händen gehalten hatte, reizten Gonzalez-Döricht zu immer neuen Beschimpfungen.

Warum der Chef ihn überhaupt eingestellt hatte, wo er ihn nur kritisierte, war allen schleierhaft. Er brauchte wohl ein klassisches Opfer.

Nur einmal hatte sich das Kräfteverhältnis ins Gegenteil verkehrt, und zwar als im September vergangenen Jahres auf Gonzalez-Döricht geschossen worden war. Ein richtiges Attentat, mit Kriminalpolizei, Presse und allem, was dazugehörte. Jemand hatte dem Chef auf dem Nachhauseweg in der Dunkelheit aufgelauert, ihn aber verfehlt, ein recht dilettantischer Versuch. Wahrscheinlich war deswegen der Verdacht sofort auf Pelzer gefallen, der aber ein Alibi gehabt hatte. Zum ersten und einzigen Mal hatte man ihn richtig stolz und selbstbewußt gesehen, indessen war Gonzalez-Döricht völlig verunsichert gewesen. Leider hatte dieser Zustand nicht lange angehalten.

Am Wochenende hatte es keine spektakulären Unfälle gegeben, nur Kleinkram wie Schnittwunden, Kleinzehen, die an Bettpfosten hängengeblieben waren, und die üblichen Schlägereien mit geprellten Rippen, blauen Veilchen und gebrochenen Nasen. Es war kein Wetter für Rasenmäherverletzungen und Motorradcrashs.

Martin döste vor sich hin, bedauerte, wieder mal zu spät zu Bett gegangen zu sein, als plötzlich ein Name fiel, der ihn putzmunter werden ließ. Hatte er sich verhört?

»Wie heißt der Patient?« fragte er erschrocken nach.

»Mensch, Grundmann! Haben Sie wieder gepennt? – Der Patient heißt Schmalenberg«, schnauzte der Professor.

Oh, Gott, dachte Martin. »Doch nicht etwa Hans Schmalenberg von der Kölner Kripo?«

»Genau der. Haben Sie was ausgefressen?« Mit seiner geistreichen Bemerkung wartete Gonzalez-Döricht auf Claqueure. Keiner tat ihm den Gefallen – außer Quibbeldey junior.

Martin antwortete nicht, sondern bahnte sich seinen Weg durch die Kollegen zum Lichtkasten, um sich die

Bescherung aus der Nähe zu betrachten: ein glatter Außenknöchelbruch, so verschoben, daß man ihn verplatten mußte. Eine Katastrophe! Hans war privat versichert, würde also vom Bindestrich operiert werden. »Wo ist Herr Schmalenberg jetzt?«

»Er ist auf dem Weg zum OP«, antwortete Professor Dr. Gonzalez-Döricht mit einem diabolischen Lächeln.

18.

Martin fand seinen Freund in der OP-Schleuse.

Obwohl Schmalenberg ein wenig benommen wirkte, saß er gut gelaunt auf dem grünen Patiententransportband. Der schwere Gips schien ihn nicht im geringsten zu stören. Im Gegenteil, er schäkerte mit Schwester Erika aus der Ambulanz und OP-Schwester Gudrun, die ihn auf der anderen, der OP-Seite in Empfang nehmen wollte.

»Na endlich! Das wurde auch Zeit«, freute sich Hans.

»Bist du wahnsinnig, dich hier operieren zu lassen!« schimpfte Grundmann. »Ich habe dir doch erzählt, daß mein Chef nicht operieren kann.« Martin bemühte sich gar nicht erst, leise zu sein, da die beiden erfahrenen Schwestern die manuellenGeschicklichkeit des Bindestrichs kannten.

»Was ist denn das für eine Begrüßung?« lallte Hans.

»Das geht nicht! Du kannst dich hier nicht operieren lassen, nicht von Gonzalez-Döricht. Du mußt deine Einwilligung zurückziehen, Hans! Ich bitte dich, mach keinen Fehler!« Martin war außer sich.

»Jetzt hab dich nicht so. Ein kleiner, läppischer Knöchelbruch. Das kann doch kein Problem sein.«

Hans schien nicht von dieser Welt zu sein. Das mußte die Wirkung der Vorbereitungstablette sein, vermutete Grundmann und ließ sich kraftlos auf Schmalenbergs Bett plumpsen. Er resignierte.

»Ich bitte dich, Martin. Mach es mir nicht so schwer«, flehte Hans redselig. »Wenn ich auf deiner Station liege, kann ich dir bei deiner Arbeit helfen.« Zwinker, zwinker. »Na, du weißt schon.«

Oh Gott, was redete der da! Martin konnte es nicht fassen. Ihm war nicht entgangen, daß die beiden Schwestern plötzlich stutzig geworden waren. Hans war dabei, Martin bloßzustellen. Er würde ihn um Kopf und Kragen quatschen.

»Ich wollte nicht auf die Privatstation, sondern bei dir liegen«, schwätzte Hans weiter, »das ist doch praktisch. Wenn du mich besuchen willst, sparst du dir unnötige Lauferei. Mußt du zugeben.«

Das Drama nahm seinen schicksalhaften Lauf. Martin reagierte nicht mehr auf Schmalenbergs Worte. Er war völlig fertig. Nicht nur, daß er in dieser Abteilung verheizt wurde, jetzt sollte auch noch sein Freund unters Messer dieses Dilettanten kommen. Wortlos beobachtete er, wie Schmalenberg in den OP geschoben wurde.

19.

»Was ist dir denn über die Leber gelaufen?« fragte Dr. Rainer Korn, als er das Arztzimmer betrat und Grundmann zusammengesunken am Schreibtisch sitzen sah. Der Kollege schloß die Tür hinter sich, warf die Post auf einen Stuhl und stellte den mitgebrachten Kaffee vor Martin ab. »Nimm den, ich besorg mir einen Neuen.«

»Danke.«

Wenig später kam Korn mit einer zweiten Tasse zurück, hängte seinen zerknitterten Kittel über die Stuhllehne und setzte sich Martin gegenüber.

Gemütlich war er nicht zu nennen, der kahle, nikotingelbe Raum mit dem grauen Metallschrank in der Ecke, den hübschen Blümchengardinen und den zwei völlig überladenen Hängeregalen, die jeden Augenblick herunterzukommen drohten. Keine Blumen, kein Kalender oder Bild lenkten von der Arbeit ab. Trotzdem bot dieses Arztzimmer Schutz und Geborgenheit vor den ewig fordernden Patienten, die immer klagen und jammern durften, ohne sich jemals nach dem Befinden ihrer Ärzte zu erkundigen.

»Jetzt erzähl mal! Was ist passiert?« fragte Korn.

»Das weißt du doch.«

»Ist Schmalenberg ein Freund von dir?«

Martin nickte traurig.

»Das kann ja Eiter werden!«

Wie oft hatte auch Martin diesen dummen Spruch gebraucht, wenn von der hohen Infektionsrate nach Chefoperationen die Rede war. Jetzt war ihm eher zum Heulen zumute.

»Oh, Mann«, seufzte Korn. »Jeder, der hier einigermaßen durchblickt, weiß, daß man sich nicht vom Chef operieren läßt. Da wartet man bis zum Wochenende. Einfacher geht's nicht.«

»Das ist mir alles klar. Ich hab versucht, Schmalenberg davon abzubringen, aber vergeblich!«

»Hoffentlich hat das der Chef nicht mitbekommen. Wegen einer ähnlichen Sache wurde ein Kollege abgemahnt. Hier herrschen rauhe Sitten. Mag der Bindestrich beim Operieren auch hemmungslos sein, wenn es um sein Ego geht, reagiert er extrem mimosenhaft.«

»Das ist mir egal«, seufzte Martin und nippte an seinem Kaffee.

»Nun mal Kopf hoch«, tröstete Korn, »Captain Morgen ist dabei, da wird schon nichts passieren.« Korn sortierte die Post. Pharmareklame wanderte ungeöffnet in den überquellenden Papierkorb. »Moment – Ich hab was für dich. Dein Gehaltsstreifen! Na, ist das nichts? – Fang!«

Lustlos schnappte Martin den Briefumschlag und riß ihn auf. Ihm war nicht nach Späßchen. Nachdem er die vielen Zahlen studiert hatte, überzog zornige Röte sein Gesicht. »Das darf doch nicht wahr sein!«

»Zu wenig? Wird dir zuviel abgezogen? Das ist Steuerklasse eins. Du mußt schleunigst heiraten.«

»Um so glücklich zu werden wie du?« Grundmann konnte sich gut an das Abendessen bei Korns vor einer Woche erinnern. Die Familie war depressiv, eine schreckliche Stimmung. Das einzige der drei Kinder, das lebendig war und munter drauflos plapperte, wurde pausenlos belehrt.

»Der Geier hat mich reingelegt!« beschwerte sich Martin.

»Wer?«

»Der Personalleiter Koch! Mir hat er hoch und heilig versprochen, daß ich nach BAT Ib bezahlt werden würde, schließlich bin ich Facharzt. Und hier steht plötzlich BAT II.«

»Reg dich nicht auf«, beschwichtigte ihn Korn. »Koch versucht es mit jedem. Nachtschwestern bekommen nicht die tariflichen Zulagen. Wenn sie sich beschweren, droht man ihnen mit Kündigung. Höhergruppierungen werden einfach vergessen. Stellen werden gestrichen oder erst nach Verzögerungen besetzt, um Gehälter zu sparen. Plötzlich und ohne Grund wird das Urlaubsgeld gekürzt. Im Haus gibt es keinen, der nicht von ihm beschissen wurde. Leider wehren sich nur wenige. Viele trauen sich nicht, weil sie Angst vor einem Eintrag in die Personalakte haben, so daß er meistens mit seinen Gaunereien ungeschoren davonkommt.«

»Warum klaut er seinen Mitarbeitern nicht gleich das Portemonnaie? Das wäre ehrlicher!«

Rainer Korn nickte. »So kämpferisch gefällst du mir schon besser.«

»Tut denn niemand was dagegen? Wenn Koch auf diese Weise die Angestellten betrügt, muß man ihm das Handwerk legen! Was ist mit dem Verwaltungsdirektor oder der Mitarbeitervertretung?«

»Ach«, Korn winkte ab. »Dem Garzweiler ist Koch ganz recht. Der erledigt für ihn die Drecksarbeit. Und seitdem Zahnstein nicht mehr lebt, hat die MAV ihren Biß verloren. Zahnstein war der einzige, der den hohen Herren mal den Marsch geblasen hat.«

»Und keiner tritt in Zahnsteins Fußstapfen? Wie ist es mit dir, Rainer? Keine Lust?«

Korn fuhr verlegen durch seine roten Haare. »Ich? Du spinnst wohl! Ich bin froh, daß ich eine Stelle habe. Ich werde doch meinen Job nicht für andere Leute riskieren, die mir später in den Arsch treten.« Er schaute auf die knallrote *IREF*-Uhr an der Wand, ein Pharmageschenk der *Tamegi AG* aus besseren Tagen. Deren angebliches Wunderpräparat hatte wegen gefährlicher Nebenwirkungen vom Markt genommen werden müssen – seitdem war es mit der Pharmafirma bergab gegangen. »Ich muß gleich ein Gutachten machen und bräuchte dazu – diesen Raum.« Korn druckste herum.

»Heißt das, ich soll jetzt verschwinden?« fragte Grundmann.

»So ähnlich. – Es dauert nicht lange, Martin, entschuldige! Ich schätze etwa zwanzig Minuten.«

»Bekommst du viel Geld für so ein Gutachten?«

Korn lachte verbittert. »Ich kann froh sein, wenn ich dem Bindestrich nicht was draufzahlen muß. Er streicht die Kohle selber ein. Wir werden jedes Vierteljahr mit einem popeligen Taschengeld abgespeist. Das wirst du selbst erleben.«

»Das gibt's nicht!«

»Die Gutachten sind mir sowieso nicht geheuer.«

»Wieso?«

»Wenn es zum Beispiel um die ›Minderung der Erwerbsfähigkeit‹ bei Rentengutachten nach Unfällen geht, hält sich der Bindestrich in den seltensten Fällen an unsere Vorgaben. Er untersucht jeden Patienten nach, unter vier Augen, versteht sich.«

»Ist das nicht üblich so? Er trägt als Chef schließlich die Verantwortung«, gab Martin zu bedenken.

»Mag sein. Merkwürdigerweise kommt er aber häufig zu völlig anderen Ergebnissen als wir. Manchmal sind seine Urteile geradezu haarstäubend!« In Korns sonst eher fahles Gesicht trat ein rosa Schimmer.

»Hast du Beispiele?« fragte Martin.

»Da kriegt so 'ne Schickimicki-Tante mit einer belanglosen Sensibilitätsstörung im Gesicht ihre 20 Prozent, während ein Arbeiter mit eingesteifter Schulter nach Oberarmkopfbruch gerade mal 10 bekommt. Du weißt, daß 20 Prozent die magische untere Grenze für eine Rentenzahlung sind?«

»Und warum machst du für Gonzalez-Döricht die Arbeit?«

»Weil ich muß! Was bleibt mir anderes übrig, wenn mir der Chef die Gutachten aufs Auge drückt. Außerdem brauchen wir jede Menge Gutachten für die Facharztprüfung.«

Martin schüttelte den Kopf, als zweifelte er an den Worten seines Kollegen.

»Glaub mir«, bekräftigte Korn das bisher Gesagte. »Schau dir selbst die Gutachten an. Die Chefsekretärin wird sie dir geben. Aber sag um Himmels willen nicht, warum du sie haben willst.«

Jemand pochte an die Tür.

Korn machte mit dem Zeigefinger das Zeichen zu schweigen und rief: »Herein!«

Ein schlicht gekleideter Mann Mitte Fünfzig humpelte ins Arztzimmer. Er hatte ein steifes Knie.

20.

Grundmann hatte sich bislang nicht getraut, nach dem Ergebnis von Schmalenbergs Knöcheloperation zu fragen. Wem konnte er in diesem Laden schon Glauben schenken? Was letztlich zählte, waren die späteren Röntgenbilder und das funktionelle Ergebnis.

Heute war er für die Ambulanz zuständig, wo es ruhig geblieben war. War sein Funker defekt? Als er auf den schwarzen Prüfknopf drückte, antworteten die Batterien mit einem kräftigen Rauschen.

»Machen Sie wieder alles kaputt, junger Mann?« hörte er eine tiefe Stimme aus der Raucherecke.

Als sich Grundmann umdrehte, sah er ein altes, verschrumpeltes Mütterchen, das ihn beobachtet hatte und lasziv an ihrer Zigarettenspitze sog. Sie zeigte Knie, was er geflissentlich ignorierte, um keine falschen Hoffnungen zu wecken.

Martin hatte nichts zu tun. Die Stationsarbeit war erledigt. Zurückziehen konnte er sich nicht, da das Arztzimmer noch besetzt war. Ein Arzt, daran gewöhnt, alles im Laufschritt zu erledigen, stand einer solchen Situation hilflos gegenüber. Warum sollte er nicht dem Vorschlag seines Kollegen folgen und ein bißchen in den Rentengutachten stöbern? Die Gelegenheit war günstig, da Gonzalez-Döricht gegenwärtig operierte.

Auf der Bank vor dem Chefsekretariat im Erdgeschoß wartete ein kleiner Mann, Typ Pharmavertreter, mit einem wuchtigen, grünen Lederkoffer neben sich. Voll beladen würde er den gar nicht schleppen können. Die steife, ungelenke Art und der teure Designeranzug paßten nicht zusammen. Ein komischer Vogel.

Martin ging an ihm vorbei ins Zimmer der Chefsekretärin. »Einen wunderschönen Tag, Frau Schmitz.«

»Tag, Herr Dr. Grundmann. Schön, daß Sie mal vorbeischauen.«

Die herzliche Begrüßung tat ihm gut.

»Ich dachte schon, mich besucht überhaupt keiner mehr. Hier ist heute morgen nichts los. Nehmen Sie Platz, Herr Doktor. Was kann ich für Sie tun? Was gibt's Neues an Klatsch und Tratsch?«

»Frau Schmitz, was denken Sie von mir! Ich schufte mich zu Tode, und Sie glauben, ich hätte Zeit für ein Schwätzchen.« Martin gab sich gespielt empört und setzte sich.

»Was ist denn das für ein Heini da draußen? Wie ein Pharmavertreter sieht er eigentlich nicht aus.«

»Sie sind ein aufmerksamer Beobachter. Was sucht ein so gutaussehender Mann wie Sie mit dieser brillanten Menschenkenntnis in unserer langweiligen Abteilung?«

»Reden Sie nicht, Frau Schmitz. Sie arbeiten doch auch hier.«

»Herr Dr. Grundmann, Sie schmeicheln mir«, antwortete Desiree Schmitz keß. Ihr Schreibtischstuhl ächzte unter den 120 Kilos. Für den Vornamen konnte sie nichts. »Der Mann ist, glaube ich, sogar ein Freund vom Chef. Kein Pharmafritze, soviel ist sicher.« Sie musterte Martin eindringlich und machte aus ihrer Sympathie für ihn keinen Hehl. »Ein hübsches Hemd, was Sie da tragen.«

»Hat mir meine Frau gekauft.«

»Herr Doktor, Sie bluffen. Sie sind nicht verheiratet und zur Zeit sogar solo. Fragen Sie nur die Schmitz, die weiß alles!«

»Dann sagen Sie mir, was der Mann da draußen vom Chef will.«

»Oh – da muß ich passen. Möglich, daß der Professor und er an einem gemeinsamen Projekt arbeiten. Ich habe keinen blassen Schimmer.«

»Aber die Schmitz weiß alles«, äffte Martin ihre Stimme nach.

Sie vergewisserte sich, daß sie allein waren, beugte sich vor und senkte konspirativ ihre Stimme: »Professor Gonzalez-Döricht besorgt jedenfalls immer frisches Serum, das der kleine Mann persönlich abholt. Der große Lederkoffer für die paar Blutproben, einfach lächerlich! Mich würde nicht wundern, wenn sich der Chef dadurch ein paar Mark dazuverdient. Umsonst macht der nämlich gar nichts. Sie ahnen nicht, wo er überall seine Finger drin hat.« Sie richtete sich auf und sprach wieder normal: »Ich darf leider nichts erzählen!«

»Bloß nicht«, bestätigte Grundmann. »Ich habe eine Bitte, Frau Schmitz.«

»Nicht doch, Herr Doktor.« Sie spielte das pubertierende Mädchen, schlug geziert die Augen zu Boden. »Nicht hier, nicht zu dieser Uhrzeit.«

Diesmal wurde Grundmann verlegen.

Die Chefsekretärin kringelte sich vor Lachen und schlug ihm kräftig auf den Oberschenkel. »Was kann ich für Sie tun? Sie wissen, Sie können alles von mir haben!« Sie wackelte kurz mit ihrer beträchtlichen Oberweite.

Martin rieb sich sein schmerzendes Bein. »Ich würde gern in die Ordner mit den Rentengutachten der Berufsgenossenschaften schauen. Da ich bald selbst Gutachten machen muß, kann es nicht schaden, wenn ich mich mal informiere.«

Grundmann hatte sein Anliegen kaum ausgesprochen, als schon drei Leitz-Ordner auf seinem Schoß lagen. »Wenn Sie mehr wollen?«

Hastig winkte er ab.

»Beiben Sie sitzen, und blättern Sie in aller Ruhe. Sie stören mich nicht.« Die Sekretärin wandte sich ihrem Computer mit der Privatabrechnung zu.

»Danke, Frau Schmitz. Sie sind ein Schatz!«

Pieeep – Pieeep – Pieeep.

»Bitte 5-5-3! 5-5-3 bitte!« krächzte Martins Funker.

»Das hat mir gerade noch gefehlt«, stöhnte Martin.

Die Chefsekretärin schob ihm das Telefon zu, damit er zurückrufen konnte. »Wehe, Sie müssen weg!« drohte sie.

In der Ambulanz lag eine Kopfplatzwunde. Der Patient mußte aber erst zum Röntgen, so daß Martin noch Zeit hatte, ein wenig in den Akten zu stöbern.

Sein Kollege Korn hatte nicht übertrieben. Die Prozentangaben für die MdE, die ›Minderung der Erwerbsfähigkeit‹, schienen völlig willkürlich festgelegt worden zu sein. Die Schwere der Unfallfolgen deckte sich in den wenigsten Fällen mit dem daraus resultierenden Rentenanspruch, beziehungsweise dessen Ablehnung. Das machte keinen Sinn!

»Stimmt was nicht?« fragte die Sekretärin, der Grundmanns Mienenspiel nicht entgangen war.

»Es ist alles in Ordnung«, log Martin. »Mir graut nur vor dieser blöden Arbeit. Ich glaube kaum, daß ich mich jemals für Gutachten werde begeistern können.«

Frau Schmitz gab sich mit seiner Erklärung zufrieden.

Hatte der Bindestrich den Prozentvorschlägen seiner Assistenten widersprechen wollen, aus lauter Trotz? Zuzutrauen wär's ihm. Mitleid mit den Menschen kam als Motiv nicht in Frage. Oder waren das Gefälligkeitsgutachten für die Berufsgenossenschaft? Aber nein! Dafür waren die Entscheidungen viel zu oft zum Nachteil der BG ausgefallen.

Plötzlich kam Martin ein absurder Gedanke: Gonzalez-Döricht machte mit seinen Patienten gemeinsame Sache: Ließ er sich womöglich für einen positiven Rentenbescheid bezahlen? Oder teilte er sich sogar mit den Unfallopfern die Rente? So hatten beide was davon! Wer nicht zahlen oder teilen wollte, bekam keine 20 Prozent und damit kein Geld. So einfach war das?

Pieeep – Pieeep – Pieeep.

»Bitte 5-5-3! 5-5-3 bitte!« hustete Martins Funker heiser.

»Man mißgönnt uns unsere Zweisamkeit«, quengelte Frau Schmitz, »immer dasselbe.«

Martin klappte die Ordner zu, schob sie auf den Schreibtisch zurück und erhob sich. »Frau Schmitz, es war wie immer nett bei Ihnen. Darf ich mal wieder reinschauen?«

»Ich bitte darum. Beim nächsten Mal gibt's ein Täßchen Kaffee.«

Er wollte gerade das Büro verlassen, als sie ihn zurückrief: »Ich habe hier einen Brief für Sie; der lag versehentlich bei mir im Postfach.«

»Danke und tschööö!«

Der Mann mit dem grünen Lederkoffer wartete immer noch geduldig. Er schien sich nicht bewegt zu haben. Vermutlich ist er ausgestopft, lästerte Grundmann, und der Bindestrich setzt ihn jeden Morgen auf die Bank, um zu zeigen, daß er noch Patienten hat.

Grinsend schlenderte er den kahlen Flur entlang in Richtung Ambulanz. Dabei riß den unfrankierten Umschlag auf und las den Brief:

Stecken Sie Ihre Nase nicht in Dinge, die Sie nichts angehen!
In wohlmeinender Sorge
Ihr Rudolf Zahnstein

Martins Herz raste, der Atem ging schwer, seine schweißnassen Hände bebten. Ein schlechter Scherz oder nur Bluff? Wer konnte was herausbekommen haben? Der einzige, der von seinem wahren Auftrag und der Verbindung zur Kripo wußte, war Verwaltungsdirektor Garzweiler. Ob Schmalenberg im Rausch der Vorbereitungstablette zuviel erzählt hatte? Als Hans operiert wurde, waren Schwester Erika und Gudrun in der Umbettschleuse. Erika hatte Martin schon einmal auflaufen lassen, als er die Augenbrauen rasieren wollte. Und Gudrun? Konnte er ihren dunkelblauen Augen trauen?

Entweder war er bereits entlarvt worden oder – auf der richtigen Spur!

21.

»Was ist denn mit Ihnen los?« fragte Schwester Erika besorgt, als sie den bleichen Grundmann in die Ambulanz wanken sah.

»Soll der etwa meine Platzwunde nähen!« protestierte der Maurer, der in der Mitte des Raumes lag und dessen Schädel ein durchgeblutetes Kompressenhäubchen zierte. »Der braucht doch selbst 'n Arzt.«

»Sie halten Ihren Mund!« herrschte ihn Erika an. »Wenn Ihnen hier was nicht paßt, suchen Sie sich ein anderes Krankenhaus. Herr Dr. Grundmann ist ein routinierter und gewissenhafter Arzt, bei dem Sie in den besten Händen sind.«

»Okay, okay. Ich bin still und friedlich«, winselte der Einsneunzigmann.

Das tat gut. Mit dieser Unterstützung durch die ewig kritische Erika hatte Martin nicht gerechnet.

»Herr Doktor Grundmann, es ist alles vorbereitet.«

»Danke, Schwester Erika.« Wenn sie hinter dem anonymen Brief steckt, spielt sie ihre Rolle verdammt perfekt, überlegte Martin und machte sich an die Arbeit.

Lokalanästhesie.

»Aua, Mensch! Paß doch auf!«

»Ist gleich vorbei.«

Wundrandausschneidung, Nähte.

In den wenigen Wochen seiner chirurgischen Laufbahn hatte Martin eine erstaunliche Geschicklichkeit erworben. Und jede Schwester, jeder Pfleger arbeitet gern mit einem Arzt zusammen, der schnelle und gute Arbeit macht.

Nachdem Grundmann Befunde und Therapie in den Ambulanzbogen eingetragen hatte, drehte er sich um und beobachtete, wie Schwester Erika dem Bauarbeiter eine Tetanusspritze in den Hintern bohrte.

»Aua!«

»Hab dich nicht so«, fuhr sie den Bauarbeiter an. »So.« Danach drückte sie einen Tupfer auf die Einstichstelle und begann derart zu wackeln, daß Wellen über die fetten Gesäßbacken liefen. »Du kannst dich wieder anziehen!«

Martin ließ der Gedanke nicht los, daß sie den Brief geschrieben haben könnte. Nach außen machte sie auf sympathische Schwester, in Wahrheit war sie vielleicht eine falsche Schlange. Er kannte sie zu wenig.

»Schwester Erika, eine Frage ...«

»Wenn sie nicht zu kompliziert ist, Herr Doktor.«

»Warum werden eigentlich alle Materialien bei nur einer Firma bestellt?« fragte Grundmann. »Mir ist im OP aufgefallen, daß viele Instrumente oder Einmalartikel viel billiger eingekauft werden könnten. «

Erika wandte sich ab und begann, den blutigen OP Tisch zu reinigen. Sie wartete, bis der Patient den Raum verlassen hatte. »Das ist ein heikler Punkt, den Sie da ansprechen! Ich würde an Ihrer Stelle etwas vorsichtiger sein und aufpassen, mit wem Sie darüber reden.«

»Wieso?«

»Für den Einkauf ist der Verwaltungsdirektor zuständig, nur er allein.«

Martin nickte.

»Herr Garzweiler handelt günstige Konditionen aus, heißt es. Dadurch, daß er fast alles bei nur einer Firma bestellt, bekommt er die größten Rabatte.«

»Was nutzen einem die Rabatte, wenn schon der Grundpreis viel zu hoch ist?«

»Fragen Sie ihn selbst, Herr Doktor, aber denken Sie an Ihre Probezeit! Cave linguam. Oder was sagt ihr Mediziner immer?«

Grundmann schmunzelte über die burschikose Frau, die ihre Ambulanz hervorragend führte, mit harter Hand, aber auch einfühlsamen Worten. Der Bindestrich sollte sich freuen, solche Mitarbeiter zu haben.

»Wissen Sie, an wen Sie mich erinnern, Herr Doktor?«

»Keine Ahnung.«

»An Rudolf.«

»Wen?«

»An Rudolf Zahnstein.«

Martin schluckte. Das war heute das zweite Mal, daß er mit diesem Mann in Verbindung gebracht wurde. »Wie darf ich das verstehen?« fragte Martin. »Ist das gut oder schlecht?«

»Das ist ein großes Kompliment! Zahnstein war ein toller Arzt, fachlich kompetent und menschlich über jeden Zweifel erhaben.«

»Vielen Dank, Schwester Erika. Das freut mich besonders, wenn Sie das sagen. Vor Ihnen habe ich nämlich einen Heidenrespekt.«

Schwester Erika strahlte.

»Aber warum wurde Zahnstein umgebracht, wenn er so viele Qualitäten hatte? Die meisten haben ihn anscheinend sehr geschätzt.«

»Die meisten, aber längst nicht alle! In diesem Haus liegt so manches im Argen. Einige haben Dreck am Stekken, was mir den Spaß am Beruf manchmal verleidet. Es gibt aber viele gute Leute in dieser Klinik, für die sich der Einsatz lohnt. Und ich bin überzeugt davon, daß wir eine gute Medizin machen.«

»Von Gonzalez-Döricht und einigen Ausrutschern abgesehen, kann ich das nur bestätigen. Sonst wäre ich längst nicht mehr hier. Aber wer hat Zahnstein auf dem Gewissen? Ein Patient vielleicht?«

»Das glaube ich nicht. Zahnstein hatte sicherlich auch Neider und Feinde. Ich bin der Meinung, daß der Mörder hier im Haus zu suchen ist. Vielleicht sagen wir uns jeden Morgen freundlich guten Tag. Schrecklich, diese Vorstellung.« Erika schüttelte sich. »Zahnstein wußte unglaublich viel. Weil er bei den meisten beliebt und Vorsitzender der Mitarbeitervertretung war, haben sich viele bei ihm ausgesprochen.«

»Hat er sein Wissen benutzt, um Leute unter Druck zu setzen?«

»Um zu erreichen, was er wollte? Wer weiß? Zahnstein war sich seiner Bedeutung bewußt. Einige hatten regelrecht Angst vor ihm. Er leistete sich gegenüber dem reaktionären Gonzalez-Döricht Dinge, von denen andere nur träumen konnten.«

»Wieso? War er bei den Grünen?«

»Das auch«, antwortete sie belustigt, »aber das meine ich nicht. Er genoß zahlreiche Privilegien: regelmäßige freie Nachmittage und mehr Fortbildungsurlaub als jeder andere. Er durfte sogar lästige Tätigkeiten an Kollegen delegieren und von allen Assistenten am meisten operieren. Er hatte mehr Einfluß auf den Chef als die beiden Oberärzte zusammen!«

»Dazu gehört nicht viel«, bemerkte Martin sarkastisch. »War Zahnstein eigentlich immer gut drauf, der Alleskönner und Tausendsassa, wie ihn viele sahen, oder hatte er Probleme? Bedrückte ihn was, hatte er Angst?«

»Keine Angst. Das Wort ›bedrücken‹ trifft es schon eher. Ihm fehlte sein Doktortitel, ohne daß er das jemals zugegeben hätte. Und sein Name hat ihm zu schaffen gemacht.«

»Wenn es mehr nicht war.«

»Für Rudolf war das ein ernstes Problem.«

»Haben Sie einen konkreten Verdacht, wer den Mord begangen haben könnte?«

Erschrocken wich Schwester Erika zurück. »Um Himmels willen, nein! Bitte nicht schon wieder. Die Zeiten, in denen jeder jeden verdächtigt hat, sind Gott sei Dank vorbei. Sie glauben nicht, was sich hier nach Zahnsteins Tod abgespielt hat. Das war die reinste Hexenjagd. Dieser Kripokommissar, der jetzt bei Ihnen auf der 7 liegt, hat ordentlich dazu beigetragen. Aber an uns hat er sich die Zähne ausgebissen«, kicherte sie. »Sie wissen ja selbst, Herr Doktor, daß im Haus zwar furchtbar viel gequatscht und getratscht wird, aber kein Sterbenswörtchen nach draußen dringt. Ich glaube, da sind alle Krankenhäuser gleich, oder nicht?«

Martin pflichtete ihr bei.

»Warum interessiert Sie die Geschichte mit Zahnstein eigentlich so brennend, Herr Doktor?«

»Man will doch wissen, mit wem man verglichen wird«, antwortete Martin.

»Übrigens ein toller Mann, dieser Hauptkommissar Schi... Schi...«

»Schmalenberg.«

»Richtig, Herr Doktor.«

22.

»Den *Stadtanzeiger*, bitte«, sagte Hauptkommissar Schmalenberg.

Der Kioskbesitzer schob ihm die Zeitung hinüber.

»Ich hätte gern noch drei Snickers, fünf Duplo und eine Tafel Schokolade, die mit Mandeln bitte.«

»Wenn der den Laden leerkauft, schmeiß ich ihn aus seinem Rollstuhl«, hörte Hans eine verrauchte, männliche Stimme hinter sich.

»Meinen Sie, ich mach das hier zum Vergnügen?« fluchte Hans, ohne sich umzudrehen. Seit seiner Operation vor zwei Tagen hatte er einen Heißhunger auf Junk. Sein Blick fiel auf das Regal mit den Chipstüten. »Von denen hätte ich gerne zwei.«

»Paprika, Salz oder Schinkengeschmack?«

»Paprika – und ich probier mal Schinken.«

Mit unbewegtem, bleichem Gesicht, dem das Tageslicht fehlte, türmte der Verkäufer den Kalorienberg auf. Ein aufregender Beruf, der keine Wünsche offenläßt, dachte Schmalenberg, ich sollte umschulen.

Der Kiosk-Yeti mißdeutete das Grinsen seines Kunden als freundliche Geste und rang sich seinerseits mühsam ein Lächeln ab. »Macht 14 Mark 70!«

»Für das Bißchen?«

Wortlos begann der Mann im Büdchen, die Süßigkeiten wieder wegzuräumen.

»Einverstanden, ich nehme alles«, erklärte Hans aus Sorge um seine gesunde Zwischenmahlzeit.

»Das will hoffen!« hörte er hinter sich wieder die tiefe Stimme aus der Schlange der Wartenden.

Als der Hauptkommissar mit seinem Krankenstuhl wenden wollte, um endlich diesen lästigen Stänkerer zum Schweigen zu bringen, traf er mit seinem hochgestellten Gipsbein das Knie des alten, verschrumpelten Mütterchens. Sie schrie auf und verlor dabei ihre Zigarettenspitze aus dem Mund. »Du rücksichtsloser Flegel!«

»Unverschämtheit.«

»Benehmen ist Glücksache!«

»Verdammte Rollstuhlfahrer! Nehmen sich alles raus!«

Die anderen Beschimpfungen gingen im Sturm der Entrüstung genauso unter wie Schmalenbergs gemurmelte Entschuldigung.

Er war in der Defensive, zahlte eilig und schaufelte sich seinen Einkauf auf den Schoß. Verdammtes Pack.

Hans entkam im Gewühl der großen Eingangshalle, bog scharf nach rechts ab und hätte beinahe einen älteren Herrn umgenietet, Gewichtsklasse Fliege, mit Flügelhemdchen, darüber gestreiftem Bademantel, an dessen Seitentasche ein Urinbeutel zog. Ausgesprochen appetitlich.

Danach rollte er den Flur im Seitenflügel entlang, in dem die Ambulanzräume lagen. Er war schnell, ohne die Acht im rechten Hinterrad wäre er noch fixer gewesen.

»Hallo, Herr Kommissar. Wohin so eilig?« rief jemand aus einem Raum, an dessen geöffneter Tür er vorbeigebrettert war. Schmalenberg stieg in die Bremsen, will heißen, daß er mit seinen Händen auf die Reifen packte. Autsch! Die Handinnenflächen wurden unangenehm heiß.

»Ihnen scheint es erstaunlich gut zu gehen. Sind Sie etwa auf Verbrecherjagd?«

Als er kehrt machte, stand Schwester Erika vor ihm in ihrer ganzen Pracht und Herrlichkeit. Sie leuchtete ihn an. Mit ihren weißen Zähnen im braungebrannten Gesicht, den blonden Locken und den vollen Brüsten hätte sie Werbeträger für kerngesunde Bio-Produkte sein können.

»Zu Ihnen wollte ich, Schwester Erika.« Hans rollte näher heran, seine Hände brannten. »Ich möchte mich für die freundliche Betreuung bei meiner Aufnahme bedanken.«

»Nicht der Rede wert«, winkte sie bescheiden ab. »Dafür werde ich bezahlt.«

»Wie wär's mit einem Snicker? Viel mehr kann ich Ihnen im Augenblick nicht bieten. Höchstens noch ein Duplo.«

»Danke nein«, lachte sie.

Sie sah hinreißend aus. Klar, daß sie diesem ungesunden Schnuckerkram entsagte, überlegte Hans, schade, daß ich keinen Tofu-Burger dabei habe.

»Herr Schmalenberg, Sie müssen schleunigst wieder ins Bett zurück und Ihr Bein hochlegen!« Sie hatte die Schwellung der Zehen bemerkt, die zudem eine ungesunde, bläuliche Farbe angenommen hatten.

»Sie haben recht. Es fängt wieder an wehzutun.«

»Ich kann nur hoffen, daß Sie nicht rauchen.« Eine leichte Drohung lag in ihrem Ton. »Das verzögert die Knochenheilung erheblich.«

»Aber wo denken Sie hin, Schwester Erika! Ich doch nicht. Großes Indianerehrenwort.« Was versprach er da als süchtiger Raucher? Tausendmal versucht – tausendmal verflucht! Aber diesmal hatte er ernsthaft Besserung gelobt. Wahrscheinlich war das der Grund für seinen Heißhunger auf Süßes.

23.

Als Schmalenberg mit geschwollenem und schmerzendem Bein, aber glücklich auf der Station 7 einrollte, wurde er von einem verärgerten Grundmann empfangen.

»Das hätte ich mir denken können!«

»Warte mal ...«

»Spar dir deine Erklärungen! Jetzt weiß ich, weshalb du nicht auf die Privatstation wolltest. Du denkst, hier kannst du dir alles erlauben. Aber nicht mit mir! Da hast du dich geschnitten! Hier bist du Patient und nichts anderes. Ich habe dir erlaubt, aufs Klo zu gehen, aber nicht, große Reisen zu machen. Meine Freundschaft und mein Vertrauen so auszunutzen ist übel.«

Hinter Grundmann stand Ulrike Bohlmann, die diesen Anschiß sichtbar begrüßte.

»Ich brauchte ein paar Schnuckereien«, entschuldigte sich Hans.

»Und wo ist die große *Mon-Cherie*-Schachtel, die ich dir gestern mitgebracht habe?« fragte die Oberkommissarin.

Schmalenberg rieb sich mit der flachen Hand den Bauch.

»Ich glaub es nicht!«

Grundmann schob seinen Freund in das Horrorzimmer 316. Da war wieder der kalte Schauer. »Marsch ins Bett! Und wehe, ich erwische dich noch einmal ohne triftigen Grund auf dem Flur!«

Nachdem Schmalenberg brav die weiteren Anweisungen seines Stationsarztes befolgt, sich selbst ins Bett und sein Bein auf die Schiene gelegt hatte, bat er: »Jetzt sei wieder lieb, ja?«

Wie konnte er diesem Mann böse sein? »Wo ist eigentlich dein Zimmernachbar?« erkundigte sich Martin.

»Wen meinst du, Fritz Teichmann oder den netten jungen Mann mit der Stacheldrahttätowierung auf der Stirn?« Hans wandte sich an Ulrike. »Bei mir liegt nämlich die Creme der Kölner Berberszene. Beide Herren sind Alkis der übelsten Sorte. Das hat Martin geschickt arrangiert, um sich dafür zu bedanken, daß ich nicht auf die Privatstation wollte.«

»Quatsch nicht so blöd«, unterbrach ihn Grundmann. »Ich will wissen, wo Gustav ist!«

»Der Herr aus Bautzen hat vor einer Stunde seine Sachen gepackt und mit einer Plastiktüte das Haus verlassen. Er müsse zur Bank. Welche, hat er nicht gesagt. Wahrscheinlich meinte er die Volksbank im Stadtgarten.«

»Hier macht wirklich jeder, was er will! Gustav hat ein gebrochenes Bein und sollte dringend operiert werden. Hat er wenigstens seine Gehstützen mitgenommen?«

»Nein – die stehen da drüben in der Ecke.«

Martin sank erschöpft auf einen Stuhl.

»Du bist nicht Robin Hood«, tröstete ihn Bohlmann. »Du kannst dich nicht um alle kümmern. Sag mir lieber, woher ich dieses Zimmer kenne. Ich bin sicher, ich war schon einmal hier.«

»In diesem Raum«, Martin stockte, »wurde Rudolf Zahnstein gefunden!«

»Böses Omen«, beklagte sich Hans. »Erst werde ich von diesem stümperhaften Professor Gonzalez-Döricht operiert, was du nicht verhindert hast ...«

»Jetzt aber mal halblang!« wehrte sich Martin. »Vor dem OP-Saal habe ich dich beschworen, dich hier nicht operieren zu lassen. Im Rausch deiner Vorbereitungstablette hast du mir überhaupt nicht zugehört.«

»Und wieso weiß ich nichts mehr davon?«

»Das ist die Gedächtnislücke nach Dormicum. Ein tolles Mittel, aber tückisch. Mit deiner Plapperei hast du wahrscheinich alles verraten.«

»Wie kommst du darauf? Was soll ich denn erzählt haben?« protestierte Hans.

»Hier, schau selbst.« Martin kramte einen zerknitterten Brief aus seiner Kitteltasche. »Den habe ich kurz nach deiner Operation bekommen.«

Hans und Ulrike überflogen die Zeilen:

Stecken Sie Ihre Nase nicht in Dinge, die Sie nichts angehen!
In wohlmeinender Sorge
Ihr Rudolf Zahnstein

»Wieso liest du daraus, daß alles aufgeflogen sei? Wo steht hier, daß du mit der Kripo gemeinsame Sache machst?« wunderte sich Ulrike.

Hans pflichtete ihr bei: »Der Brief sagt gar nichts. Das kann genauso gut einer deiner Kollegen geschrieben haben, der dir gut gesonnen ist. Möglicherweise hat jemand Angst, du könntest mit deiner vorlauten Klappe für Gonzalez-Döricht zum roten Tuch werden.«

»Und möchte, daß du deine Probezeit überstehst«, bestätigte Ulrike.

»Eine heimliche Verehrerin«, kicherte Schmalenberg.

»Quatsch«, meinte Martin spontan, wurde aber nachdenklich. »Kann sein, daß ihr recht habt – so habe ich diesen Zettel noch gar nicht gesehen.«

Es klopfte. OP-Schwester Gudrun steckte ihren Kopf durch die Tür. »Kann ich Sie mal einen Moment sprechen, Herr Grundmann?«

Martin bekam feuchte Hände und stand auf. »Entschuldigt mich bitte, ich komme gleich wieder.«

Ulrike wartete, bis Martin den Raum verlassen hatte. »Na bitte! Ich glaube, wir liegen mit unserer Vermutung nicht ganz daneben. Wer war diese hübsche Frau?«

Schmalenberg zuckte mit den Achseln.

»Unserem lieben Doktor scheint es hier recht gut zu gehen.«

»Das war mal anders«, antwortete Hans. »Apropos. In diesem Zusammenhang wollte ich dich schon lange was fragen. Kannst du dich an unser Gespräch mit Martin im KK 11 erinnern? Nach anderthalb Monaten St. Josef hatte er die Schnauze voll und war auf dem absoluten Tiefpunkt. Ihn kotzte dieses Krankenhaus dermaßen an, daß er aufgeben und kündigen wollte. Weißt du noch?«

»Na klar, entsinne ich mich!«

»Erst als du ihm die Möglichkeit eröffnet hast, jederzeit wieder an seine alte Arbeitsstelle zurückkehren zu dürfen, lenkte er ein und wollte weitermachen.«

»Ja, und?«

»Von dieser Option hast du mir nie was erzählt. Hast du wirklich mit Martins früherem Chef darüber gesprochen?«

Ulrike wurde verlegen und machte runde, unschuldige Telleraugen. »Natürlich nicht. Ich habe halt ein bißchen geschummelt.«

»Gepokert, willst du sagen!«

»Und gewonnen!«

»Du bist ein krummes Luder, Ulrike – aber super!«

24.

Aus der Nähe sah Gudrun noch hübscher aus.

»Ich wollte mich übrigens dafür bedanken, daß Sie mich am letzten Freitag im OP so lieb unterstützt haben«, sagte Grundmann. »Nachdem mich der Bindestrich angepfiffen hatte, war ich völlig fertig.«

»Das habe ich gemerkt. Sie taten mir furchtbar leid.«

»Ich glaube, mir liegt dieses rauhe Klima in der Chirurgie nicht besonders.«

»Das spricht eher für Sie. Andauernd rumzupoltern, macht noch lange keinen guten Chirurgen. Sie heben sich angenehm von Ihren übrigen Kollegen ab.«

»Danke«, antwortete Martin.

»Das ist der Grund, weswegen ich Sie zu meiner Fete am kommenden Samstag einladen möchte. Ich bin umgezogen und werde meine neue Wohnung einweihen.«

Martin spürte seine Ohrspitzen. Sie glühten. »Ich komme gern. Am Samstag habe ich nichts vor.«

»Sie können Ihre Frau mitbringen, wenn Sie wollen.«

»Ich bin nicht verheiratet.«

»Oder Ihre Freundin, das ist egal«, horchte ihn Gudrun weiter aus.

»Ich bin derzeit solo.«

»Das tut mir leid«, antwortete sie sichtlich erleichtert.

Normalerweise hatte Martin mit Affärchen im Krankenhaus nicht viel am Hut. Aber diese dunkelblauen Augen hatten ihn gefesselt. Und eine Fete hatte noch nichts zu bedeuten. Wahrscheinlich machte er sich nur falsche Hoffnungen.

Nachdem sie sich voneinander verabschiedet hatten, kehrte Martin ins Zimmer 316 zurück, wie immer mit einer leichten Gänsehaut.

»Du siehst glücklich aus«, empfing ihn Ulrike.

Martin, der geahnt hatte, daß sein kleiner Ausflug nicht unkommentiert bleiben würde, hatte sich bereits ein anderes Thema überlegt: »Ich weiß jetzt, wer dich operiert hat, Hans.«

»Ich denke dieser furchtbare Professor Gonzalez-Döricht. Meine Freunde und Kollegen haben die Hände überm Kopf zusammengeschlagen, als ich ihnen erzählt habe, wer für mich das Messer gewetzt hat.«

»Es war nicht der Bindestrich, sondern Captain Morgen.«

»Übertreibt ihr nicht ein bißchen mit den Spitznamen? Wer zum Teufel ist Captain Morgan? Ich kenne nur den Rum aus Jamaika.«

»Das ist unser erster Oberarzt. Er ist ein bißchen eigentümlich, aber ein hervorragender Operateur. Eigentlich wollte der Chef deinen Außenknöchel verplatten, kam aber glücklicherweise zu spät in den OP. Da war Morgen bereits fertig. Gudrun hat mir das erzählt.«

»Deswegen hat sie dich vor die Tür gebeten?« wollte Ulrike wissen.

»Auch«, antwortete Martin vielsagend.

»Warum nennt ihr euren ersten Oberarzt Captain Morgan?«

»Weil Oberarzt Morgen für uns alle im Haus der wahre Chef der chirurgischen Abteilung ist. Witzigerweise ist Gonzalez-Döricht der einzige, der glaubt, wir würden damit seinen Oberarzt auf die Schippe nehmen, indem wir auf dessen Vorliebe für Alkohol in Form von guten Weinen anspielen. Sogar der Bindestrich nennt ihn manchmal Captain Morgen. Über dieses Mißverständnis amüsiert sich jeder hier im Haus.«

25.

Grundmann radelte pfeifend die Siebengebirgsallee aufwärts. Eine lauschige Straße mit altem Baumbestand, links und rechts sanierten Altbauten, für den Durchschnittskölner viel zu teuer. Die Stadtteile Sülz und Lindenthal waren gefürchtet für ihre hohe Lehrer- und Professorendichte. Nirgendwo sonst in Köln wurde man so häufig belehrt wie hier.

Mit Martins guter Laune war es rasch vorbei, als ihm ein Taxi entgegenkam, das voll auf ihn zuhielt. Schweinerei! Gut, er fuhr gegen die Einbahnstraße, aber trotzdem.

Nur ein geschickter Schlenker in eine Parklücke rettete ihn. Das schrie nach Rache. Als der aufgemotzte Mercedes dicht an ihm vorbeibrauste, schlug er mit seiner Faust kräftig zu.

»Blopp«, sprach das eingedellte Autodach, um sofort mit einem weiteren ›Blopp‹ in die alte Form zurückzuspringen.

Martin freute sich diebisch und fuhr weiter.

Plötzlich krachte hinter ihm ein Getriebe. Das war der Rückwärtsgang, schoß es ihm durch den Kopf, nichts wie weg! Mit Taxifahrern war nicht zu spaßen! Mit aller Kraft stieg Grundmann in die Pedalen. Das Aufheulen des Motors gab ihm recht. Vorbei war es mit Martins Mut, ihn packte die nackte Angst. Der Wagen kam bedrohlich näher.

Als das Taxi zum Überholen ansetzte, entwischte Martin nach rechts in die Petersbergstraße.

Der Mercedes blieb geradeaus.

Martin jubilierte: Einbahnstraße – Durchfahrt verboten!

Leider zu früh: Quietschen, Reifen drehten durch, auf dem Kopfsteinpflaster verbrannte Gummi. Ein John Wayne des Wilden Kölner Westens ließ sich nicht abschütteln. Selbst das runde rote Schild mit dem weißen Querbalken war für ihn kein Hindernis.

Die Gäste im Biergarten vom Petersbergerhof blieben ungerührt, für sie war Straßen-Spuk an dieser unfallträchtigen Ecke Normalität.

Als Martin hinter sich das hochtourige Brüllen des Dieselmotors hörte, strampelte er um sein Leben und schrie: »Das ist eine Einbahnstraße, du Aaaaarsch! «

»Sie fahren ja selbst in die falsche Richtung!« rief ihm eine Frau Mitte Vierzig vom Gehsteig hinterher.

Blöde Lehrer-Kuh, dachte Martin, die hat mir gerade gefehlt. Lehrer ist kein Beruf, Lehrer ist eine Diagnose!

Nun folgte eine scharfe Rechtskurve in die Hardtstraße, wieder gegen die Fahrtrichtung. Wo blieben nur die Autos! Martin sehnte sich nach Gegenverkehr.

Sein Stoßgebet wurde erhört.

Im Allgemeinen stand er Bullen eher skeptisch gegenüber, heute aber freute er sich über den entgegenkommenden Polizeiwagen und hätte sich am liebsten festnehmen lassen.

Nur eine Vollbremsung beider Parteien verhinderte

größeres Unglück. Martin lenkte seinen Drahtesel, anders konnte man das verrostete Fahrrad nicht nennen, zwischen zwei parkende Autos und versuchte über den Gehsteig zu entkommen. Die Verfolger ließen schnell von ihm ab, als sie die fette Beute entgegenkommen sahen.

Aus sicherer Entfernung verfolgte Martin, wie John Wayne seine Unschuld zu beteuern versuchte. Als dessen Schweinsaugen böse zu ihm herüber funkelten, winkte Martin freundlich zurück.

Gerne wäre er länger geblieben und hätte die Szene ausgekostet, machte sich aber vorsichtshalber aus dem Staube.

26.

Völlig verschwitzt, mit butterweichen Beinen kam er gegen neun bei Gudrun an. Dabei hatte er doch einen guten Eindruck machen wollen. Na egal, seine Unversehrtheit und die Aussicht auf ein leckeres Kölsch trösteten ihn.

Sie wohnte in einem renovierten Altbau in der zweiten Etage. Das polierte Messingschild mit den geschwungenen Lettern ihres Namens fand Martin ein wenig zu wuchtig, fast protzig. Das paßt gar nicht zu ihr – oder mache ich mir wieder was vor? Wenn er verliebt war, neigte er dazu, der Auserwählten Entgleisungen zu verzeihen. Die rosarote Brille, zum Nulltarif.

Nach einem exotischen Vierklang öffnete sich die Wohnungstür. Martin empfingen zwei dunkelblaue Augen mit einer bezaubernden Gudrun drumherum.

»Schön, daß Sie kommen, Herr Grundmann! Sie sind aber ordentlich durchgeschwitzt. Was haben Sie wieder getrieben?« Sie zwinkerte süß.

»Ähm – ich habe mein neues Rennrad ausprobiert.« Er überreichte ihr das knüllig verpackte Geschenk.

»Wie schön – ein Buch.«

Ein geistreicher Kommentar. War das etwa die Frau seiner Träume?

»Kommen Sie rein.« Mit diesen Worten schwebte sie vor ihm in die Wohnung, mit Schlabberrolli, hautengen Leggings und barfuß.

Hübsche Füße hatte sie, schlank und gepflegt, für eine gutaussehende Frau keineswegs selbstverständlich. Martin hatte früher für Gabriella Sabatini geschwärmt, bis sie mal bei einem Tennisturnier ihre Strümpfe wechseln mußte.

Parkettboden überall, Designergarderobe, Designerkommode, Designermöbel und so weiter.

»Irgendwas mache ich falsch«, bemerkte Grundmann beim Blick auf die teuren Einrichtungsgegenstände. »Vielleicht sollte ich umschulen, anstatt mich vom Chef schikanieren zu lassen.«

»Ich habe eine Kleinigkeit geerbt«, erklärte Gudrun bescheiden.

Martin stand auf Grübchen, davon hatte sie gleich vier. »Von meinem Gehalt könnte ich mir das nicht leisten.«

Mit der Aufforderung, sich zu bedienen, schob sie ihn in die Küche, wo sich wie auf jeder vernünftigen Party die meisten Gäste tummelten. Er kannte nicht viele. Einige Gesichter waren ihm mal im Krankenhaus begegnet, hier und da nickte ihm jemand freundlich zu. Trotzdem fühlte er sich verloren. Ihm war nicht nach ›Hei-ti-tei‹ und ›Hallo-hier-bin-ich‹, die Verfolgungsjagd steckte ihm noch in den Knochen. Appetit hatte er keinen, aber ein Kölsch täte jetzt gut. Leider war das Faß alle.

Grundmann beobachtete entsetzt, wie sich sein chirurgischer Kollege Pelzer an einem neuen 15-Liter-Faß zu schaffen machte. Er wird doch nicht ... Martin wagte den Gedanken nicht weiterzudenken. Das schöne Kölsch! Ach was, tadelte er sich, jetzt reagierst du schon genauso wie deine Kollegen, die Pelzer jegliches manuelle Geschick absprechen, allen voran der Chef. Klar kann er das Bierfaß anschlagen. Martin beobachtete, wie Pelzer umständlich das schwere Faß auf einen Stuhl wuchtete. Dann drehte er das dunkelbraune Plastikmonster so, daß die Zapfstelle über dem Eimer lag. Perfekt. Nun stopfte er die rote Gummidichtung in die Öffnung und drehte das schmale Ende des hölzernen Zapfhahnes ein. Na bitte, wer sagt's denn. Moment – der Zapfhahn war offen!

In diesem Augenblick bemerkte auch Pelzer seinen Irrtum und stellte den Hahn quer. Er machte das großartig, hier zeigte sich der geübte Kölschtrinker. Jetzt konnte nichts mehr schiefgehen. Pelzer schnappte sich den schweren Hammer, holte aus und – schlug daneben.

Das passiert jedem mal, dachte Martin. Er hält den Hammer zu umständlich, viel zu weit in der Mitte des Griffes, ungünstiger Hebel.

Der zweite Hieb traf, aber leider nicht sehr fest. Trotzdem war Pelzer stolz auf seine Leistung, er lächelte. Es schien sein erstes Faß zu sein. Zum zweiten Schlag kam er nicht mehr. Mit einem dumpfen ›Flupp‹ spuckte das Fäßchen den Zapfhahn wieder aus. Bier, kostbarstes Bier schoß aus dem Spundloch und setzte im Nu die Küche unter Kölsch. Schreie!

Pelzer konnte nichts mehr sehen. Seine Glasbausteine waren vollgespritzt.

Geistesgegenwärtig steckte Grundmann seinen Zeigefinger in die Öffnung. Kurz spritzte der Alkohol durch die Gegend wie bei der Siegerehrung nach einem Formel-1-Rennen, dann war der Kanal dicht. Applaus und Bravo-Rufe galten dem Retter. Martin spürte, wie ihm lobend auf die Schulter geklopft wurde. Als er merkte, wie kalt, wie ungeheuer kalt das Bier war, war es zu spät für einen Rückzug.

»Aaaah!«

Im Moment ahnte niemand, was dieser Klagelaut zu bedeuten hatte.

Erst als Martin rief: »So macht doch endlich was! Mein Finger stirbt ab!«, breitete sich Panik aus.

»Aaaaaaaaah!«

»Laß bloß den Finger stecken!«

»Wehe, du ziehst deinen Griffel raus!« drohten hinter ihm durstige Kehlen.

Geschlagene vier Minuten dauerte es, bis das Faß auf die Seite gelegt und ein Zapfhahn ins zweite Loch getrieben worden war. Um den gewaltigen Innendruck zu reduzieren, mußten erst neun Kölschstangen gefüllt werden, bevor Martin schließlich gefahrlos entkorken durfte. Sein Zeigefinger war weißgefroren.

»Mein Held«, hörte er hinter sich jemanden flüstern. Ehe er sich umgedreht hatte, klebte Gudruns anilinroter Lippenstift auf seiner Wange.

Rainer Korn und Schwester Erika aus der Ambulanz begrüßten Grundmann herzlich und nahmen ihn in ihre Mitte.

»Wie geht es Ihrem netten Patienten?« erkundigte sich Erika.

»Meinen Sie den Frisör?« fragte Martin.

»Nein, den von der Kripo!«

27.

»Dem geht's gut«, antwortete Grundmann. »Aber frag mich nicht, wo er sich jetzt wieder rumtreibt. Hans ist dauernd unterwegs.« Mit seinem frischgestärkten Kittel inmitten der Kranken und Schwachen auf dem Flur der Station 7 strahlte er eine Kompetenz aus, die mit der eines Serien-Arztes oder Groschenheft-Doktors durchaus mithalten konnte.

Oberkommissarin Ulrike Bohlmann war enttäuscht, ihren Kollegen nicht anzutreffen. Daran konnte auch das erfreuliche ärztliche Bulletin nichts ändern. Unter dem Vorwand, in Sachen Zahnstein recherchieren zu müssen, hatte sie sich an diesem Freitag mittag mühsam losgeeist, obwohl im Kriminalkommissariat in der Löwengasse die Arbeit tobte. Ihre mitgebrachten Rosen schauten traurig drein.

Martin nahm sie in den Arm und tröstete sie: »Nimm's nicht so tragisch. So geht es mir Tag für Tag mit meinen Patienten. Brauche ich sie für eine Untersuchung oder zur Blutentnahme, sind sie entweder im Raucherraum oder am Büdchen, manchmal sogar zu Hause. Nur bei der Visite geben sich alle brav wie die Engelchen. Warte hier, ich besorge dir eine Vase.«

»Danke, Martin.«

Während Grundmann sich einen Weg durch das Gewimmel von Besuchern, Patienten, Pflegepersonal und Essenswagen bahnte, hörte man von der anderen Seite des Flures Schmalenbergs rauhe Stimme tönen: »Hallo, Ullimaus!«

Sofort erstarb jegliches Gemurmel. Alles schaute auf den bärtigen Gesellen im Rollstuhl, der mit deutlich überhöhter Geschwindigkeit auf Ulrike zuraste. Im letzten Moment warf er sich leicht nach hinten, so daß die kleinen Vorderräder abhoben, bremste eins der großen Räder und legte eine elegante Pirouette hin.

Der Flur applaudierte.

Bohlmann lachte. »Willst du dich für die nächste Behindertenolympiade qualifizieren?«

»Davon bin ich weit entfernt«, keuchte Schmalenberg, völlig außer Atem, »ich bin froh, daß ich nicht wieder nach hinten gekippt bin. Heute bin schon einmal rausgefallen. Fühl mal meine Beule.« Dabei wühlte er mit den Fingerspitzen im schütteren Haar am Hinterkopf und suchte den kleinen Höcker.

»Du bist und bleibst ein Chaot. Schön, daß es dir besser geht.«

Grundmann kam zurück und reichte Bohlmann eine leere Punica-Flasche. »Für die Rosen.«

»Vielen Dank.«

»Dir scheint es blendend zu gehen«, lobte Martin seinen Patienten von der Kripo. »Wieso versuchst du es nicht mal mit Gehstützen?«

»Die sind für mich keine Herausforderung mehr«, antwortete Hans. »Außerdem gibt es im Raucherzimmer zu wenig Stühle. Da bringe ich mir meine Sitzgelegenheit lieber selbst mit.«

»Laß das bloß nicht Schwester Franziska hören. Die nimmt dich auseinander. Hier auf der Station fehlen nämlich ständig die Rollstühle.«

Just in diesem Moment eilte die Stationsschwester herbei. »Was soll ich nicht hören?« Die Tablettenschachteln auf ihrem Tablett purzelten durcheinander.

»Nichts, nichts«, wiegelte Hans ängstlich ab.

»Herr Schmalenberg!« herrschte ihn Franziska an. »Auf meiner Station gelten die Regeln der Straßenverkehrsordnung. Haben Sie mich verstanden? Da gibt's zum Knöllchen noch handfeste Prügel!« Sie drohte mit der blanken Faust.

Schmalenberg blickte demütig zu Boden. Die anderen amüsierten sich.

»Und Sie, Herr Doktor Grundmann, brauchen gar nicht so dämlich zu grinsen. Sie sollten sich lieber um Ihre Patienten kümmern, anstatt hier herumzuschwatzen.« Unvermittelt beugte sich Schwester Franziska zu Schmalenberg hinunter und flüsterte: »Sie haben mir gestern die Geschichte von dem Stiefelmörder erzählt. Wie viele Frauen, sagten Sie, hätte er zerstückelt?«

»Drei«, hauchte der Hauptkommissar.

»Nein, wie furchtbar«, empörte sich Franziska und rauschte davon. »Und keine Frauengeschichten auf meiner Station, Herr Schmalenberg«, rief sie ihm von weitem zu. Verdutztes Schweigen.

»Welche Frauengeschichten meint sie?« wollte Ulrike wissen.

»Der Stationsdrache spuckt nur wieder Feuer«, antwortete Hans. »Donna Krawalla.«

»Martin, weißt du, was sie meint?«

»Keine Ahnung, aber sie wird ihre Gründe haben«, tat Grundmann geheimnisvoll.

»Jetzt raus mit der Sprache! Ich will wissen, was hier läuft.«

»Ich glaube, sie denkt an Schwester Erika aus der Ambulanz«, petzte Martin.

Die Schluckprobleme, die Ulrike mit diesem Brocken hatte, waren unübersehbar. »Und wieso erfahre ich nichts? Hans, davon hast du mir nichts erzählt.«

»Warum sollte ich? Da gibt's nichts zu erzählen.«

»Ich schufte mich im KK 11 krumm und wund, mache deine Arbeit.«

»Und du treibst dich mit fremden Frauen rum. Ich habe dich nicht freigegeben. Vergiß das nicht!«

»Ich wußte gar nicht, daß wir miteinander gehen.«

»Ich auch nicht«, antwortete Ulrike in einem Tonfall zwischen Blödelei und Ernst.

Spielerei oder Eifersucht, fragte sich Schmalenberg belustigt, nach außen blieb seine Miene aber starr und betroffen.

»Martin, ich möchte, daß du meinen Kollegen sofort entläßt!« verlangte Ulrike streng. »Das Klima in diesem Krankenhaus bekommt ihm nicht.«

»Wenn Gehstützen für ihn keine Herausforderung mehr sind, könnte ich ihn im Prinzip morgen rauswerfen. Er ist wieder fit«, bestätigte Grundmann.

»Bitte nicht! Du darfst mich nicht entlassen!« beschwor ihn Hans. »Ich bin im Mordfall Zahnstein auf einer heißen Fährte. Gebt mir eine Woche, und ich bringe euch den Mörder.« Er fügte mit gedämpfter Stimme hinzu: »Außerdem habe ich eine Krankenhaustagegeldversicherung.«

»Das ist ein Argument.«

28.

Im Zimmer 316, Martins kalter Schauder war gerade verflogen, machten sie es sich bequem. Hans warf sich ins Bett und legte sein geschwollenes Bein auf die Schaumstoffschiene.

Sein Zimmernachbar Fritz Teichmann lag in voller Montur und verdreckten Straßenschuhen auf dem Bett und rührte sich nicht. Der Raum roch nach Schnaps.

Erst als Ulrike sein Schnarchen hörte und damit sicher war, daß er schlief, begann sie vom neuesten Stand ihrer Ermittlungen zu berichten: »Ich habe was Interessantes über Rudolf Zahnstein herausgefunden. Vor Jahren hatte er als sachverständiger Zeuge in einem Gerichtsverfahren gegen einen kleinen Versicherungsangestellten namens Ringler aussagen müssen, der seine Frau in einer Tiefgarage hatte umbringen wollen. Um die Lebensversicherung kassieren zu können, hatte er seiner Frau, die schwanger war, mit einem Messer mehrmals in den Hals gestochen. Erst als sie sich tot gestellt hatte, ließ er von ihr ab und holte Hilfe. Der Polizei erzählte er unter Krokodilstränen die Geschichte von einem brutalen Raubüberfall. Der Mann, Typ ›Herr-Kaiser-von-der-Hamburg-Mannheimer‹, wurde noch am Tatort verhaftet und später zu acht Jahren verurteilt, übrigens aufgrund von Zahnsteins Aussage.«

»Wozu erzählst du uns das alles? Das interessiert doch keine Sau«, unterbrach Hans.

»Alt und grau kannst du werden, aber nicht frech!« reagierte Ulrike zornig.

»Entschuldige.«

Sie fuhr fort: »Ringler wurde vorzeitig aus der Haft entlassen, und jetzt kommt's – kurz vor dem Tod von Rudolf Zahnstein!«

Martin pfiff durch die Zähne, was Hans wegen seiner Zahnlücke nicht möglich war.

»Derzeitiger Aufenthaltsort unbekannt«, gab Ulrike bedeutungsschwanger obendrauf.

»Das ist wie im Film«, kommentierte Hans Schmalenberg flapsig, »das soll uns nur verwirren.«

»Ach du Schei...!« Grundmann blickte entsetzt auf seine Uhr.

»Was ist passiert?« fragte Ulrike besorgt.

»Ich muß dringend zum Bahnhof und Fahrkarten besorgen.« In diesem Moment wurde Martin klar, daß er sich verplappert hatte.

Hans, neugierig wie ein Hacker beim Einstieg in die geheime Datenbank der Bundeswehr, fragte nach: »Fahrkarten? Willste etwa verreisen?«

»Übers Wochenende, ein kleiner Ausflug.«

»Hat er dich gefragt, Ulrike? Mich hat er nicht gefragt.«

Ulrike schüttelte empört den Kopf.

»Du kannst mich doch jetzt nicht verlassen. Ich bekomme sicher einen Rückfall. Ich spüre schon die drohende Thrombose.«

»Red nicht so 'n Unsinn! Damit macht man keine Witze«, entgegnete Martin ernsthaft.

Hans ließ nicht locker. »Fährst du allein?«

»Nicht ganz.«

»Oh lala! Wer ist denn die Bedauernswerte? Kennen wir sie? Oder ist es etwa wieder Lilo?«

Martin verdrehte die Augen. Die so hoffnungsvoll begonnene Episode mit Lilo Gartmann hatte ein dramatisches Ende genommen, nachdem sich Martin geweigert hatte, vor Standesamt und Traualtar zu treten. Daß ihn seine Möchtegern-Schwiegermutter nicht in der Nordsee versenkt hatte, war nur dem beherzten Engagement von Greenpeace-Aktivisten zu verdanken gewesen.

»Komm! Raus mit der Sprache!« forderte Hans. »Wir sind von der Kripo und erfahren sowieso alles, manchmal später, selten früher.«

»Zier dich nicht so«, legte Ulrike ein Brikett drauf.

Plötzlich hörte man aus der anderen Zimmerecke ein lautes Schnorcheln. Fritz Teichmann hatte sich umgedreht und drohte aus dem Bett zu fallen. Nachdem sich Martin durch einen schnellen Blick nach links und rechts davon überzeugt hatte, daß es keine weiteren Zeugen gab, hatte er sein ›comming out‹: »Ähm – Gudrun. Aber kein Wort hier im Krankenhaus! Ehrenwort?«

»Aber klaro. Sie arbeitet also hier im Haus?«

Martin nickte, rot wie ein pubertierender Schuljunge, nur die Pickel fehlten.

»Nett?«

Nicken.

»Hübsch?«

Heftiges Nicken.

Schmalenberg fühlte sich wie beim Verhör eines Autisten. »Und wie lange läuft das schon? Ewig kann das ja nicht sein.«

»Seit letztem Wochenende.«

»Ach, die Fete. Ich erinnere mich. Die hat doch ganz kurz ihre süße Nase in mein Zimmer gesteckt. Wohin geht die Reise?«

»Nach St. Goar.«

»An die Lo-re-ley!« Ulrike schlug verzückt in die Hände. »Wie ro-mantisch!«

29.

»Vielen Dank, daß Sie vollzählig erschienen sind«, begrüßte Verwaltungsdirektor Garzweiler die Chefärzte des St. Josef-Krankenhauses.

Neben ihm saßen sein Stellvertreter Holtz, der Leiter der Personalabteilung Günter Koch und die Pflegedienstleitung, ein aufgeschwemmter, rotgesichtiger Mann, der seit fünfzehn Jahren nicht mehr in der Pflege tätig gewesen war und vergessen hatte, wie man Patienten aus der Scheiße zog. Drei wohlerzogene Vasallen, die nur redeten, wenn sie gefragt wurden.

»Sie wissen, weshalb wir uns heute außerplanmäßig versammelt haben?« fuhr Garzweiler fort.

Einstimmiges Nicken, nur Professor Dr. Gonzalez-Döricht schüttelte seinen Kopf.

»Herr Professor! Dies ist eine Krisensitzung! Uns steht das Wasser bis zum Hals.«

»Mir nicht«, widersprach Gonzalez-Döricht.

»Sie sind genauso betroffen, Herr Professor«, betonte Garzweiler. »Wie Sie bereits aus der Presse erfahren haben, sollen im kommenden Jahr im Kölner Raum ungefähr 800 Betten gestrichen werden. Die genauen Zahlen werden noch bekanntgegeben. Das sind zwei, wenn nicht sogar drei Kliniken, die dicht gemacht werden!«

»Das ist nicht mein Problem«, bemerkte Gonzalez-Döricht.

»Ich glaube, Sie verstehen nicht den Ernst der Situation, Herr Professor.« Garzweiler bemühte sich mühsam um eine höfliche Wahl seiner Worte. »Die Bettenauslastung ist in den vergangenen drei Jahren kontinuierlich zurückgegangen. Unser Haus weist jetzt eine durchschnittliche Belegung von 58 Prozent auf. Das ist zu wenig, meine Herren!«

Obwohl die Frauen im St. Josef-Krankenhaus mehr als Dreiviertel der Belegschaft stellten, gab es keine in leitender Position.

»Wir liegen mit 73 Prozent wieder über dem Durchschnitt«, erklärte der Chefarzt der gynäkologisch-geburtshilflichen Abteilung stolz wie ein kleiner Streber und wischte sich die Kekskrümel aus seinem Seehundschnäuzer.

»Von Ihrer Abteilung sprechen wir gar nicht«, meinte Garzweiler. »Aber Ihre gute Bettenauslastung nutzt Ihnen auch nichts, wenn unser Haus zu den Opfern gehört. Wir haben von den Krankenkassen für dieses Jahr noch einmal 8.400 Pflegetage bewilligt bekommen. Diese Zahl werden wir nicht mehr halten können. Uns steht ein drastischer Bettenabbau bevor, unter Umständen sogar die Schließung unseres Hauses.«

»Das wäre eine Katastrophe!«

»Sie sagen es, Dr. Paffrath.«

»Ich verstehe nicht, was dieses Gejammer soll«, widersprach Gonzalez-Döricht in barschem Kommißton. »Unsere Klinik existiert seit 54 Jahren. Sie ist in dieser Zeit zum festen Bestandteil der medizinischen Versorgung der Kölner Bevölkerung geworden und aus unserem Stadtteil gar nicht mehr wegzudenken.«

»Das sind schöne Worte, Herr Professor, aber sie gehen an der Realität vorbei«, meldete sich der Chefarzt der Anästhesie, Dr. Quibbeldey. Die Gebäckschale vor ihm war leer, so daß er nicht mehr mit vollem Mund sprechen mußte. »Tatsache ist, da hat unser Verwaltungsdirektor recht, daß die Akzeptanz unseres Hauses in der Bevölkerung deutlich nachgelassen hat, wie man aus den sinkenden Belegzahlen unschwer erkennen kann.«

»Unsinn«, kommentierte Gonzalez-Döricht.

»Sie müssen von Ihrem hohen Roß herunterkommen, Herr Kollege«, tadelte Röntgenchef Paffrath. »Schließlich ist es Ihre chirurgische Abteilung, die in der Bettenstatistik mit Abstand am schlechtesten wegkommt.«

»Sie dürfen gar nicht mitreden! Sie haben gar keine Betten. Ohne unsere chirurgische Ambulanz und unsere Aufträge könnten Sie Ihre Röntgenabteilung einmotten!«

»Ohne Röntgen gäbe es keine Ambulanz!« schimpfte Paffrath zurück.

»Sie haben nur Angst um Ihre Pfründe. Jeder in diesem Raum weiß um Ihre finanziellen Schwierigkeiten. Da brauchen Sie uns gar nichts vorzumachen«, schnaubte Gonzalez-Döricht. »Wenn unser Krankenhaus schließen muß, sind Sie bankrott! Keiner gibt Ihnen mehr auch nur ein Stückchen Brot. Sie können sich gleich 'n Strick nehmen. Hahaha!«

»Das ist eine Unverschämtheit! Das muß ich mir nicht bieten lassen!!«

»Bitte, bitte, meine Herren. So kommen wir doch nicht weiter«, versuchte Garzweiler die beiden Streithähne zu beruhigen. »Herr Dr. Paffrath! So bleiben Sie bitte hier und nehmen wieder Platz.« Seinem Stellvertreter Holtz befahl er: »Das kommt mir nicht ins Protokoll!«

Gonzalez-Döricht kochte.

Paffrath kehrte widerwillig zu seinem Stuhl zurück und griff in die Keksschale, die ihm der Personalleiter zugeschoben hatte.

Der Konferenzraum fügte sich mit der kalten Neonbeleuchtung und seiner spartanisch-funktionellen Einrichtung harmonisch in die eisige Stimmung.

Garzweiler räusperte sich. »Ohne daß Sie gleich aus der Haut fahren, Herr Professor Gonzalez-Döricht, oder wieder persönlich werden, müssen Sie zugeben, daß Ihre Abteilung uns in diese schwierige Situation gebracht hat.«

»Nichts gebe ich zu!«

»Ihre Chirurgie befindet sich nicht mehr auf dem neuesten Stand. Jetzt hat uns sogar die Berufsgenossenschaft das Paragraph-6-Verfahren entzogen.«

»Seit zwölf Jahren bin ich der Chef dieser Abteilung, und ich weiß, was wir leisten. Wir können alles, und wir operieren alles. Bei uns sind die Patienten bestens aufgehoben.«

»Dann frage ich mich, weshalb die Patienten wegbleiben?« stellte Quibbeldey senior seinen Kollegen zur Rede und gab selbst die Antwort. »Weil wir keine arthroskopischen Knieoperationen machen und Gallenblasen immer noch auf konventionelle Art entfernen!«

»Für das Instrumentarium, das man für Bauch- oder Kniespiegelungen benötigt, habe ich Ihnen Investitionsgelder zur Verfügung gestellt. Sie hätten einen Ihrer Oberärzte zur Fortbildung schicken können. Sie haben alles abgelehnt«, bestätigte der Verwaltungsdirektor.

Gonzalez-Döricht schmollte.

»Ich mache laparoskopische Unterleibsoperationen seit zehn Jahren«, erklärte der Musterschüler aus der gynäkologischen Abteilung stolz.

Selbst Paffrath fand sein Selbstvertrauen wieder und riskierte neuen Zoff: »Arthroskopische und laparoskopische Operationen gehören mittlerweile zum Standardrepertoire der Kölner Krankenhäuser. Kein vernünftiger Patient möchte sich mehr seinen Bauch oder sein Kniegelenk aufschneiden lassen, wenn es nicht sein muß. Ich täte das genausowenig.«

Jeder im Raum rechnete jetzt mit einem erneuten cholerischen Wutausbruch, aber Professor Gonzalez-Döricht blieb erstaunlich gelassen. »Wir machen gute Medizin, auch ohne diesen neumodischen Schnickschnack. Wir arbeiten solide und übernehmen nicht jeden Trend. Es wird nicht mehr lange dauern, und alle kehren zu den konventionellen Methoden zurück. Glauben Sie mir!«

»Bis dahin existiert unser Haus nicht mehr«, prophezeite Garzweiler. »Sie werden sich umstellen müssen, oder ...«

»Nichts oder!!!« schrie Gonzalez-Döricht plötzlich. »Sie können mir nicht drohen! Ich mache, was ich will, und damit basta!!« Nach einer kleinen theatralischen Pause fuhr er etwas weniger heftig fort: »Herr Garzweiler – Sie wissen ebensogut wie ich, daß man einem Chefarzt wie mir überhaupt nicht kündigen kann. Ich habe noch einen alten Vertrag. Ich bleibe, bis ich 65 bin! Da können Sie sich auf den Kopf stellen. Keinen Tag früher werde ich gehen, es sei denn, Sie tragen mich hier raus – mit den Füßen zuerst. Hahaha! Also drohen Sie mir nicht! Und in Zukunft werde ich weiterhin genauso viele Kniegelenke oder Bäuche aufschneiden, wie ich will!«

30.

Nach drei Sonnentagen war die Ozonkonzentration in Köln auf 168 Mikrogramm geklettert. Das war aber nicht die einzige Erklärung für Dr. Grundmanns brennende Augen. Er hatte in den letzten Tagen zu wenig geschlafen, am Dienstag und gestern zwei anstrengende Dienste gehabt, dazwischen die Geburtstagsfeier bei einem alten Freund. Wie gern hätte er sich an diesem Wochenende in seiner Wohnung vergraben, Pause, schlafen, nur den Anrufbeantworter arbeiten lassen. Aber abzusagen traute er sich nicht, schließlich war er es, der Gudrun zu diesem Wochenende überredet hatte.

Als das Taxi am Bahnhofsvorplatz hielt, war es zwei Uhr dreiundvierzig. Der Zug ging um Punkt drei, das müßte reichen. Großzügig verzichtete Martin auf das Wechselgeld und verließ eilig den Wagen.

»Haste ma 'ne Mark?«

Martin ignorierte den jungen Mann mit der fahlen Gesichtsfarbe und stürmte ins Bahnhofsgebäude. Vor den Fahrkartenschaltern warteten lange Schlangen. Welche bewegte sich am schnellsten? Wissenschaftler aller Länder beschäftigten sich mit Nebensächlichkeiten wie dem Drei-Liter-Auto oder der Entwicklung eines Minimikrochips, brennende Probleme wie die Frage, nach welchen Gesetzmäßigkeiten eine Warteschlange vorwärts wanderte, blieben ungelöst. Martin entschied sich bewußt nicht für die kürzeste Reihe, da die bekanntlich immer den langsamsten Schalterbeamten vor sich hat – ein Ergebnis jahrelanger empirischer Forschungen.

Heute bestätigte die Ausnahme die Regel.

Grundmann lag noch auf Rangplatz vier, da war der ›lahme‹ Bahnbeamte mit seiner ersten Abteilung durch. Neun Minuten vor drei. Er wagte es nicht, in die Nachbarschlange zu wechseln. Nachher würde dort der Schalter geschlossen werden, und seine Position wäre futsch. Alles schon dagewesen. Sieben Minuten vor drei.

Gudrun wartete sicher bereits auf dem Bahnsteig. Welches Gleis? Er hatte fünf Tage Zeit gehabt, um das herauszufinden und, wie versprochen, die Fahrkarten zu besorgen. Nerven bewahren! Martin schnüffelte. In der Luft lag ein Duft, den er kannte, nicht angenehm, eher streng. Keiner der vor ihm Wartenden schien dafür verantwortlich zu sein, dafür wirkten die Herr- und Frauschaften zu seriös.

Mußte diese Oma ihre Fahrkarten ausgerechnet in der Zeit des Berufsverkehrs kaufen, fluchte Martin heimlich.

Aus der Duftwolke wurde eine handfeste Geruchsbelästigung. Hinter ihm flatterte eine Alkoholfahne in den Farben Schweiß und Scheiß. Da fiel es ihm wie Schuppen von den Augen. Martin drehte sich blitzschnell um und blickte auf eine Stacheldrahttätowierung. Darunter leuchtete das friedlich freundliche Gesicht von Gustav, aufgedunsen, gerötet und zerstört.

»Tach, Herr Doktor.«

»Hallo, Gustav. Was machst du denn hier? Willste etwa verreisen?«

»Neeee, nich so richtig«, druckste er herum, »ick hab's mir anders überlegt. Ick will jetzt doch nich weg.«

»Wohin sollte denn die Reise gehen?«

»Ähm – in die Schweiz.«

Grundmann mußte wider Willen grinsen, als er das Bahnticket erster Klasse nach Zürich sah, das sein abgerissener und völlig mittelloser Ex-Patient zurückgeben wollte.

»Ich würde mir das Geld auch erstatten lassen. Was macht dein kaputter Knöchel?«

Gustav schaute auf seinen inzwischen schwarzeingefärbten, total zerfledderten Gips. »Ooooch, dem jeht et jut. Keene Probleme.«

»Den muß man irgendwann wieder entfernen.«

»Ach wat, Herr Doktor! Und ick dachte, der bleebt dran«, erwiderte Gustav frech. »Dann muß ick mir abba erst 'n passenden Schuh besorjen. Ick hab nur eenen.«

»Gleich biste ja wieder flüssig«, bemerkte Martin. »Komm uns nächste Woche im Krankenhaus besuchen.

Wir können uns dein Bein mal ansehen, auch ohne Versicherungskarte. Aber wehe, du kommst morgens um zwei! Dann wirst du erschossen.«

»Abba Herr Doktor, wat denken Se von mir«, empörte sich Gustav, Korsakow ließ grüßen.

»Wenn Sie eine Fahrkarte wollen, sagen Sie mir ruhig Bescheid«, hörte Grundmann hinter sich eine ungeduldige Stimme.

»Bescheid«, antwortete Martin.

»Auch noch vorwitzig«, grummelte der genervte Bahnbeamte. »Soll ich etwa in die Pause gehen?«

»Bitte nicht! Entschuldigung«, leistete Martin Abbitte. »Zwei Rückfahrkarten nach St. Goar.«

»Wo bleibt das Zauberwort?« fragte der Bahn-AGler, unterdessen fütterte er seinen Rechner mit den Daten.

»Bitte«, schob Martin hinterher. In Anbetracht der fortgeschrittenen Stunde war ihm die Demütigung egal. Eine Minute vor drei!

»Macht zusammen 132 Mark zuzüglich IC-Zuschlag. Sie wissen, daß Sie in Koblenz umsteigen müssen?«

Martin wußte es zwar nicht, nickte aber trotzdem. »Von welchem Bahnsteig fährt der Zug?«

Der dicke Mann schaute ihn über den Brillenrand fragend an.

»Bitte«, antwortete Martin hastig.

»Gleis sechs – aber ohne Gewähr! Hahaha!«

31.

Schnaufend hetzte Grundmann die letzten Stufen zum Bahnsteig hinauf. Das war knapp. Trotz seiner vierminütigen Verspätung war der Zug noch nicht einmal eingelaufen, wie er erleichtert feststellte. Die Zunge hing auf Nabelhöhe, Schweißperlen standen ihm auf Stirn. Unter seinen Achseln hatten sich peinliche Schwitzflecken gebildet. Das fing schon prima an.

Seine Angebetete fand er in den Abschnitten D bis E.

Gudrun schien unruhig und aufgebracht.

Ehe sie etwas sagen konnte, überschüttete er sie mit Vorwürfen: »Das wird auch – Zeit, daß du – kommst! Können wir – endlich fahren!«

Ihr Strahlen hieß Verzeihen. »Komm, stell erst einmal deinen Koffer ab und ruh dich ein bißchen aus. Du bist ja völlig außer Atem!«

Ihre Anteilnahme tat ihm gut. Nach Reden war ihm nicht, schon eher nach einem Küßchen.

»Auf Gleis 6 fährt ein der Intercity 603 ›Rheinland‹ nach Basel über Bonn, Koblenz, Mainz, Mannheim, Karlsruhe, Offenburg, Freiburg. Bitte Vorsicht bei der Einfahrt.« Während die Berufspendler keinerlei Regung zeigten, traten die Reisenden vorsichtshalber einen Schritt zurück und schauten ehrfürchtig in die Richtung, aus der der Zug erwartet wurde.

»Ich hätte keine Minute früher kommen dürfen!«

»Mach du ruhig deine Witze, Martin. Der Letzte, der mich versetzt hat, macht jetzt Urlaub auf Melaten.«

Allein durch die zunehmende Vibration unter seinen dünnen Ledersohlen spürte Martin das Herannahen des Zuges. Zur Feier des Tages hatte er seine geliebten Turnschuhe gegen die schicken, schwarzpolierten Italiener eingetauscht.

Die Front der Lokomotive war völlig verblötscht, wie die Kölner sagen würden. Grundmann fragte sich jedesmal aufs Neue, wie so eine mächtige Zugmaschine zu derart vielen Beulen kam. Vögel und Selbstmörder kamen ihm in den Sinn.

Plötzlich tat Gudrun zwei Schritte nach vorn in Richtung Bahnsteigkante.

Intuitiv packte Martin ihren Arm und riß sie zurück. Donnernd raste das gelb-rote Ungetüm vorbei.

»Bist du wahnsinnig!« herrschte er sie an. »Der Sog des Fahrtwindes hätte dich auf die Gleise reißen können!« Sein Herz klopfte wild.

In der ersten Sekunde war Gudrun starr vor Schreck, ihr Gesicht kreidebleich. Sie machte sich energisch los, stellte sich auf die Zehenspitzen und blickte sich suchend um.

»Was ist los mit dir?«
»Mich hat jemand geschubst!«

32.

Landschaften flogen vorbei.

Am Fenster saßen sich Gudrun und Martin gegenüber und turtelten bei 160 km/h, ohne die schöne Aussicht zu genießen.

»Verehrte Fahrgäste! Darf ich einen Augenblick um Ihre Aufmerksamkeit bitten?« Die Durchsage wurde von einem Hustenstoß unterbrochen. »Wir haben im Wagen 17 im vorderen Zugteil einen medizinischen Notfall! Sollte sich unter Ihnen ein Arzt befinden, möchten wir Sie bitten, zum Wagen 17 zu kommen, Wagen 17 bitte. Vielen Dank.«

Als Martin nicht die geringsten Anstalten machte, der Aufforderung nachzukommen, hakte Gudrun nach: »Was ist, Herr Doktor? Willst du nicht helfen? Nachher verblutet da jemand!«

Zwei junge Männer hasteten an ihrer Abteiltür vorbei.

»Keinen Bock«, antwortete Martin seelenruhig und schaute aus dem Fenster auf den langsam dahinfließenden Rhein.

Wieder lief jemand den Gang entlang, in die gleiche Richtung. Diesmal war es eine Frau mit wehendem Trenchcoat.

»Ich glaube, du hast keinen Schimmer, wie viele Ärzte hier im Zug sitzen und nur darauf warten, sich outen zu dürfen. Wahrscheinlich mehrere Dutzend«, spekulierte Martin, ohne seinen Blick vom phantastischen Panorama zu lösen. »Endlich haben sie ihren Notfall!«

Gudrun schmunzelte, als sie wieder zwei Männer nach vorne laufen sah.

»Was meinst du, was sich gleich im Wagen 17 abspielen wird? Da drängeln sich zig Kollegen und wollen alle vorbei. Avanti dilettanti! Das ist kein Spaß. Ich sehe schon das Schubsen und Stoßen. ›Lassen Sie mich durch, ich bin Arzt!‹ Jeder will der Erste sein. Wir können froh sein, wenn der Waggon nicht aus den Schienen springt.«

»Verehrte Fahrgäste!« meldete sich abermals die Zugleitung. »Die medizinische Versorgung ist jetzt gesichert. Bitte kommen Sie nicht mehr nach vorn! Wir brauchen jetzt keine Ärzte mehr. Bitte kehren Sie zu Ihren Plätzen zurück!« Die letzten Worte klangen beinahe flehentlich.

Gudrun mußte lauthals lachen.

»Was habe ich dir gesagt?« feixte Martin.

In Koblenz mußten sie ihre bequemen Fensterplätze gegen zwei hart gepolsterte Sitzgelegenheiten an einer zugigen Wagentür tauschen. Aber nicht für lange.

Um 16 Uhr 21, urdeutsch-pünktlich, lief der Zug in den hübschen Bahnhof von St. Goar an der vielbesungenen und noch mehr besuchten Loreley ein.

Gudrun und Martin waren nicht die einzigen, die hier ihr Wochenende verbringen wollten. Etwa dreißig ältere, größtenteils fußkranke Damen von Quellermann-Reisen und eine Gruppe johlender Männer, Martin tippte auf Kegelklub, bevölkerten den Bahnsteig. Mit Donnergetöse raste ein Intercity auf dem Nachbargleis vorbei und übertönte das besoffene Gegröle für kurze Zeit.

Ein Taxi fuhr Martin und Gudrun die schmale Straße hinauf zur Burg Rheinfels, errichtet von Graf Dieter III. von Katzenelnbogen, die nach der Sprengung durch die Franzosen im Jahre 1797 zu einer wichtigen Station der romantischen Dichtung in Deutschland wurde. Heutzutage bot sich ein lauschiges Wochenende im Schloßhotel inmitten dieser verwunschenen Burgruine für ein frisch verliebtes Paar geradezu an.

33.

»Du schleppst Gepäck mit dir rum, als ob wir vierzehn Tage bleiben wollten«, stellte Gudrun fest.

»Nur das Allernötigste.« Grundmann wuchtete den

schweren Koffer auf den Ständer. Mit einem verbogenen Schlüssel nestelte er an dem verrosteten Riegel herum und fluchte leise.

»Brauchst du einen Hammer?«

»Ist im Koffer.«

Endlich sprang der Verschluß auf, der Koffer gab seine Beute preis. Martin förderte zwei Tüten Chips, drei Schokoladen, Harribo-Konfekt, Pistazien und Grissini zutage. Dazu kamen vier Flaschen Kölsch, eine Flasche Champagner, zwei Flaschen trockenen Weißweins und zwei Sprudelflaschen.

»Das nennst du das Allernötigste?« lachte Gudrun mit ihren vier Grübchen.

»Ich konnte mich nicht entscheiden.«

Sie beobachtete ihn, wie er den Inhalt der Minibar gegen seine flüssigen Mitbringsel austauschte.

»Die Flasche Schampus ist noch kalt. Wie wär's mit einem Schlückchen?«

»Gute Idee.«

Martin entzwirbelte den Draht und lockerte den Korken mit dem rechten Daumen. »Komm mit ans Fenster.«

»Das machst du nicht!« schimpfte sie.

Aber er hatte den Korken schon soweit herausgeschoben, daß an ein lautloses Öffnen des kostbaren Tropfens nicht mehr zu denken war. Mit einem mächtigen Knall flog das Geschoß im hohen Bogen über die Schieferdächer des Schloßhotels hinunter ins Rheintal, Champagner ergoß sich im Schwall.

»Mein kleines Ökoschwein«, kommentierte sie seine Kinderei.

»Alles biologisch abbaubar. Außerdem muß man ausnutzen, daß man so hoch oben wohnt.«

»Du alte Pottsau!« fluchte plötzlich jemand.

»Verdammte Scheiße!«

»Wer war das!? Wenn ich den krich!« Mehrere Männer, offenbar aus Westfalen, brüllten wild durcheinander. Möglicherweise saß der Kegelklub von eben unter ihnen auf der Terrasse, die von ihrem Dachfenster aus nicht einsehbar war.

Gut gelaunt hielt Gudrun ihm zwei Sektgläser hin, die Martin vorsichtig mit Champagner füllte. Er wollte nicht noch mehr verschütten. »Die Jungs wissen ein edles Gesöff eben nicht zu schätzen.«

»Auf ein schönes Wochenende!«

»Auf uns«, erwiderte sie seinen Trinkspruch.

Aus diesem Eckzimmer im obersten Stockwerk des Schloßhotels hatte man einen tollen Blick. Linker Hand die wuchtigen Mauern der Ruine von Burg Rheinfels, rechts unten zwängte sich der Fluß mühsam durch das enge Felsenbett. Mit seiner gewaltigen Strömung hinderte er die Flußschiffe an einer zügigen Durchfahrt. Warum sollten sie es auch einfacher haben als er?

In den Weinbergen am gegenüberliegenden Ufer gab sich Burg Katz völlig unbeteiligt, sie schien zu schlafen.

Millionen von Japanern scheuten weder Yen noch Qualen, um dieses Panorama zu bewundern, doch die beiden Neuankömmlinge hatten nur noch Augen für sich.

Ihre vollen, warmen Lippen öffneten sich. Behutsam betrat seine Zunge neues Terrain.

Gudrun küßte traumhaft. Leider hatte sie ihre wundervollen, dunkelblauen Augen geschlossen, aber man konnte nicht alles haben.

Sich gleichzeitig küssend und streichelnd, schlingerten Martin und Gudrun in Richtung Himmelbett. Schuhe wurden abgestreift und durch die Gegend geschossen. Nonverbal einigte man sich darauf, die unbequemen Hosen auszuziehen, ein jeder für sich. Vermutlich hatten beide die Erfahrung gemacht, daß das gegenseitige Abstreifen zu enger Jeans ein Liebesspiel nicht nur mit unfreiwilliger Komik würzen, sondern gelegentlich sogar die Stimmung töten konnte.

Als sie auf dem Bett lagen und ›rumknutschten‹, berührte er ihren Bauch und die leicht gepolsterte Hüfte. Ihre Haut war weich und glatt und roch so gut, aber wonach? Aufgeregt, wie er war, mochte er keine unnötigen Gedanken auf die Beantwortung dieser Frage verschwenden, sondern tastete sich zärtlich unter ihrem

Schlabberpulli nach oben, wo ihn eine harte, aufgerichtete Knospe erwartete, leider verpackt. Hatte sie nicht gerade heftiger geatmet? Er schob den Pullover zurück, um besser sehen zu können. Violette Spitze, rundherum gefüllt. Diesmal war er froh, daß sie ihre Augen geschlossen hatte, sein gieriger Blick wäre ihm peinlich gewesen. So aber konnte er sich nicht sattsehen. Als er mit seiner Rechten am Verschluß des hübschen BHs nestelte, war er auf ein längeres, mühsames Geschicklichkeitsspiel eingestellt. Daß er gleich beim ersten Versuch Erfolg hatte, war ihm jedoch auch nicht recht. Er wollte nicht wie ein Vollprofi wirken.

Nur knapp flitschte der Verschluß an seinem Auge vorbei. Ihre Brüste waren großartig.

Während seine Hand die Innenseiten ihrer festen Oberschenkel liebkoste, rutschte er leicht nach unten und nahm eine Brustwarze – was für ein schreckliches Wort – in den Mund. Zuerst ließ er seine Zunge kreisen, dann knabberte er ein bißchen an diesem starren Türmchen und begann schließlich zu saugen. Sie stöhnte. Zu spät fiel ihm auf, daß seine Nase verstopft war und er keine Luft bekam. Als er widerstrebend seinen Schatz freigeben mußte, war er fast erstickt.

»Ist dir nicht gut?« erkundigte sie sich besorgt.

»Mir ist es noch nie so gut gegangen«, hauchte er ehrlich.

Seine Hand war inzwischen bei ihrem feinen Spitzenhöschen angekommen. Da seine Finger keinerlei Schlupfloch fanden, versuchte er das violette Nichts über ihren runden Po herunterzustreifen, den sie bereitwillig lupfte. In diesem Moment packte sie seinen steifen Schwanz, der aus den Boxershorts ragte, zuerst ganz fest, fast zu grob, dann wurde ihre Hand sehr liebevoll. Sternchen tanzten vor seinen Augen, in den Ohren rauschte das Blut.

Auch ihr schien es zu gefallen, den anderen zu erregen. Sie war naß zwischen den Beinen. Mit seinem Finger holt er sich etwas Feuchtigkeit aus ihrer warmen Mitte, um ihr beim Streicheln nicht wehzutun.

Völlig unvermittelt drehte sie sich plötzlich von ihm weg, zog ihre Beine an und rollte sich ein. »Nein!«

Martin brannte lichterloh.

»Es tut mir leid, aber ich kann nicht.« Nach diesen Worten begann sie bitterlich zu schluchzen.

Martin fühlte sich hilflos. Mit seinen halb heruntergezogenen Boxershorts und seinem erigierten Penis kam er sich lächerlich vor und bedeckte seine Blöße. Sämtliche erotischen Gefühle stürzten ins Bodenlose.

Nachdem die erste Tränenflut abgeebbt war, legte er vorsichtig seine Hand auf ihre Schulter.

Sie schüttelte seine Berührung ab wie ein ekliges Insekt. »Laß mich!« Und begann erneut und umso heftiger zu weinen.

So kompliziert hatte er sich dieses Traum-Wochenende nicht vorgestellt. Nach einer Weile fragte er zögernd: »Habe ich was falsch gemacht?«

»Du hast überhaupt nichts falsch gemacht«, wimmerte sie. »Das ist es ja!«

Jetzt verstand er gar nichts mehr.

»Hast du mal«, sie schniefte, »ein Taschentuch?«

Ein kleines Friedensangebot! Er erwachte aus seiner Hilflosigkeit, endlich konnte er handeln. Mit einem Satz sprang er aus dem Nicht-mehr-Himmel-Bett, riß die Schublade der Kommode auf und suchte inmitten von Socken und Unterhosen nach einem besonders saugfähigen Schnupftuch.

Sie setzte sich auf, zog sich die Bettdecke bis zum Hals und trompetete befreit in das Stoffquadrat. Die Fans von Miles Davis wären beeindruckt gewesen. »Danke!« Wieder kullerten die Tränen. »Du hast damit nichts zu tun. Du bist wunderbar.« Erneut unterbrach ein heftiger Schluchzer ihren Erklärungsversuch.

Um ihr Bemühen, die Fassung wiederzugewinnen, nicht zu stören, schwieg Martin geduldig.

»Ich hätte es dir sagen sollen«, begann sie.

Er verkniff sich die Frage nach dem ›Was‹.

»Ich dachte, ich könnte ihn – auf diese Weise schneller vergessen.«

Na prima! Daß er in ihrem Leben nicht der Erste war, hätte er sich denken können.

»Wir waren fast drei Jahre zusammen.« Sie hielt wieder inne. »Wir haben uns sehr geliebt!«

Von wem, zum Teufel, war die Rede? Er platzte fast vor Neugier.

»Wir haben sogar schon Pläne für eine gemeinsame Zukunft geschmiedet.«

Verdammter Mist! Was läuft hier eigentlich für ein Film? Bin ich der Mülleimer für gebrochene Herzen oder was, fluchte Martin innerlich. Mitgefühl, gut und schön, aber was war mit seinen Blessuren? Außerdem verstand er nur die Hälfte. »Gudrun? Von wem redest du eigentlich?«

»Oh, entschuldige! Weil du nicht nachgefragt hast, bin ich davon ausgegangen, daß du längst wüßtest, worum es geht.«

»Ich habe nicht die geringste Ahnung«, antwortete Martin leicht säuerlich. Jetzt, wo sie sich wieder etwas gefangen hatte, gestattete er sich negative Gefühle.

»Rudolf Zahnstein und ich waren ...«

Der Rest ihrer plötzlich lossprudelnden Erklärungen verschwand in einem diffusen Rauschen, weil das Blut in seine Ohren schoß. Er hörte nicht mehr zu. Ein Adrenalinstoß tauchte seine Gedanken in Nebel. Wie kann man nur so blöd sein, beschimpfte er sich. Jeder in der Klinik wird von dem Verhältnis zwischen Gudrun und Zahnstein gewußt haben, nur ich Vollidiot kriege nichts davon mit. Wie aus weiter Ferne hörte er jemanden seinen Namen rufen.

»Martin! Hörst du mir überhaupt zu?« fragte sie.

»Natürlich.«

»Was habe ich denn gesagt?«

»Was weiß ich«, erwiderte er pampig. Was war nur los mit ihm? Mit welchem Recht spielte er den eifersüchtigen Liebhaber? War sein Selbstwertgefühl angekratzt, oder war er einfach nur wütend auf sich selbst wegen seiner grenzenlosen Naivität und Blindheit?

»Bitte entschuldige, wenn ich dich verletzt haben sollte.

Das wollte ich wirklich nicht«, begann Gudrun scheu. »Ich dachte, es wäre einfacher für mich. Du hast soviel Ähnlichkeit mit ihm.«

»Willst du mich verarschen?« unterbrach er sie verärgert. »Warum erzählst du mir das alles jetzt erst?«

»Ich war der festen Meinung, du wüßtest das. Jeder in der Klinik wußte das.«

»Ich bin nicht dein Hampelmann!« wurde er laut. »Kaum ist der eine futsch, greifst du dir den nächsten!«

»Jetzt werde bitte nicht gemein.«

»Verzeih«, nahm er sich zurück, »aber das hat mich umgehauen.«

»Das tut mir wahnsinnig leid, Martin. Ich wollte dir nicht wehtun. Ich bin nicht so abgebrüht, wie das vielleicht aussieht. Mit dem Tod von Rudolf habe ich mehr verloren als nur einen guten Freund und ein Stück gemeinsamer Zukunft. Mit Rudolf habe ich mein Vertrauen in Ehrlichkeit, Aufrichtigkeit und Zivilcourage zu Grabe getragen. Was hat ihm sein Engagement für seine Kollegen und die anderen Angestellten genutzt? Nichts! Wer spricht heute noch über ihn? Keiner! Edel sei der Mensch, hilfreich und gut? Daß ich nicht lache. Ich werde nicht so bekloppt sein! Ich lebe jetzt und hier, soll doch diese miese Welt um mich herum verrecken. Umgebracht haben sie ihn, die Schweine, und dafür werden sie büßen!«

34.

»Ich liebe Köln!« juchzte Martin Grundmann, als er mit Gudrun auf den Bahnhofsvorplatz trat und vor sich, besser noch über sich, den monumentalen Kölner Dom in der Sonntagnachmittagssonne erstrahlen sah.

Köln war unterwegs, Himmel und Menschen.

Von der Domplatte drüben hörten sie eine Gruppe bolivianischer Musiker, die mit einem stilvoll verkleideten Dudelsackpfeifer am Südturm um die Wette spielten. *El condor pasa* kontra *Mull of Kintyre*. Im direkten Phon-Vergleich führte der Ersatz-Schotte klar nach Punkten.

Ein Wetter mit hoher Musiker- und Gauklerdichte bei entsprechend niedrigen Einnahmen. Um heutzutage in der Kölner Innenstadt gute Kasse zu machen, mußte man als Straßenkünstler entweder Las-Vegas-Niveau mitbringen oder eine völlig schräge Nummer zeigen.

»Wie wär's mit 'nem lecker Kölsch im Früh?« schlug Martin vor.

Gudruns Hände krallten sich in seine Nackenhaare und zogen ihn sanft zu sich hinunter. Es folgte ein langer Kuß. Das Anilinrot ihres Lippenstiftes stand ihm. »Ich muß leider nach Hause. Peter wartet auf mich.«

»Peter?« fragte Martin erstaunt.

»Mein Kater! Warum kommst du nicht auf ein Gläschen Sekt mit zu mir nach Hause?« lockte sie mit verführerischem Augenaufschlag.

»Ähm, von Peter hast mir gar nichts erzählt!«

»Da siehst du mal, wie aufregend die letzten Tage waren, daß ich sogar vergessen habe, von meinem Liebling zu erzählen. Magst du Katzen?«

»Ich habe mit Haustieren keine Erfahrung«, umging er diplomatisch ein ehrliches Nein. Eigentlich haßte er Katzen. Lästige Fresser, gefährliche Fußangeln, brutale Singvogelkiller und asthmaauslösende Haarschleudern waren seine Blitz-Assoziationen zu diesem Thema.

»Ich hatte schon Angst, du wärst ein Katzenfeind«, seufzte Gudrun erleichtert, »dann würden wir nämlich ernsthafte Probleme bekommen.«

Das kann ja heiter werden, stöhnte Martin lautlos. »Ich kann mir deinen Peter ja mal ansehen, vermutlich mag er mich gar nicht.«

»Das glaube ich kaum, Peter und ich haben nämlich meistens den gleichen Geschmack«, antwortete Gudrun, glücklich über soviel Übereinstimmung.

Martin marschierte zum Kofferraum des ersten Taxis in der langen Schlange, öffnete die Heckklappe des aufgemotzten Mercedes und hievte sein Gepäckstück hinein, das im Vergleich zum Abreisetag deutlich an Gewicht verloren hatte.

Nachdem Gudrun mit ihrer leichten Tasche eingestiegen war, rutschte er zu ihr auf die Rückbank. »Nach Lindenthal in die Petersbergstraße!«

Sie brausten los.

Erst als das Taxi von der Nord-Süd-Fahrt in den Blaubach einbog, bemerkte Martin im Rückspiegel die Augen des Chauffeurs, die ihn finster musterten. Diese Schweinsaugen kannte er, aber woher? Am Barbarossaplatz klingelte es in seinem Kopf. Mist! Siebengebirgsallee, die feiste Figur! Alles paßte wunderbar zusammen. Mit klopfendem Herzen rutschte er heraus aus dem Blickfeld des Rückspiegels, machte sich klein und unscheinbar. Hoffentlich erkennt er mich nicht, bangte Martin. Als er das Gesicht im Halbprofil sehen konnte, gab es keinen Zweifel mehr. Das war der John Wayne des Wilden Kölner Westens. Für eine Flucht war es zu spät. Martin hielt sich bedeckt, antwortete auf Fragen von Gudrun nur einsilbig.

Sie bogen in die Petersbergstraße ein.

Um Gudruns Adresse nicht zu verraten, rief Martin plötzlich: »Halt! Hier müssen wir aussteigen.« Fünf Häuser zu früh.

Ihren Protest unterdrückte er mit einem getuschelten »Pssst«.

Der Fahrer stoppte den Wagen. Bevor er sich umgedreht hatte, war Martin aus dem Wagen geschlüpft und ließ Gudrun bezahlen. Geschafft.

Denkste!

»Hä! Jung!« brüllte der feiste Taxifahrer aus seiner Droschke. »Do bruchs dich ehtz janit ze versteche! Denk jo nit, ich wöss nit, wer do wörs! Dich schnapp ich mir, wenn keiner dobei ess, dorop kannste dich verlohse!«

Quietschen, Reifen drehten durch, auf dem Kopfsteinpflaster verbrannte Gummi.

»Was wollte der von dir?« fragte Gudrun. »Das klang ja ausgesprochen freundlich.«

Als die beiden zu Gudruns Haus schlenderten, begann Martin zu erzählen, was er vor einer Woche erlebt hatte: »Ähm, wo soll ich anfangen? – Es war einmal ein kleiner, sympathischer Arzt ...«

35.

»Woher hast du dieses bildschöne Türschild?« fragte Martin.

»Ein Geschenk meiner Mutter zum Einzug. Wenn ich diese Monstertafel nicht angebracht hätte, wäre sie tödlich beleidigt gewesen.«

Diese Erklärung entlastete Gudrun vom Vorwurf des schlechten Geschmack.

Kaum hatte sie ihre Wohnungstür aufgeschlossen, schlug ihnen ein süßlicher, modriger Geruch entgegen. Im Flur herrschte ein heilloses Durcheinander.

»Das – das darf nicht wahr sein!« stöhnte Gudrun.

Die Garderobe war heruntergerissen worden, ihre Mäntel, Jacken und Schuhe lagen auf dem Boden verstreut, vermischt mit dem Inhalt ausgeleerter Taschen. Der zerschlagene Kristallspiegel zeugte von blinder Zerstörungswut.

Über allem hing der Gestank von vergammeltem – ja, was eigentlich? Martin suchte vergeblich nach dem passenden Vergleich.

Fassungslos stieg Gudrun über das Chaos hinweg. Anstatt zuerst den Schaden in Augenschein zu nehmen, begann Gudrun den Namen ihres Katers zu rufen, anfangs leise, dann immer lauter und verzweifelter.

Verwesung! Das war's, wonach Martin gesucht hatte. Es roch nach vergammeltem Fleisch, widerlich!

Gudrun ignorierte die aus der Designerkommode herausgerissenen Schubladen, die umgestürzten Möbel. Selbst die Verwüstung in der Küche war ihr egal, wichtig war ihr nur der Verbleib ihres heißgeliebten Katers. »Peter! Miez, miez, miez! – Peterle, wo bist du Schatz!?«

Haustierfreaks sind alle plemplem, dachte Martin und ahnte Schlimmes. Er hatte zwar für Katzen nicht viel übrig, war aber kein Tierquäler. Nachdem er seinen Koffer auf ein freies Plätzchen im Flur geschoben hatte, beteiligte er sich an der Suche und betrat das Schlafzimmer.

Derweil schaute Gudrun im Wohn- und Arbeitszimmer in alle durchwühlten Schränke, hob die von der Wand gerissenen Bilder an, schob Berge von Büchern, die jemand von den Regalen hatte purzeln lassen, beiseite. Nirgends eine Spur von dem Vieh.

Martin bewunderte die türkisfarbene Satinbettwäsche. Kopfkissen und Futonmatratze lagen kreuz und quer auf dem dunkelblauen Teppich, darüber verstreut Gudruns gesamte Garderobe, zum Teil ausgesprochen hübsche Sachen, registrierte Martin. Auch hier standen fast alle Schranktüren offen, auf den Regalbrettern gähnende Leere. Nur eine alte, mannshohe Vitrine in der Ecke am Fenster war geschlossen.

Vorsichtig trat Martin näher heran. Nichts rührte sich. Lieber ich als Gudrun, ließ er sich tapfer durch den Kopf gehen – und zog beherzt am Türknauf. Ein harter, dunkler Gegenstand stürzte auf ihn nieder. »Aaaah!« schrie er entsetzt und wich erschrocken zurück, stolperte über die Matratze und flog rücklings ins weiche Durcheinander.

Ein großer, schwarzer Karton hatte ihn unter sich begraben. Über ihm und um ihn herum lagen Hunderte von Fotos. Mit einer toten Katze hatte er gerechnet, nicht aber mit so einer perfiden Falle. Offenbar hatten die Einbrecher die Schachtel nur achtlos zurückgestopft.

»Was machst du denn hier?« fragte Gudrun hinter ihm. »Mach mir bloß keine Unordnung!« Sie stand grinsend in der Tür und schien sich wieder gefangen zu haben. Auf ihrem Arm schnurrte ein gut genährtes, rabenschwarzes Ungeheuer. »Ich habe Peterle hinter der Heizung gefunden. Der Ärmste muß Todesängste ausgestanden haben, hat sich nicht mal getraut aufs Katzenklo zu gehen.«

Mit anderen Worten, er ist vollgepißt, übersetzte Martin ihre Aussage, na schönen Dank. »Und wie erklärt sich dieser bestialische Gestank?«

»Der Kühlschrank und die Tür zum Gefrierfach waren offen. Einige Lebensmittel sind vergammelt.«

»Dafür, daß in deiner Wohnung eingebrochen wurde, bist du aber ausgesprochen gelassen«, wunderte sich Martin.

»Was soll ich mich aufregen? Meinem Kater geht es gut, außer dem Spiegel scheint nichts kaputtgegangen zu sein. Das Portemonnaie mit den 200 Mark und die Kamera werde ich verschmerzen können. Endlich ist meine Hausratversicherung zu was nütze.«

Martin schob die Dokumente vergangener Urlaubsreisen behutsam zur Seite und rappelte sich auf.

»Wenn du Fotos gucken willst, warum so umständlich?« fragte Gudrun, als ob alles ein gigantischer Spaß wäre.

»Das ist irgendwie ein merkwürdiger Einbruch«, stellte Martin fest und schüttelte nachdenklich den Kopf. »Richtige Diebe hätten gründlich zugelangt, anstatt nur die paar Kleinigkeiten mitgehen zu lassen. Wieso wurden keine Geräte wie zum Beispiel Fernseher oder Videorecorder gestemmt?«

»Heutzutage hat doch jeder einen Fernseher. Weshalb soll man was klauen, was keiner mehr haben will?«

Für Martin klang dieser Erklärungsversuch sehr blaß und wenig plausibel. Ihre schnelle Rückkehr zur Normalität konnte er kaum nachvollziehen. Als ihm letztes Jahr mit seiner Wohnung das Gleiche passiert war, hatte er sich tagelang zutiefst verunsichert und verwundbar gefühlt. Könnte dieser Einbruch fingiert sein, damit die Versicherung die teure Wohnungseinrichtung nachträglich finanzierte? Quatsch! Er schob den Gedanken beiseite. Ungereimtheiten blieben.

Besorgt um sie machte er ihr das Angebot: »Wenn du nicht in diesem Chaos übernachten willst, kannst du für einige Tage bei mir unterschlüpfen.«

»Danke für deine Einladung. Das ist lieb gemeint, aber heute darf ich mein Peterle nicht allein lassen. Das arme Tier hat viel durchgemacht. Bitte sei mir nicht böse, wenn ich jetzt allein sein möchte. Ich brauche meine Ruhe.«

»Bist du sicher, daß du keine Hilfe willst?«

»Mach dir keine Gedanken um mich, ich komme klar.«

»Na gut. Vergiß nicht, für die Versicherung ein paar Fotos zu schießen, bevor du mit dem Aufräumen beginnst.«

»Gute Idee.«

»Wenn du irgendwas brauchst, melde dich. Du hast meine Nummer.«

»Danke, Martin, du bist ein Schatz.«

36.

Vor dem Lichtkasten in der Ambulanz gähnten müde Chirurgen und solche, die es werden wollten.

Alle warteten auf den Chef. Gewöhnlich war Professor Gonzalez-Döricht immer einer der ersten, allein schon, um jeden anschnauzen zu können, der nach ihm kam.

Somit fiel an diesem grauen, verregneten Montag morgen der übliche Rüffel viel friedlicher aus als sonst.

»Mensch, Quibbeldey!« begann Oberarzt Morgen die Röntgenbesprechung. »Was haben Sie bei dieser armen Frau alles geröntgt? Ich sehe keine Fraktur, dafür aber«, Morgen zählte, »14 Aufnahmen bei nur einer Patientin! Das ist keine gezielte Röntgendiagnostik, das ist ein Mensch in zwei Ebenen.«

»Der Frau hat es überall wehgetan«, rechtfertigte sich der Junior, »ich wollte nichts übersehen.«

Captain Morgen schüttelte den Kopf. Jemanden komplett durchzuröntgen, der nichts gebrochen hatte, war ein klassisches Beispiel für die Unsicherheit eines Anfängers, die ein Assistent im fünften Ausbildungsjahr eigentlich überwunden haben sollte. »Was ist der Frau denn Schreckliches zugestoßen?«

»Sie wollte ein Glas Gurken aus dem Keller holen und ist dabei die Treppe hinuntergefallen.«

Alle schmunzelten. Am Wochenanfang war man für jede schräge Anekdote dankbar.

»Sie müssen den Patienten erst klinisch untersuchen, bevor Sie Röntgenaufnahmen anordnen, Herr Quibbeldey, nicht umgekehrt!«

Die Kollegen freuten sich. Endlich bekam der Liebling vom Chef und notorische Arschkriecher sein Fett ab, wenn auch nur mit gebremstem Schaum.

»Erstens waren Sie nicht dabei, und zweitens können Sie sich ja beim Chef über mich beschweren!« konterte Quibbeldey junior arrogant. »Von Ihnen jedenfalls brauche ich mich nicht belehren zu lassen, Herr Morgen.«

Der Erste Oberarzt, wie immer konfliktscheu, gab klein bei: »Fahren Sie fort, Herr Quibbeldey.«

Hinter den Diensthabenden lag ein turbulentes Wochenende. Etliche stationäre Aufnahmen wegen Knochenbrüchen, Gehirnerschütterungen, möglichen Bandscheibenvorfällen und sogenannten ›unklaren Bäuchen‹. Auf der Station 7 lag eine akute Galle, die noch heute versorgt werden mußte.

Zehn Minuten später schaute Oberarzt Morgen wieder ungeduldig auf die Uhr: fünf Minuten nach acht. »Kann mir einer sagen, wo der Professor bleibt? Er kommt nie ohne Grund zu spät.«

Das Keine-Ahnung und Woher-soll-ich-das-wissen ging im allgemeinen Gemurmel unter.

»Vielleicht holt er ein Glas Gurken!« spekulierte Martin und sonnte sich in den Komplimenten seiner Kollegen für den originellsten Erklärungsversuch.

»Mein lieber Herr Grundmann«, reagierte Morgen verschnupft. »Da Sie so witzige Einfälle haben, schauen Sie doch mal nach, ob der Chef in seinem Zimmer ist. Wir machen unterdessen weiter.«

»Aber gerne«, antwortete Martin gequält. Die Aussicht auf Zoff mit dem Bindestrich erstickte seine Begeisterung.

37.

Martin ließ sich Zeit. Als er schließlich an die Tür des Chefsekretariats klopfte, war es bereits 8.17 Uhr.

»Ja, bitte!« rief Desiree Schmitz mit belegter Stimme.

Entweder lag ein anstrengendes Wochenende mit viel Zigaretten hinter ihr, oder sie war erkältet.

Martin öffnete die Tür. Ein Blick genügte, um sich für die erste Version zu entscheiden. »Ist der Chef in seinem Zimmer?«

»Keine Ahnung«, krächzten die sympathischen 119 Kilos. »Ich habe ihn heute noch nicht gesehen. Schauen Sie selbst nach. Sie werden schon sehen, was Sie davon haben!« Trotz ihrer angeschlagenen Verfassung war Desiree vergnügt und lachte über ihren Lieblingsspruch.

Grundmann klopfte an die Tür zum Arbeitszimmer des Chefs. Nichts rührte sich. Mutig öffnete er den ersten Teil der schweren Doppeltür. Beim gepolsterten zweiten Zugang war er schon weitaus zurückhaltender. Mit eingezogenem Kopf und verhaltenen Schrittes trat er ein, wobei er jeden Moment mit einem verbalen Gewittersturm rechnete.

Nichts dergleichen geschah. Ruhig war es hier, viel zu ruhig.

Martin traute seinen Augen nicht. Drüben am Schreibtisch saß Professor Gonzalez-Döricht kerzengrade, fast artig wie ein Schuljunge, und glotzte ihn an. Die schiefsitzende Brille nahm ihm jegliche Autorität. Sein Kopf wirkte größer als sonst, am Mund hing ein eingetrockneter, brauner Schaumpilz. Aus beiden Ohren zog jeweils eine verkrustete, schwärzliche Spur zum Hals hinunter, über den zirkulär eine strichförmige Drosselmarke verlief. Überall fanden sich dunkelbraune Flecken unterschiedlicher Größe, auf dem hellen Teppichboden, der Schreibtischplatte, an den Akten, Vorhängen und Fensterscheiben. Selbst an der Zimmerdecke klebten Blutspritzer.

Erst jetzt bemerkte Grundmann die zerquetschten Arme und Hände, die schlaff neben dem zerschundenen Körper herunterhingen. Rechts fehlten drei Finger.

Übelkeit stieg in Martin hoch, vor seinen Augen zerplatzten schwarze Blasen. Er torkelte gegen die Wand, wo er sich mit dem Rücken abstützen konnte. Nachdem er trotz des widerlichen Geruches mehrmals tief durchgeatmet hatte, strömte wieder Kraft in seine weichen Beine.

Er hatte diesen menschlichen Krüppel und miesen Operateur zutiefst verachtet und nach etlichen Demütigungen auch hassen gelernt. Nur zu oft hatte er dem

Bindestrich mehr als nur die Pest an den Hals gewünscht. Dieses Ende aber überstieg Martins kühnste Rachephantasien.

38.

Als Grundmann ins Sekretariat zurückwankte und vorsichtig die äußere Tür vom Chefzimmer hinter sich schloß, wurde er sogleich kritisch geprüft.

»Sie sind aber bleich, Herr Doktor«, wunderte sich Desiree Schmitz. »Geht es Ihnen nicht gut? Hat er Sie wieder runtergeputzt?«

Martin winkte ab.

»Sie schauen so aus, wie ich mich fühle! Hahaha.«

»Frau Schmitz – gehen Sie besser nicht in sein Zimmer! Wir reden später drüber!«

Um sie zu schonen, hatte er nicht von ihrem Telefon aus die Polizei anrufen wollen. Aber bereits auf dem Weg zurück zur Röntgenbesprechung wurde ihm klar, daß er nicht so geheimnisvoll hätte quatschen sollen. Selbstverständlich würde Frau Schmitz nichts Eiligeres zu tun haben, als gleich aufzustehen und nach ihrem Chef zu sehen ...

»Aaaaaaaaaaaaaaaaah!« hörte er einen markerschütternden Schrei. Arme Desiree!

Korn stürzte auf den Flur heraus. »Was war denn das?« Als er Martin erblickte, fragte er: »Hast du Frau Schmitz etwa geschlagen?«

»Nicht sie, aber den Chef«, plapperte Martin gedankenlos daher.

»Aaaaaa-aaaaaa-ah!« vernahmen sie abermals die zunehmend heiser klingende Stimme der Chefsekretärin.

»Da stimmt was nicht mit der Schmitz!« rief Schwester Erika, die halbangezogen und barfuß aus der Damenumkleide stolperte. »Steht nicht so dämlich rum! Schaut gefälligst nach, was da los ist! Ich kann ja wohl schlecht.« Sie knöpfte weiter ihre Bluse über dem weißem Spitzen-BH zu.

Rainer Korn bekam seinen starren Notfallblick und hetzte mit flatterndem Kittel den Flur hinunter.

Inzwischen hatten auch andere Kollegen die langweilige Röntgenbesprechung verlassen, um sich nach dem Grund für den Lärm zu erkundigen.

Martin ignorierte die fragenden Gesichter und betrat den Ambulanzraum. Einige Ärzte folgten Korn ins Chefsekretariat, die meisten aber kehrten zum Lichtkasten zurück, wo Quibbeldey junior immer noch langatmig Röntgenbilder demonstrierte.

»Und?« fragte Oberarzt Morgen, als er Martin sah.

»Demnächst muß Herr Quibbeldey junior mit seinen Kollegen etwas vorsichtiger umgehen.«

»Was reden Sie da für 'n Unsinn, Herr Grundmann?« reagierte Morgen streng.

»Sein Gönner ist tot!«

39.

Anderthalb Stunden später war die Ambulanz vollständig abgesperrt. Alle Ein- und Ausgänge wurden von uniformierten Polizisten mit bis zu drei Sternchen bewacht. Ihre starren Gesichter ließen sich auch von bettelnden Journalisten und Pressefotografen nicht erweichen.

Der medizinische Betrieb ruhte. Die Rettungswagen und Notfälle wurden auf die benachbarten Krankenhäuser verteilt.

Der Ambulanzflur und das Arbeitszimmer von Professor Dr. Gonzalez-Döricht glichen einem Rummelplatz. Vier Kripobeamte anderer Dienststellen standen Ulrike Bohlmann vom KK 11 zur Seite. Während zwei von ihnen an der Tatortbefundaufnahme arbeiteten, begannen die anderen mit den Vernehmungen in den übrigen Räumen. Die drei Mitarbeiter des Erkennungsdienstes hatten mit den vielen Blutspuren, Haar-, Gewebe- und Faserpartikeln alle einmalbehandschuhten Hände voll zu tun. Jeder Blutrest, ob aufgetropft, aufgespritzt oder angeschmiert wurde in Form und Verteilung genau beschrieben, gekennzeichnet und getrennt asserviert, nachdem der Fotograf die Lokalisation des Materials in Bildern festgehalten hatte.

Der Staatsanwalt, Herr des Ermittlungsverfahrens, und Christian Streck, der Dienststellenleiter des KK 11 und damit Bohlmanns und Schmalenbergs Vorgesetzter, diskutierten über den treffendsten Namen der neu zu gründenden Mordkommission. ›MK-KH‹ für Mordkommission-Krankenhaus und ›MK-Kabel‹ als Hinweis auf das Mordwerkzeug kamen in die engere Wahl.

»Wie wär's mit ›MK-Franziska‹?« mischte sich Schmalenberg ein, der in diesem Augenblick im Rollstuhl zum Tatort geschoben wurde. Hinter ihm stand Schwester Franziska und wurde puterrot. Sie hatte sich für ihren Einsatz mit Tracht und Häubchen extra fein gemacht und frisch frisiert.

»Was suchen Sie denn hier, Herr Schmalenberg«, herrschte ihn Streck an. »Ich denke Sie sind krankgemeldet?«

»War ich auch. Mein behandelnder Arzt hat mich vor genau 60 Minuten wieder bedingt arbeitsfähig geschrieben – wenn ich in Begleitung einer kompetenten Schwester bleibe.«

»Soso – dieser Mediziner heißt nicht zufällig Dr. Grundmann und arbeitet neuerdings in diesem Krankenhaus?«

»Herr Streck, Ihr kriminalistischer Spürsinn verblüfft mich stets aufs Neue! Darf ich übrigens vorstellen: Schwester Franziska, seit 40 Jahren im Beruf!«

»32 Jahre«, verbesserte sie bescheiden. Ein derart zartes, zurückhaltendes Stimmchen hatte Hans noch nie von ihr vernommen.

Die beiden Männer nickten höflich.

»Macht Ihnen der Anblick des Toten gar nichts aus, Schwester Franziska?« wollte der Staatsanwalt wissen.

Alle vier schauten zu Professor Gonzalez-Döricht hinüber, der in aufrechter Zwangshaltung seinem Abtransport mit gebrochenen Augen entgegensah.

»Ich habe mehr Menschen sterben sehen und in den Tod begleitet, als Sie Leute in den Knast gebracht haben.« Franziska hatte ihre klare, feste Sprache wiedergefunden.

»Herr Schmalenberg«, artikulierte der Dienststellenleiter steif. »Fühlen Sie sich in der Lage, trotz Ihres Handikaps die Leitung der neuen Mordkommission zu übernehmen?«

»Selbstverständlich, Herr Streck, dafür sitze ich hier. Mit Frau Bohlmann und natürlich Schwester Franziska habe ich zwei hervorragende Kräfte an meiner Seite. Da werden die Ermittlungen zwangsläufig zum Erfolg führen.«

»Wieso mit Schwester Franziska?«

»Erstens werde ich von ihr pflegerisch betreut und zweitens ist sie ist Hobby-Kriminalistin.«

»Sie bleibt Zivilperson, vergessen Sie das nicht!«

»Selbstverständlich, Chef«, erwiderte Hans dienstbeflissen. »Sie entschuldigen mich, die Pflicht ruft. Schwester Franziska, bitte fahren Sie mich zu dem Herren dort drüben im weißen Kittel.«

Daß Hans mit seinem Rollstuhl den Geschwindigkeitsrekord im St. Josef-Krankenhaus hielt, wollte er seinem Vorgesetzten nicht unbedingt demonstrieren.

Schwester Franziska war überglücklich, dabeibleiben zu dürfen.

»Hallo, Rolf!«

Der dickliche Gerichtsmediziner ließ die zerschmetterte Hand des Toten wieder baumeln und drehte sich um. »Du hast mir gerade noch gefehlt. Ich denke, du bist kaputtgeschrieben?«

»Ich bin wieder fit«, lachte ihm Schmalenberg fröhlich entgegen. »Danke der Nachfrage. Kannst du mir schon was sagen?«

»Dä Typ ess fäädisch, nä, dä Typ, dä krisste wirklich nit mieh hin«, antwortete Dr. Schiermacher mit einem BAP-Zitat.

»Du bist wie immer ausgesprochen taktvoll, Rolf! Wann war der Todeseintritt, so ungefähr?«

»Am Freitag, kurz nach 19 Uhr.«

Hans stieß einen kurzen Pfiff aus. »Donnerwetter! Du legst dich doch sonst nicht so präzise fest.«

Wortlos deutete der Gerichtsmediziner auf eine kaputte Uhr, die am Boden lag und ihre 1,5 Volt Batterie verloren hatte.

»Do kanns zaubre, wie ding Mamm, die Kaate läät«, kommentierte Hans. »Kannst du was über die Menge des Blutverlustes sagen?«

Dr. Rolf Schiermacher runzelte seine speckig glänzende Stirn. »Das ist schwierig, weil eine Reihe von Faktoren zu berücksichtigen sind. Da wäre zum Beispiel die Saugfähigkeit des Teppichbodens und der teuren Klamotten vom Opfer. Warte doch, bis deine Jungs alles Blut zusammengekratzt und gewogen haben.«

»Schon gut, vergiß es.« Schmalenberg fühlte sich auf den Arm genommen. »Tatwerkzeug?«

»Der Mann, meiner Meinung nach ein hochgradiger Irrer, hatte ein ganzes Arsenal von Folterwerkzeugen dabei, vermutlich einen Werkzeugkasten: Hammer, Zange – wenn du dir diese glattrandigen Hautdurchtrennungen mit spitzzulaufenden Wundwinkeln anschaust, könnte er ein Teppichmesser mit ausgefahrener Klinge benutzt haben.«

»Wieso bist du sicher, daß ein Mann als Täter in Frage kommt und keine Frau?«

»Weil die Wucht der Schläge und Verletzungen nur eine Person ausgeführt haben kann, die über enorme Kräfte verfügt. Vielleicht hat dieser Mr. Universum sogar ein Jahresabo im Fitneßstudio.«

»Die Schürfungen und Quetschungen der Wundränder dort am Unterarm weisen aber auf einen stumpfen, keinen scharfen Gegenstand hin«, widersprach Schwester Franziska, die bislang schweigend hinter Schmalenberg gestanden hatte und nun ihren kriminalistischen Ehrgeiz nicht zügeln konnte.

Dr. Schiermacher war perplex. »Scharf beobachtet, junge Frau«, lobte er. »Können Sie mir eventuell auch diese Hautveränderungen erklären, Schwester?« Schiermacher zeigte auf die linke Wange von Gonzalez-Döricht.

Schwester Franziska überlegte einen Moment. »Diese Doppelstriemen sind eigentlich typisch für Stockschläge oder Schläge mit anderen rundlichen Werkzeugen. Sie entstehen dadurch, daß das Gewebe an der Auftreffstelle gepreßt wird und die Druckwelle des plötzlich verdrängenden Blutes rechts und links von der Einwirkungsstelle zu Gefäßzerreißungen und Blutaustritten führt.«

»Bestanden«, freute sich der Gerichtsmediziner. »Schwester ...?«

»Franziska.«

»Schwester Franziska, Sie haben eine Gratisführung durch unser rechtsmedizinisches Institut am Melatengürtel gewonnen, mit anschließendem Abendessen im *Päffgen.*«

Schmalenberg hatte Schwester Franziska selten so strahlen sehen. Da er fürchtete, womöglich Zeuge gegenseitiger Liebeserklärungen zu werden, verabschiedete er sich rasch und bat Schwester Franziska, ihn ins Nachbarzimmer zu schieben.

40.

Hauptkommissar Hans Schmalenberg hörte draußen ein Rumoren. »Sie kommen hier nicht durch!« schrie jemand auf dem Flur.

»Ich muß aber rein, ich arbeite hier«, entgegnete eine Stimme, die Schmalenberg sehr vertraut war.

»Das sagen alle«, kam prompt die Antwort.

Hans steuerte mit seinem Rollstuhl behende zur Tür, öffnete sie und kurvte hinaus. Dort standen zwei Streithähne, Kamm an Kamm.

»Das geht schon in Ordnung, Herr Kollege«, beruhigte Hans den gewissenhaften Polizisten. »Ich hatte Herrn Dr. Grundmann zu einer Vernehmung bestellt.«

Zackig grüßte die grüne Uniform.

Martin nickte erleichtert.

»Treten Sie näher, Herr Doktor«, tat Hans formell, um nicht den Eindruck von Kumpanei zu erwecken, und rammte mit seinem hochgestellten Gipsbein die Tür zum Chefsekretariat auf. Er ließ Grundmann den Vortritt.

Desiree Schmitz war aus ihrem Büro ausquartiert worden, das nun als provisorische Einsatzleitstelle fungierte. Sie selbst lag mit einem Schock auf der internistischen Privatstation.

Nachdem Hans die Tür hinter sich geschlossen hatte, wandte er sich wieder der Tastatur des Computers von Gonzalez-Döricht zu, um sich dessen Privatabrechnungen anzusehen. Das Password *Kaiser* hatte er der Chefsekretärin am Krankenbett entlockt.

Martin fühlte sich überflüssig. »Ich habe gerade Zeit. Willst du irgendwas wissen?«

»Nö! Ich versuche nur, dieses Ding ans Laufen zu kriegen.«

»Da kann ich dir leider nicht helfen. Ich kenne mich mit diesem Computerprogramm nicht aus.«

»Macht nichts.« Hans ließ sich nicht stören.

Martin setzte sich auf den Stuhl gegenüber und begann, die eingetrockneten Gipsflecken aus seinem Kittel zu reiben. »Meinst du eigentlich, daß wir es in beiden Fällen mit demselben Täter zu tun haben?«

Ohne den Monitor aus den Augen zu lassen, antwortete Hans: »Aus der Brutalität, mit der diese Verbrechen begangen worden sind, lesen wir die gleiche Handschrift. Nachdem die Opfer auf übelste Weise gequält worden sind, wurden sie mit einem Elektrokabel erdrosselt.« Ihm fiel es sichtlich schwer, am Computer zu arbeiten und gleichzeitig zu sprechen.

»Das kann genausogut eine Finte sein, um die beiden Morde in einen Zusammenhang zu bringen, obwohl keiner besteht. Gonzalez-Döricht, der Schlächter, und Zahnstein, der Robin Hood vom St. Josef-Krankenhaus hatten nichts miteinander zu tun. Die beiden waren wie Feuer und Wasser!«

»Schitt!« Hans hatte sich vertippt. »Da in beiden Fällen die Mordwaffe, nämlich ein Kabel, vom gleichen Hersteller stammt und sogar die gleiche Farbe aufweist, muß man davon ausgehen, daß es sich um denselben Täter handelt. Nur er konnte den genauen Tathergang kennen – und natürlich wir von der Polizei.«

Martin runzelte seine Stirn. »Ich erinnere mich aber genau, daß ihr die Informationen über Farbe und Fabrikat des Kabels an die Presse und die Medien weitergegeben habt. Um aus eurer Fahndungskrise rauszukommen, wurde sogar Ede Zimmermann mit seiner widerlichen Hetz- und Denunziantensendung ›XY ungeölt‹ auf diesen Mordfall angesetzt. Stimmt's, Herr Holmes?«

»Ähm – das war nicht meine Idee«, verteidigte sich Schmalenberg und vertippte sich erneut. Fast hätte er es geschafft, über PW, die Programmwahl, hinaus in die Privatabrechnungen zu kommen.

»Um von sich abzulenken, brauchte der zweite Mörder nur fernzusehen und dann die Methoden und die Brutalität von damals zu imitieren. Ganz einfach! Wenn du mich fragst, sind das zwei völlig verschiedene Morde, die nichts miteinander zu tun haben!«

»Glücklicherweise habe ich dich nicht um deine Meinung gebeten, aber trotzdem schönen Dank für den Tip«, spottete Hans, dem die logischen Schlüsse seines Freundes allmählich lästig wurden. Seine Konzentrationsfähigkeit ließ nach, das Bein war angeschwollen und der Gips drückte.

Er drehte sich vom Computer weg und schnauzte Grundmann an. »Weißt du eigentlich, wie dermaßen mir das alles hier auf die Nüsse geht?«

»Meinst du etwa mich?« fragte Martin beleidigt und hielt in seiner Reinigungszeremonie inne. »Ein Wort von dir, und ich gehe!«

Verschwinde, hätte Schmalenberg am liebsten gesagt, um endlich ungestört arbeiten zu können. So direkt jedoch durfte er mit der zarten Seele seines Freundes nicht umspringen. Also machte er seinem Frust auf andere Weise Luft: »Das ist ein Saftladen hier! Ich habe heute schon fünf leitende Angestellte verhört. Denkste, man bekommt aus denen was raus? Betonbauer! Alle mauern wie damals nach dem Tod von Rudolf Zahnstein.«

»Darf ich mal die Liste haben?«

Widerwillig griff der Hauptkommissar zu der Mappe, in der alle Krankenhausmitarbeiter verzeichnet waren, und schleuderte sie Martin gegen die Brust. »Bitte sehr!« Hoffentlich gibt er jetzt endlich Ruhe, dachte Hans und begann wieder, PW aufzurufen.

Er blieb nicht lange unbehelligt. Nachdem Martin die ersten beiden Seiten überflogen hatte, tippte er mit dem Zeigefinger auf einen Namen. »Hans?«

»Was ist denn nun schon wieder?«

»Habe ich einen Wunsch frei?«

Hans verdrehte die Augen. »Gewährt.«

»Günter Koch ist unser Personalleiter.«

»Na und?«

»Koch ist ein kleines Arschloch, das alle bescheißt, nur um ein paar Mark fürs Krankenhaus rauszuschinden. Könnte man das nicht bei eurer Vernehmung berücksichtigen?«

Hans stutzte und schaute Martin an. »Aber geschlagen wird nicht.«

»Ich sehe schon, wir verstehen uns«, grinste Martin.

»Die Figuren von der Liste kannst du sowieso alle vergessen«, stellte Hans lapidar fest. »Es gibt nur eine Person, auf die wir wirklich zählen können. Das ist Schwester Franziska, unsere Miss Marple. Hast du zum Beispiel gewußt, daß das St. Josefs eventuell geschlossen werden soll?«

Martins Kinnlade sackte.

»Na bitte! Schwester Franziska weiß alles.«

»Fast alles«, bremste Martin seinen enthusiastischen Freund.

»Na gut, sie kennt nicht den Mörder. Dafür aber wissen wir jetzt, daß dieser Gonzalez-Döricht allen ein Dorn im Auge war. Er war nicht nur fachlich eine Niete, sondern auch für den wirtschaftlichen Abstieg dieses Krankenhauses mitverantwortlich. Wenn bald mehr als vierhundert Menschen auf der Straße stehen, geht das auf sein Konto.«

»Ihr Wissen bringt dich keinen Deut weiter. Außerdem hätte ich dir das auch sagen können«, betonte Martin.

»Und warum hast du nicht? Aber mit Schwester Franziska an der Seite werden wir das Schwein von Mörder schon erwischen.«

»Wie bitte?« fragte Martin ungläubig. »Höre ich da einen versteckten Vorwurf raus?«

»Den brauche ich gar nicht zu verstecken. Den kann ich dir ganz offen machen. Das, was du in den letzten Monaten an Informationen geliefert hast, hat uns keinen Fatz weitergebracht! Da hättest du ruhig bei deiner alten Arbeitsstelle bleiben können.«

Martin war baff. So eine Unverschämtheit war ihm noch nicht untergekommen, nach allem, was er für Hans getan hatte. Im Augenblick durfte er sich nicht einmal verteidigen, da ihm womöglich unterstellt würde, er wäre eifersüchtig auf die neue Informantin. Er schwankte zwischen Zorn und Gekränktheit. Abgang oder Zoff? In der Ruhe liegt die Kraft, beherrschte sich Martin. Von Schmalenberg lasse ich mich nicht beleidigen, von dem nicht! Aber warte nur, Hans, du wirst meine Hilfe noch bitter nötig haben. Um sich nichts anmerken zu lassen, spielte er nach außen den Entdecker der Gelassenheit: »Habt ihr sonst was rausbekommen?«

Den letzten Satz hatte Oberkommissarin Ulrike Bohlmann aufgeschnappt, die in diesem Moment zur Tür hereinkam. »Hast du wieder geplaudert, Hans? Wir sind zwar mit Martin befreundet, das ist aber noch lange kein Grund, ihn über den aktuellsten Stand der Ermittlungen zu informieren.«

»Na, ihr seid vielleicht Komiker«, knurrte Martin. »Erst macht ihr mich quasi zum Hilfssheriff, und dann werde ich kaltgestellt und erfahre überhaupt nichts mehr.«

Ulrike wandte sich direkt an Martin: »Was in eurem Beruf die ärztliche Schweigepflicht ist, nennen wir Dienstgeheimnis. Dafür wirst du sicherlich Verständnis haben.«

Das war der berühmte Tropfen zuviel. »Ich bin nicht euer Volltrottel!« explodierte Martin. »Ich war so naiv zu glauben, wir arbeiten als Team zusammen! Von mir erfahrt ihr überhaupt nichts mehr! Ich kann meine Suppe genausogut alleine kochen! Ihr könnt mich mal kreuzweise!!!« Wutentbrannt stürmte Martin zur Tür.

»Was ist denn jetzt los?« fragte Ulrike verwundert. »Was habe ich denn Schlimmes gesagt? Oder habt ihr euch etwa gestritten?«

»Reisende soll man nicht aufhalten«, antwortete Hans und drückte wieder die Enter-Taste. »Der junge Mann ist heute ein wenig gereizt, wahrscheinlich prämenstruell.«

Der ganze Rahmen vibrierte, als die massive Bürotür ins Schloß rumste.

41.

Die Welt war herzlos, grausam und undankbar.

Nach dieser herben Enttäuschung und tiefen Demütigung brauchte Dr. Martin Grundmann ein Opfer ...

Er fand Schwester Gudrun in der Patientenschleuse auf der ›sauberen‹ OP-Seite. Ohne zu zögern, nahm er Anlauf, machte mit wehendem Kittel und seinen versifften Krankenhausschuhen einen Satz auf das frisch desinfizierte, grüne Transportband, lief zwei Schritte, um auf der anderen Seite wieder herunterzuspringen.

»Spinnst du, Martin!« meckerte sie. »Du hast wohl den Verstand verloren? Du darfst hier nicht mit normalen ...«

»Ich war noch nie so klar.« Martin packte sie fest an beiden Armen und schüttelte sie grob. »Du wirst mir jetzt alles erzählen, haarklein!«

»Du hast sie wohl nicht mehr alle! Laß mich gefälligst los, du tust mir weh!«

»Raus mit der Sprache. Warum wurde deine Wohnung verwüstet?«

»Die haben nach Wertgegenständen gesucht. Aua!«

»Schluß mit den Lügen! Erst wurde Gonzalez-Döricht gefoltert und ermordet, tags darauf deine Bude auf den Kopf gestellt. Sag mir, warum!«

»Woher soll ich das wissen?«

»Erzähl mir nicht so 'n Quatsch!« fauchte Martin in ihr Gesicht. »Was haben die Typen aus dem Bindestrich rausgequetscht? Der hat ihnen doch etwas gesteckt, was sie später bei dir gesucht haben!«

»Nimm deine Hände weg!« Gudrun wehrte sich heftig.

Martin ließ sie los. »Ist dir eigentlich klar, daß du mausetot wärst, wenn sie dich zu Hause angetroffen hätten?«

Gudrun preßte wütend die Lippen aufeinander.

»Was hattest du mit dem Bindestrich zu tun? Woher stammt das viele Geld für deine teure Wohnung?«

»Das – das habe ich geerbt. Faß mich nicht noch einmal an, oder ich schreie um Hilfe!«

»Brüll doch, wenn du willst! Los, mach schon!« Martin stieß sie von sich weg.

Gudrun rieb sich ihre schmerzenden Oberarme.

Martin lehnte sich erschöpft gegen das grüne Transportband.

Plötzlich bewegte sich die große Schwingtür zum OP-Flur. Eine Kollegin von Gudrun schubste mit ihrem Hinterteil das blaue Ungetüm zur Patientenschleuse auf. Vermutlich wollte sie sehen, woher der Radau kam. Die drei leeren Pappkartons vor ihrer Brust waren nur Vorwand.

»Kaum zusammen, schon Probleme?« fragte sie süffisant. »Das ist ja sooo menschlich!«

Martin und Gudrun enttäuschten ihre Hoffnung auf neuen Stoff für den täglichen Klatsch und bedachten die Anzüglichkeiten mit grimmigem Schweigen.

Als die OP-Schwester gegangen war, begann Martin erneut, diesmal viel friedlicher, beinahe flüsternd: »Jetzt erzähl schon. Aber binde mir bitte keine Bären auf. Von wegen – erben. Nix hast du geerbt! Du stammst aus armen Verhältnissen. Als du nach Köln kamst, hattest du gar nichts.«

»Wo-woher weiß du das?« stotterte Gudrun.

Martin hatte mit seiner Behauptung ins Schwarze getroffen. Nur daß sie von einem Bauernhof in der Eifel stammte, wußte er. »Das tut nichts zur Sache. Ich will wissen, was hier läuft!«

Gudrun sackte in sich zusammen.

»Hast du Geld von Gonzalez-Döricht bekommen?« Als er sah, wie sie zusammenzuckte, wurde er mutiger: »Hast du ihn erpreßt?«

Gudrun wurde steif und blaß.

»Du hast ihn erpreßt! Erpreßt mit den Informationen, die dein Freund Zahnstein im Laufe der Jahre gesammelt hat. Während er sein Wissen genutzt hat, um für die Mitarbeiter Verbesserungen durchzusetzen, hast du dich bereichern wollen! Ich höre dich noch genau –« Er schraubte seine Stimme zwei Oktaven höher. »– Edel sei der Mensch, hilfreich und gut. Daß ich nicht lache! Ich bin nicht so bekloppt! Ich lebe jetzt und hier!« Ohne Rücksicht auf mögliche Zuhörer schrie er sie an: »Rede endlich!!«

»Bitte nicht so laut«, flehte Gudrun und begann zu weinen.

»Dann fang an zu quatschen! Ich steh auf deiner Seite, aber nur, wenn du mir reinen Wein einschenkst. Und hör auf zu flennen, verdammt noch mal!« Tränen konnte Martin nicht gebrauchen. Die kochten ihn weich und setzten ihn matt.

42.

»Wir haben Martin schlecht behandelt. Mich wundert überhaupt nicht, daß er so sauer reagiert«, tadelte Ulrike sich und vor allem ihren Kollegen.

»Die alte Mimose soll sich nicht so haben«, wiegelte Hans Schmalenberg ab. »Jetzt laß wenigstens du mich in Ruhe am Computer arbeiten, wo er schon die ganze Zeit dazwischen gebrabbelt hat. Ich möchte nämlich herausfinden, wer im letzten halben Jahr von Gonzalez-Döricht operiert worden ist. Kann sein, daß uns das weiterhilft.«

»Da findest du lediglich Privatpatienten.«

»Ebent! Der Bindestrich – jetzt benutze ich auch schon diesen blöden Spitznamen ...«

»Macht nichts, solange du ihn nicht im Bericht erwähnst.«

»Laß mich bitte ausreden, ja? – Da der Bindestrich ausschließlich Privatpatienten operiert hat, müßten alle seine Opfer hier im Compi zu finden sein. Wer weiß, womöglich ist die eine oder andere mißlungene Operation dabei.« Schmalenberg hämmerte wild auf der Tastatur herum.

»Wie willst du das herausfinden? Meinst du etwa, die Kunstfehler sind fettgedruckt?«

»Ich bin ja nicht doof, Ulrike! Ich suche nach Patienten mit auffallend hohen Rechnungen. Hohe Kosten entsprechen langen Behandlungen. Eine lange Behandlung spricht für Komplikationen nach der OP – rappidizapp – und schon haben wir ein Motiv.«

»Ja, ja. Der große Junge und die Computerspiele«, stichelte Ulrike weiter.

Hans hielt im Schreiben inne und suchte mit dem sanften Blick eines Krankenhausseelsorgers ihre Katzenaugen. »Hast du ein Problem, über das wir sprechen sollten? Bedrückt dich irgendwas? Du weißt, ich bin immer für dich da.«

»Sabber, sabber, sabber!« Ulrike wußte selbst nicht, weshalb sie auf ihren Kollegen derart aggressiv reagierte. Sicher hatte sie der gedankenlose, oberflächliche Umgang mit Martin Grundmann geärgert. War das nicht typisch für das Ex-und-Hopp-Denken unserer Tage? Alles Unbrauchbare wird deponiert, abgewickelt oder, wie die Gesellschaftskreise mit dem besseren Umweltbewußtsein ihre Wegwerfmentalität nennen, recycelt. Konsumgüter oder Menschen, es lebe der Unterschied. Und ihr ach so hehrer Kollege, der sich stets damit brüstete, bei der Brockdorf-Demo auf der richtigen Seite und in vorderster Front gekämpft zu haben! Worin unterschied der sich noch vom nadelgestreiften Mitarbeiter einer Beraterfirma, der seinen Judaslohn durch die Vernichtung von Arbeitsplätzen verdiente?

Jetzt gehst du aber zu weit, Ulrike, schimpfte sie mit sich, das meinst du nicht im Ernst! Auch wenn ihr Kollege manchmal ein Kotzbrocken sein konnte, diesen Vergleich hatte der arme Kerl mit seinem Gipsbein nicht verdient. Beruhigend, daß er ihre giftigen Gedanken nicht hatte hören können, oder doch?

»Woran denkst du, Ulrike?« fragte er plötzlich.

»Ich möchte wetten, daß der Mörder hier im Hause arbeitet«, spekulierte sie. »Darauf sollten wir unsere Ermittlungen konzentrieren.«

»Das halte ich für eingleisig. Wie kommst du übrigens darauf?«

»Diese Bestie kannte in beiden Fällen alle Räumlichkeiten en detail samt der Gewohnheiten der beiden Opfer. Typisch für einen gut informierten Insider.«

»Klingt mir zu mager«, widersprach Hans, klopfte auf die Returntaste, woraufhin der Drucker zu rattern begann. Ruckartig kroch die erste umfangreiche Privatrechnung samt Adresse und Bankverbindung aus dem veralteten 24-Nadel-Monster. »Der Bindestrich wurde gefoltert, indem seine Hände zerquetscht wurden. An seiner rechten Hand fehlten drei Finger.«

»Was will uns der Kommissar damit sagen?«

»Jeder hier im Krankenhaus von der Putzfrau bis zum oberen Dutzend wußte, daß Gonzalez-Döricht ein mieser Chirurg war. Was nutzte es also, ihm drei Finger abzutrennen? Er hätte gar nicht schlechter werden können. Der Täter wird jemand gewesen sein, der der irrigen Meinung war, einem begnadeten Operateur damit zu schaden. Typisch für einen schlecht informierten Outsider.«

»Eine makabre Theorie, sehr weit hergeholt.« Ulrike verzog angewidert ihr Gesicht. »Die drei Finger kann ich genausogut in meinem Sinne interpretieren: Gerade weil der Insider die überragenden Qualitäten vom Professor kannte, wollte er ihm ein für allemal das Handwerk legen, ehe diese ungeschickten Finger weiteres Unheil anrichten konnten.«

»Mag sein«, sagte Hans mit Ja-aber-Miene. »Das könnte ebenso für Patienten gelten, die der Bindestrich operiert und versaut hat – unter dem Motto ›Der Mörder kommt auf Krankenschein‹!«

Ulrike schmunzelte. »Na gut«, stimmte sie schweren Herzens zu, »möglicherweise.«

»Oder wie wär es mit den Angehörigen des zum Krüppel verhunzten Patienten?« ergänzte Hans, durch ihren fehlenden Einspruch ermutigt. »Sie gehören auch zum großen Kreis der Verdächtigen, die außerhalb des Krankenhauses zu suchen sind. Da kommt verdammt viel Arbeit auf uns zu. Deswegen sitze ich hier am Computer und spiele nicht, sondern arbeite fleißig wie eine Biene.«

»Eher wie eine dicke Hummel, die schwer beladen vom Pollenflug heimkehrt.«

»Oder wie eine Wespe, die sticht!«

»Jetzt tu nicht so, als wärst du plötzlich der Oberhakker. Das kannst du getr ost unseren Experten überlassen. – Aber vielleicht sind wir mit unserer Mein-ist-die-Rache-Theorie auf dem Holzweg«, setzte Ulrike das Gedankenverwirrspiel fort. »Fassen wir mal zusammen: Wenn jemand so grausam gefoltert oder gequält wird, kommen dafür drei Gründe in Frage: erstens Rache. Den Aspekt haben wir bereits zur Genüge durchgekaut. – Zweitens: Beschaffung von materiellen oder ideellen Werten. Unter Umständen brauchte der Mörder einen Scheck oder eine Unterschrift, um an die schwarzen Konten vom Bindestrich heranzukommen. Vielleicht hat er Geld in Luxemburg gebunkert. Womöglich sollte das Testament geändert werden. Motive ohne Ende. – Drittens kann der Täter eine schwer gestörte Persönlichkeit, ein Psychopath sein, der nur aus purer Lust am Quälen und Töten gehandelt hat. Einiges spricht dafür, unter anderem der fehlende Motivzusammenhang und die völlig unterschiedlichen Charaktere der Mordopfer.«

»Nicht schlecht, Frau Bohlmann. Mag sein, daß die Brutalität von etwas ablenken soll, von dem wir bislang keinen Schimmer haben. Egal! Eine wichtige Schlußfolgerung kann man jedoch aus deiner Zusammenfassung ziehen.«

»Und die wäre?« fragte Ulrike ungläubig.

»Der Mörder ist entweder Kölner oder wohnt außerhalb der Stadtgrenzen.«

»Blödmann!«

43.

»Was willst du wissen?« fragte Gudrun tränenüberströmt.

»Was hattest du mit Gonzalez-Döricht zu tun? Stammt das Geld von ihm?« fuhr Martin sie an.

Gudrun nickte.

Martin stockte der Atem. Ungläubig starrte er in ihre blauen Augen. Ohne seinen Frust und die Wut auf Schmalenberg wäre ihm nicht der Kragen geplatzt, hätte er Gudrun niemals zur Rede gestellt. So aber hatte er alles riskiert, nämlich seine junge Liebe, und ... gewonnen? – Ein Sieg, super, geradezu grandios, nur leider ohne Sieger. Da kam keine Freude auf. Warum mußte er stets seinen neugierigen Rüssel in anderer Leute Mist stecken? Gudrun, die Frau, in die er sich so wahnsinnig verknallt hatte, war Opfer und Täter zugleich. Er spürte, wie er sich innerlich distanzierte.

Auf einmal war es ihm gar nicht mehr wichtig, wieviel sie vom Bindestrich erpreßt hatte, warum und wie oft und unter welchen Umständen sie zu dem Geld gekommen war. Martin, ausgestattet mit einem fast schon pathologischen Helfersyndrom und mindestens ebenso ausgeprägtem Gerechtigkeitsfimmel, schwankte zwischen Beschützen und Verurteilen, Verständnis und Abscheu. Sollte er gehen oder bleiben, schreien, weinen, schimpfen, moralisch appellieren, flehen, verbittern, resignieren, ignorieren, fluchen, zaudern?

Er entschied sich fürs Fragen: »Zahnstein hatte Material über Gonzalez-Döricht gesammelt?«

Gudrun nickte wieder stumm.

»Nicht nur über den Bindestrich, sondern auch über andere Beschäftigte aus dem St. Josefs?«

Ihr Schweigen, ihre neue Tränenflut sprachen Bände.

Martin überwand seinen Widerwillen und schloß sie in die Arme. »Wir kriegen das schon irgendwie hin, glaub mir. Kein Problem!«

Er stand neben sich. Das war nicht er, der da redete. Brechstangen-Optimismus war nicht seine Art. »Hast du die Aufzeichnungen von Zahnstein noch?« fragte er unsicher.

»Ja.«

»Und wo?«

Sie schniefte und bat mal wieder um ein Taschentuch.

Er zog einen riesigen Lappen aus der Tasche und reichte ihn ihr.

Nachdem sie sich mehrmals befreiend geschneuzt hatte, bekannte sie: »In meinem Schrank!«

»Wo?« fragte Martin ungläubig.

»In meinem Spind!«

Martin schluckte, gab ihr einen flüchtigen Kuß, quasi zum Dank für ihr Vertrauen. »Du hast diese gefährlichen Unterlagen in deinem Spind aufbewahrt?«

»Ja.« Sie hörte auf zu weinen, ihre Stimme klang stabiler.

»Weißt du, wie gefährlich das war?«

Diesmal schüttelte sie den Kopf, brav wie ein kleines Kind, das leugnet, mit Streichhölzern gespielt zu haben.

»Das war ganz schön leichtsinnig von dir!«

»Aber deswegen konnten die Typen nichts in meiner Wohnung finden.«

»Ach, darum hat dich der Einbruch völlig kalt gelassen. Jetzt wird mir manches klarer.«

Sie grinste.

»Und wo ist dein Schrank?«

»In der Frauenumkleide!«

»Na, dann nichts wie hin!«

44.

»Was ich vom Verwaltungsdirektor Garzweiler halte, wollen Sie wissen?« Schwester Franziska grinste, als sie das Tablett mit Tee und Gebäck auf den Schreibtisch von Desiree Schmitz stellte. »Der ist hier so überflüssig wie der Braunkohletagebau.«

Bohlmann und Schmalenberg lachten.

»So, und jetzt langen Sie mal tüchtig zu. Das brauchen Sie bei Ihrer schweren Arbeit.« Damit meinte Schwester Franziska gewiß ihren neuen Freund und nicht etwa Ulrike Bohlmann.

»Sie sind ein Schatz, Franziska«, schwärmte Hans. »Nehmen Sie doch einen Augenblick Platz, wenn es Ihre Zeit gestattet.«

Auf diese Einladung hatte sie nur gewartet. Sie goß die Tassen voll. »Milch, Zucker?«

»Nur Milch, bitte.«

»Für mich auch«, antwortete Ulrike unterkühlt.

»Garzweiler ist aalglatt und relativ wohlhabend. Ich frage mich, woher. So üppig kann sein Gehalt nicht sein. Aber man munkelt, daß er Generalvertreter der Firma *Pethikan* ist, nur so nebenbei.«

»Was stellen die her?«

»Nahtmaterial, Klammergeräte und andere Sachen, die man zum Operieren braucht.«

»Bezieht das Krankenhaus *Pethikan*-Produkte?«

»Aber selbstverständlich! Fast die gesamten Materialbestellungen fürs Haus laufen über seinen Schreibtisch. Das sind Millionenbeträge im Jahr. Warum, frage ich mich, überläßt er diese lästige Arbeit nicht untergeordneten Kräften. In der Verwaltung gibt es genug davon. Aber man weiß, daß Garzweiler nur bestimmte und nicht immer die billigsten Firmen bevorzugt. Da springt für ihn ein hübsches Sümmchen an Provisionen heraus.«

»Haben Sie dafür Beweise?« fragte Ulrike mißtrauisch und nippte an ihrem heißen Tee.

»Nur bedingt! Schließlich kann ich rechnen. Was aber jeder weiß, ist, daß Autos ohne Parkberechtigung auf dem Krankenhausparkplatz – und das sind etliche jeden Tag, weil so eine Parkgenehmigung schwieriger zu bekommen ist als sechs Richtige im Lotto – täglich rigoros abgeschleppt werden, und zwar von einem Abschleppdienst, der zufälligerweise Garzweilers Frau gehört.«

»Das ist ein Skandal!« empörte sich Schmalenberg. »Das muß man öffentlich machen!«

»Das stand sogar schon in der Presse, blieb aber ohne jede Konsequenz. Garzweiler bleibt unangreifbar und ist nicht zu überprüfen. Zahlen und Fakten liegen bei der Verwaltung unter Verschluß. Da kommt kein normaler Mitarbeiter ran.«

»Es gibt doch einen Krankenhausträger«, warf Ulrike ein.

»Klar gibt es einen Vorstand. Aber ehe man den eingeschaltet und auf die Mißstände aufmerksam gemacht hat, ist man seine Stelle schon los. Was Garzweiler macht, ist Beschaffungskriminalität!« Schwester Franziska blühte auf.

»Haben Sie sich eigentlich schon Gedanken gemacht, wer für die Morde in Frage kommt?«

Die resolute Stationsschwester schlug verschämt die Augen zu Boden. »Sicherlich, aber darüber möchte ich jetzt noch nicht sprechen, sonst hält mich Ihre Kollegin für leichtfertig.«

Ulrike warf ihr einen giftigen Blick zu.

»Ich habe mir aber einige Notizen zu den Angestellten gemacht, die keine reine Weste haben und die mit Zahnstein oder Professor Gonzalez-Döricht oder sogar mit beiden auf Kriegsfuß standen.«

»Das ist ja großartig«, lobte Hans den Einsatz seiner Assistentin.

Ulrike Bohlmann waren diese Blockwart-Manieren zuwider, obwohl sie wußte, daß die meisten Ermittlungen ohne die ›gute Beobachtungsgabe‹ unserer ehrenwerten Mitbürger im Sande verlaufen würden.

Franziska zauberte aus der Seitentasche ihrer dunkelblauen Strickweste einen Stapel gefalteter DIN-A4-Blätter hervor, auf denen in Schönschrift Namen, Funktionen, Schwachpunkte und Verhältnis zu den Opfern vermerkt waren.

»Über die Beziehungen zum Professor habe ich heute morgen noch nicht viel schreiben können. Ich konnte ja nicht ahnen ... Dafür aber habe ich die Leute mit Sternchen markiert, die für die Zeit der Ermordung des Professors ein Alibi haben.«

»Schwester Franziska, wenn bei uns die nächste Planstelle frei wird, werde ich Sie für diesen Posten vorschlagen. Ihre Kekse sind übrigens ganz ausgezeichnet.« Schmalenbergs Bein war wieder abgeschwollen, schmerzte nicht mehr, und so gab er sich wieder heiter und unbeschwert.

Ulrike haßte Kekse.

»Selbstgebacken. Ein Hobby von mir! Die Zettel dürfen Sie ruhig behalten, sind Kopien.«

Schmalenberg blätterte und überflog die Namen. Einiges wußte er schon von Grundmann, kleinkarierter Tratsch interessierte ihn weniger. Vieles aber war neu und konnte bei den jetzt kommenden Vernehmungen hilfreich sein, um Schweigen zu brechen oder zurückgehaltene Informationen herauszukitzeln.

Plötzlich wurde die Tür geöffnet, und der Verwaltungsdirektor platzte herein.

»Was verschafft uns die Ehre, Herr Garzweiler?« fragte Hans unfreundlich und ließ Franziskas Dossiers zwischen den Akten verschwinden.

»So geht das nicht, Herr Schmalenberg! Gut, daß Sie auch anwesend sind, Frau Bohlmann, da brauche ich nicht alles zweimal zu sagen!«

»Jetzt beruhigen Sie sich erst einmal, und nehmen Sie Platz.«

Schwester Franziska sprang auf. »Ich muß sowieso gehen, Herr Hauptkommissar, die Arbeit macht sich nicht von allein«, entschuldigte sie sich verschüchtert und eilte zur Tür.

»Vielen Dank für den Tee, und bitte sehen Sie mir nach, daß ich Sie nicht zur Tür begleiten kann, aber Sie wissen ja, mein Bein!« Hans zwinkerte ihr konspirativ zu, ehe sie verschwand.

»Ich muß ein ernstes Wörtchen mit Ihnen reden!« schimpfte Garzweiler weiter und machte sich Luft, indem er seine zerknitterte Anzugjacke aufknöpfte.

Schmalenberg zog unterdessen die Keksschale zu sich, um den Verwaltungsdirektor nicht in Versuchung zu führen.

»Sie wissen, daß uns die Presse im Nacken sitzt. Unser Krankenhaus steht ganz oben auf der Liste für den Kapazitätenabbau. Der Regierungspräsident wartet doch nur auf Argumente, um weitere Betten streichen zu können.« Garzweiler wirkte erschöpft. Die wenigen grauen Sardellen auf seinem kahlen Kopf waren schweißdurchsetzt.

»Und was haben wir damit zu tun?« fragte Hans mit vollem Mund. Sonst krümelte er wie ein Weltmeister, jetzt aber achtete er peinlichst darauf, daß nichts von oben in seinen Gipsstiefel bröselte. »Das sind Folgen von Unzulänglichkeiten und Mißständen früherer Jahre. Der Ruf Ihres Hauses ist nicht erst seit Freitag schlecht.«

»Wir können uns keine Negativpresse mehr leisten. Was Sie aber hier veranstalten, ist der reinste Hollywood-Triller.« Garzweiler war des englischen ›Th‹ nicht mächtig. »Wir drehen hier keinen Film, sondern müssen die medizinische Versorgung unseres Stadtteils sichern. Wer hat die Anordnung gegeben, daß die Ambulanz geschlossen werden soll? Das wird ein Nachspiel haben! Darauf können Sie sich verlassen!« drohte er.

»Jetzt aber mal halblang, Herr Garzweiler«, stoppte Ulrike den Redefluß des Hausherrn. »Wir wissen Ihre Hilfe in Bezug auf die Einstellung von Doktor Grundmann sehr zu schätzen, trotzdem ist das hier keine Spielwiese. Hier ist zum zweiten Mal ein brutaler Mord passiert. Wir sind per Gesetz verpflichtet, mit unserem Team den Tatort zu sichern. Da können Sie uns nicht verscheuchen wie ein Hausmeister spielende Kinder. Wir bleiben einige Tage, gewöhnen Sie sich daran. Die Räume bleiben bis dahin tabu. Daß die Presse davon erfährt, läßt sich nicht vermeiden und ist nicht unser Problem. Unterstützen Sie lieber unsere Arbeit, anstatt sie zu behindern!«

45.

»Hier hat der Schrank gestanden, genau hier.« Schwester Gudrun deutete ratlos in die leere Ecke, in der Spinnweben hingen und Papierschnipsel herumlagen.

»Jetzt verarsch mich nicht! Das kann ich auf den Tod nicht ab!«

»Martin, fang bitte nicht wieder an zu brüllen!« versuchte sie ihn ängstlich zu beruhigen. »Ich schwör's dir. Hier haben die Schränke gestanden, bis heute morgen. Da! Auf den Kacheln sind noch die Abdrücke zu sehen. Ich habe keinen blassen Schimmer, wer die Schränke wegtransportiert haben könnte.« Ihre Stimme verlor ihre Stärke und begann zu vibrieren. In die Augen traten wieder erste Tränen.

Grundmann zögerte kurz, schnappte sich den Hörer des Wandtelefons und funkte den Leiter der technischen Abteilung an. Von ihm erfuhr er, daß die Schränke gerade abgeholt worden waren und gegen neue, diebstahlsichere ausgetauscht werden sollten. Alle Betroffenen hätten zuvor ein Rundschreiben erhalten mit der Aufforderung, rechtzeitig ihre persönlichen Gegenstände herauszunehmen.

»Spengler erzählt mir, daß allgemein bekannt war, daß die Schränke heute abgeholt werden sollten ...«

»Kann sein. Ich jedenfalls hatte davon keine Ahnung.«

»Das soll ich dir glauben, Gudrun? Alle anderen haben ihre Sachen vorher ausgeräumt, nur du nicht? Langsam platzt mir der Kragen. Wir können genauso gut zur Polizei gehen.«

»Ich habe dich nicht belogen, Martin! Ich wußte das wirklich nicht, ehrlich. Der Ordner müßte noch im Spind liegen.«

Wenn jetzt die Arbeiter von der Transportfirma die gleichen Halunken sind, die Gudruns Wohnung durchsucht haben, schoß es Grundmann plötzlich durch den Kopf. Ob ihnen jedes Mittel recht ist, kein Aufwand zu groß, um an Zahnsteins Unterlagen heranzukommen? Völliger Unsinn, korrigierte er sich und packte abermals ihren Oberarm. »Komm, Gudrun!«

»Au! Nicht so grob!«

»Vielleicht sind sie noch nicht weg, und wir erwischen sie auf dem Wirtschaftshof.« Martin drängte Gudrun aus der Frauenumkleide auf den Gang.

»Ich kann doch nicht in diesen Klamotten aus dem OP raus. Ich muß mich erst umziehen.«

»Und was willst du anziehen?«

Erst jetzt fiel ihr auf, daß auch ihre Kleider mit dem Spind verschwunden waren.

Beide liefen in Richtung Treppenhaus.

»Ich kann nicht so schnell«, rief Gudrun, die einen OP-Schuh verloren hatte.

»Ich lauf schon vor«, erwiderte Grundmann, ohne sich umzudrehen. Er raste die Stufen hinunter und sprintete im Geiste Armin Harys über den endlosen Kellerflur, der auf den Wirtschaftshof mündete. Nachdem er die Pförtnerloge passiert hatte, warf er sich im vollen Lauf beidhändig gegen die große Eisentür und – wurde gestoppt. Was klang dumpfer, die Tür oder sein Kopf?

»Sie haben's aber eilig, Herr Doktor«, lachte der Pförtner. »Für sowas gibt's diese praktischen Schlüssel.«

Martin rieb sich die Stirn. Seine Nase schmerzte. Das grinsende Phlegma schlurfte auf ihn zu und probierte nacheinander vier Schüssel, ehe er den passenden fand.

»Sehen Sie, so einfach geht das.«

Martin unterdrückte den Impuls, mit einem gezielten Schlag das Feixen abzustellen.

Im Hof sah er, wie der Lastwagen einer Möbelfirma mit laufendem Motor vor dem Metallgittertor wartete, das langsam zurückrollte. Geistesgegenwärtig machte Grundmann auf dem Absatz kehrt und flitzte zurück zur Pförtnerloge. Auf dem Monitor konnte er die Szene am Hoftor verfolgen. Fieberhaft suchte er nach dem Knopf, mit dem man das Rollgitter anhalten konnte.

»Wie kann man das verdammte Tor stoppen?« schrie er. Seine Augen flogen über das Schaltpult: Schlüssel,

Schokolade, Funker, *Express*, Telefonanlage, Adressenliste, Foto vom Schäferhund, Handy, Sicherungskasten, roter Schalter. Zack!

Im ganzen Haus begannen, die Feuersirenen zu heulen.

»Was machen Sie da?« rief der Pförtner, einem Infarkt nahe. Er konnte auch schneller gehen, siehe da! Im Nu war er bei Grundmann und legte den Schalter wieder um, es heulte weiter. »Nehmen Sie Ihre Finger da weg!«

»Aber nur, wenn Sie mir zeigen, wie man das Tor wieder schließen kann.«

»Der gelbe Knopf da drüben.«

Grundmann schlug auf den gelben Knopf und verfolgte gebannt auf dem Monitor die Wirkung.

Im Haus schlugen Türen, überall Kommandos und Schreie.

»Mein Gott, was machen Sie da, Herr Doktor?« Der Pförtner war den Tränen nahe. Sonst saß er hier ruhig und friedlich auf verlorenem Posten, verdiente sein Geld im Halbschlaf, und jetzt dieses Chaos.

Martin preschte nach draußen. »Nun können Sie mal zeigen, was Sie drauf haben!« rief er zurück. »Stoppen Sie doch einfach den Feueralarm.«

»Wie denn, mein Gott?«

»Probieren Sie's mit dem grünen Knopf!«

Inzwischen hatten die beiden Arbeiter ihren Lastwagen über die Beifahrerseite verlassen, da die Fahrertür vom halboffenen Hoftor blockiert wurde. Sie fluchten. Glassplitter überall. Grundmann kam ihnen gerade recht.

»Haben wir das Ihnen zu verdanken, Sie Volltrottel?« brüllte der Kräftigere. Beide maßen sicherlich über einsneunzig. Der Kleinere mit Hemdgröße XXL krempelte sich demonstrativ die Ärmel hoch.

»Ich habe damit nichts zu tun«, beteuerte Martin atemlos seine Unschuld. »Ich komme leider zu spät, um Sie zu warnen! Unser elektronisch gesteuertes Hoftor spielt manchmal verrückt.« Er hechelte nach Sauerstoff. »Das Krankenhaus wird für den Schaden aufkommen. Der dafür zuständige Mann ist Herr Koch von der Personalabteilung.«

Die beiden Muskelpakete mit Steuerungseinheit schauten sich fragend an.

»Haben Sie zufälligerweise dahinten die alten Schränke drauf?« fragte Grundmann ohne große Schnörkel und begann, die Heckklappe zu öffnen.

»Nimm deine Finger da weg, sonst gibt's was vor die Schnauze!« drohte der Kleinere.

Martin fühlte sich unverwundbar. Was konnte ihm noch passieren? Krach mit Hans und Ulrike, eine zerbeulte Beziehungskiste, ein demoliertes Gesicht und Feueralarm. Von weitem hörte er das erste Martinshorn. Er scherte sich nicht um den Beifahrer, sondern krabbelte auf die Ladefläche. Sofort erkannte er Gudruns Spind, aber nicht nur an der Tatsache, daß es der einzige Metallschrank mit Schloß war. Es war dieser wunderbare, charakteristische Geruch, ganz fein, fast unmerklich, der ihm entgegenströmte, als er sich dieser alten Blechbüchse näherte. Am liebsten hätte er den Schrank abgeladen und mitgenommen. Aber sein Auftritt war schon auffällig genug. Also schaute er sich nach einem passenden Gegenstand um, mit dem sich das Vorhängeschloß knacken ließ. Er schnappte sich eine verrostete Eisenstange, die am Boden lag. Kaum hatte er sie in den Bügel geschoben, als ...

»Martin! Warum wartest du nicht auf mich?« fragte Gudrun vorwurfsvoll. »Ich hab doch einen Schlüssel!«

46.

»Was ist denn das?« In Garzweilers Augen leuchtete Panik.

»Feuer«, antwortete Schmalenberg. »Da werde ich wohl meinen geliebten Rollstuhl verlassen müssen.«

»Sie haben Sorgen!« schrie der Verwaltungsdirektor. »Jetzt läuft der Evakuierungsplan an!«

Nach kurzer Verzögerung schlugen Türen, hörte man Kommandos und Schreie.

»Wir reden später weiter.«

Mit dieser Drohung verließ der blaßgewordene Garzweiler das Sekretariat von Gonzalez-Döricht.

»Brandstiftung«, erklärte Bohlmann.

»Wie bitte?« wunderte sich Hans, während er begann, alle wichtigen Unterlagen zusammenzusuchen, mit denen er das Krankenhaus verlassen wollte.

Die Tür wurde aufgerissen. Ein junger Polizist mit Gel in den Haaren und ernster Miene befahl: »Sie müssen sofort den Raum und das Haus verlasen! Feueralarm!«

»Danke, Herr Kollege.«

Der Beamte fühlte sich in seiner verantwortungsvollen Rolle bestätigt.

»Das riecht förmlich nach Brandstiftung, Hans!« Hastig half Ulrike ihrem Kollegen beim Einräumen der Notizen und Papiere. »Wir sind gerade mitten in der Tatortsicherung, da will uns jemand den Hintern abfackeln.«

»Etwa, um Spuren zu beseitigen?«

»Lach nicht! Entweder das, oder um uns zu stören. Ich wette, der Täter spekuliert darauf, daß im allgemeinen Durcheinander wichtige Hinweise verlorengehen.«

»Das halte ich für übertrieben. Das Feuer wird ruck, zuck gelöscht werden, und wir können mit unserer Arbeit fortfahren.« Schmalenberg stapelte diverse Gegenstände auf seinem Schoß.

»Mensch, beeil dich!« Ulrike wurde nervös, als sie mitansehen mußte, wie Schmalenberg einen abgebrochenen Bleistift durch eine Anspitzmaschine drehte.

»Soviel Zeit muß sein!«

»Der Feueralarm hat auch seine positive Seiten«, überlegte Ulrike und hielt im Sortieren inne.

»Ach?« Hans war mit seinem Bleistift noch nicht zufrieden. Zum dritten Mal war die Spitze in der Maschine steckengeblieben.

»Der Alarm ist ein Indiz dafür, daß der Täter hier im Haus unter den Mitarbeitern zu suchen ist!«

»Oder unter den Patienten.«

»Meinetwegen. Ich gehe sogar soweit zu behaupten, daß der Täter hier in Kürze auftauchen wird – mit irgendeinem fadenscheinigen Anliegen. Paß auf!«

»Unter dem Motto: Der Täter kommt immer zum Tatort zurück?«

»Dein alter Fehler, Hans, du nimmst mich nicht ernst. Und jetzt schmeiß endlich deinen bescheuerten Bleistift weg. So kurz wie er ist, kannst du damit nur in der Nase popeln. Du solltest lieber die Dateien von der Festplatte ziehen!«

»Jetzt? Ich denke, wir müssen schnell weg. Das überlasse ich lieber unseren Experten.« Hans rollte vollbepackt zur Tür.

»Gib's zu, daß du von Computern keine Ahnung hast.« Ulrike schob ihre Finger von zwei Seiten unter den meterhohen Stapel, hob ihn ächzend an, und kippte ihn gegen ihre Brust. Lose Zettel flatterten zu Boden.

»Du willst wohl, daß ich verbrenne?«

In diesem Moment wurde die Sekretariatstür erneut geöffnet, diesmal sehr zögernd. Hans und Ulrike schauten sich an.

Bohlmann zwinkerte ihrem Kollegen zu. Dann rief sie: »Kommen Sie doch herein!«

Erschrocken wich der junge Mann mit den dicken Brillengläsern zurück und winkte ab. »Ach, das hat sich erledigt!« Er wollte schon auf dem Absatz kehrtmachen.

»Wen suchen Sie denn?« hakte Ulrike nach.

»Ähm, ich suche Dr. Quibbeldey, den Jüngeren. Er ist unser Sicherheitsbeauftragter. Er muß die Evakuierung überwachen.«

»Wie ist denn Ihr Name?« wollte Hans wissen.

»Pelzer. Dr. Pelzer.«

»Dann sind Sie verhaftet!«

Der junge Mediziner verlor seine Farbe.

»War nur ein Scherz, schon gut.«

47.

Grundmanns Hände zitterten, als er den leicht verbogenen Schlüssel in die Öffnung quetschte. Ein Dreh, und der Bügel des Vorhängeschlosses sprang auf. Parfümduft schlug ihm entgegen. Für Schwärmereien hatte er jetzt keine Zeit. Wo war der Ordner? Fieberhaft wühlte er mit beiden Händen im obersten Fach in Zeitschriften, Zetteln und Büchern. Vergeblich. Er schob Gudruns Kleider beiseite, ein Bügel fiel herunter. Dort, hinter ihrer Handtasche am Boden des Spinds entdeckte er einen Aktenordner. Martin klemmte sich das Teil unter den Arm und sprang von der Ladefläche.

»Wo willst du damit hin?« protestierte Gudrun, als sie sah, daß er zurück zum Hauptgebäude laufen wollte. »Der Ordner gehört mir!«

Plötzlich spürte Martin im Nacken einen eisernen Griff. »Hast du nicht gehört? Die Lady hat dich was gefragt!«

Gudrun mußte unwillkürlich grinsen, als sie ihren Freund in der Mangel des Möbelpackers sah.

Martin wollte antworten, brachte aber kein Wort heraus. Statt dessen staute sich das Blut im Kopf. Kurz bevor alles schwarz zu werden begann, lockerte sich die Klammer. Grundmann rieb sich die Würgemale am Hals. »Sie hätten mich fast umgebracht, Sie ...« In Anbetracht seiner Lage verzichtete er auf das passende Wort.

»Immer friedlich, Freundchen«, erwiderte die Dumpfbacke.

»Der Ordner gehört mir«, wiederholte Gudrun, ließ ihre blauen Augen funkeln und winkte Grundmann mit ausgestrecktem Arm zu sich heran.

»Meinst du nicht, daß du mir nach all den Lügengeschichten und dem Theater was schuldig bist, Gudrun?« krächzte Martin heiser. »Außerdem bringt dich dieser Ordner nur in Gefahr. Überlaß ihn mir – bitte! Ich mach dir von allen Unterlagen eine Kopie.«

»Versprochen?«

»Versprochen!«

»Jungs, ihr könnt ihn laufenlassen!«

48.

Auf der Station 7 war es ruhig wie immer um diese Zeit. Der einzige Patient auf dem Flur war auf dem Weg zur Toilette. Die anderen machten entweder ein Verdauungsschläfchen oder waren beim Rauchen.

Ein junger Mann mit viel zu kleinem Kittel stapelte drei Tabletts auf den Essenswagen.

»Ich heiße Dr. Quibbeldey, und ich bin in diesem Haus der Sicherheitsbeauftragte. Sie haben jetzt meinen Anweisungen Folge zu leisten!«

»Ich bin Zivi, und Sie können mich mal.«

»Das ist eine Unverschämtheit!« schrie Quibbeldey junior. »Wissen Sie nicht, daß wir Feueralarm haben?«

»Schwester Franziska hat gesagt, ich soll die Tabletts abräumen, und das ziehe ich durch. Sie sollten mal unsere Franzi erleben, wenn das hier nicht nach ihren Anordnungen läuft.« Völlig unbeeindruckt machte der schlaksige Neunzehnjährige kehrt, um seine Arbeit im nächsten Patientenzimmer fortzusetzen. »Dagegen wäre der Verbrennungstod eine Gnade.«

Quibbeldey junior schnappte nach Luft. Niemand schien von ihm Notiz zu nehmen, geschweige denn an Evakuierung zu denken. Wutschnaubend eilte er den Gang entlang und stürmte ins Arztzimmer, wo er seinen Kollegen Korn beim Zeitunglesen erwischte. »Wieso kümmerst du dich nicht um die geordnete Räumung deiner Station? Alle gehfähigen Patienten hätten schon längst ihre Zimmer verlassen müssen!«

»Reg dich ab, ist doch eh nur 'ne Übung«, beruhigte ihn Korn und setzte seinen Kaffeebecher ab.

»Das ist bitterer Ernst! Wir haben Feueralarm! Über eine Übung wäre ich als Sicherheitsbeauftragter vorher informiert worden.«

»Riechst du Rauch?« Korn schnupperte demonstrativ. »Ich rieche nichts. Im ganzen Haus ist es friedlich, nur die Bullen wuseln überall rum. Wenn es irgendwo gebrannt haben sollte, hätten die garantiert schon alles gelöscht.« Korn schaute von seiner Zeitung hoch, um die Reaktion seiner Worte zu genießen. »Ich schwöre dir, auf unsere Polizei ist Verlaß.«

Quibbeldey junior kochte. »Das wird ein Nachspiel haben, Rainer!«

»Du kannst dich ja beim Chef beschweren.«

Ohne Antwort verließ er das Arztzimmer. Auf dem Flur begegneten ihm vier Rettungssanitäter der Feuerwehr mit zwei Tragen.

»Wir sind gerufen worden, um die bettlägerigen Patienten zu evakuieren. Wissen Sie, Herr Doktor, welche Kranken wir mitnehmen sollen?«

»Einen Moment, bitte. Ich bin nicht von dieser Station.«

»Für einen Feueralarm ist es hier aber verdammt friedlich«, stellte der Dienstältere fest.

Quibbeldey junior fand das Stationszimmer verwaist. Infusionsflaschen standen herum. Die Eieruhr vor den Blutsenkungsröhrchen tickte. Krankenakten lagen unsortiert auf dem Schreibtisch, ein roter Stift war auf den Boden gerollt. Was war hier los?

Erst in der Küche stieß er auf die Schwestern, Pfleger und Schüler dieser Schicht – bei Kaffee und Kuchen.

Quibbeldey junior war außer sich.

»Wir möchten nicht gestört werden, Herr Doktor«, begrüßte ihn Schwester Franziska barsch. »Nach diesen schrecklichen Ereignissen vom Wochenende müssen wir uns erst allein beraten.«

»Die Leute vom Krankentransport sind da«, insistierte der Junior.

»Wir haben keinen Transport bestellt.«

»Sie wollen die Patienten mitnehmen, die nicht gehfähig sind.«

»Nicht nötig.«

»Aber – wir haben Feueralarm«, stammelte Quibbeldey junior. Schallendes Gelächter war die Antwort.

Schwester Franziska klärte ihn auf: »Der Pförtner vom Wirtschaftshof hat schon kurz nach dem Alarm alle Stationen benachrichtigt und Entwarnung gegeben.«

Mit hängenden Ohren zog Quibbeldey ab.

»Was is nu?« stellte ihn der Brandmeister zur Rede.

»Falscher Alarm.«

»Ich hör wohl nicht richtig! Wissen Sie, daß das strafbar ist?« schimpfte der Beamte. »Und wer bezahlt uns diesen Einsatz? Uns hat ein gewisser Dr. Quibbel-Sowieso angerufen. Wo finde ich diesen Mann? Er soll hier Sicherheitsbeauftragter sein!«

Der Chirurg zuckte mit den Schultern: »Keine Ahnung! Wenden Sie sich an die Verwaltung. Dafür ist Herr Koch von der Personalabteilung zuständig.«

49.

Weltweit gab es Konferenzräume wie diesen, in größeren Hotels, Tagungszentren, in oberen Etagen von Banken und Versicherungen, in jeder Firma ab einer bestimmten Betriebsgröße. Die Mitte wurde dominiert von einem länglichen Tisch mit einer wuchtigen, blankpolierten Granitplatte, eingerahmt von vierzehn Schwingsesseln, von denen nur fünf besetzt waren. Der marineblaue Teppichboden dämpfte alle Geräusche ebenso wie die geweißten Schallschutzwände. Dieser Raum wirkte anders als andere, eher nüchtern und kalt.

Niemand registrierte den herrlichen Blick über die Dächer Kölns mit dem wuchtigen Dom und dem Bergischen Land am Horizont. Hier und da wurde eine Krawatte nachgezogen, eine Fluse vom Revers gezupft, ansonsten herrschte eisiges Schweigen.

Plötzlich wurde die Tür aufgestoßen, und ein Mann Mitte Dreißig betrat abgehetzt und verschwitzt den Raum. »Ich bitte vielmals um Entschuldigung!« Ein ängstlich fragender Blick traf den älteren Herrn am Kopfende des Tisches. »Unser Au-pair-Mädchen ist krank geworden, so daß ich meine Kinder selbst zur Schule bringen mußte.«

In der frostigen Miene des Vorsitzenden bewegten sich nur die schmalen Lippen: »Fangen Sie an!«

Der Zuspätgekommene wischte sich nervös den Schweiß von der Stirn, ehe er seinen Aktenkoffer am Videoprojektor abstellte und die Sicherheitsschlösser aufspringen ließ. Obwohl ihm unangenehm warm war, traute er sich nicht, sein blaues Jackett abzulegen.

Unterdessen hatte der Vorsitzende von seinem Platz aus die elektrischen Sichtblenden betätigt, so daß es allmählich dunkler wurde. Automatisch fuhr hinter ihm eine weiße Leinwand herunter.

Das Video zeigte ein Krankenhaus in voller Größe, erst nach dem Zoom war über dem Eingang in großen Lettern *St. Josef-Krankenhaus* zu lesen.

»Kommen Sie zur Sache!« bestimmte der Vorsitzende, dessen Narbe an der Oberlippe laut eigenem Bekunden von einer Mensur herrührte, jedoch erstaunliche Ähnlichkeit mit einer kosmetisch gelungenen Korrektur einer Hasenscharte hatte.

Der Familienvater ließ das Videotape vorlaufen. Räume, Menschen, Flure wechselten in schneller Folge, bis schließlich Aufnahmen von einem großen Hof und einem Lastwagen auftauchten. Dann, in normalem Tempo, sah man, wie zwei Männer in ungleichem Kampf miteinander rangen, während ein weiterer Mann und eine Frau die Szene beobachteten.

»Halt!« rief plötzlich der Vorsitzende. »Spulen Sie langsam zurück.«

Bild für Bild zitterte rückwärts.

»Stop!« Er erhob sich von seinem Platz und trat neben die Leinwand. »Das Ding hier brauchen wir.« Dabei tippte er immer wieder, fast aggressiv, gegen den Aktenordner, den der Schmächtigste der drei Männer fest vor seine Brust gepreßt hielt. »Wo ist der Ordner jetzt?«

»Wahrscheinlich im Besitz des Arztes.«

»Wahrscheinlich? Wieso wissen Sie das nicht genau?«

»Ich mußte weg, sonst wäre ich aufgefallen. Ich hatte mich mit meiner Kamera als werdender Vater ausgegeben, der die Zeit bis zur Geburt nutzen wollte, um ein paar Aufnahmen vom Krankenhaus zu machen.«

Verhaltenes Gelächter der anderen Herren.

»Das massive Polizeiaufgebot hat unser aktives Eingreifen unmöglich gemacht, obwohl wir einmal sogar ganz knapp dran waren.«

»Wo ist der Arzt jetzt?«

»Das wissen wir nicht.«

»Wie bitte?«

»Er hat sich einen freien Nachmittag genommen und ist nicht in seine Wohnung zurückgekehrt. Wir haben den ganzen Abend auf ihn gewartet.«

»Ist er eventuell bei seiner Krankenschwester?«

»Auch nicht. Die beiden scheinen sich nicht mehr gut zu verstehen.«

»Hat er etwas bemerkt?«

Der Jüngere protestierte: »Ich bitte Sie! Wir sind keine Anfänger!«

»Schon gut«, winkte der Vorsitzende ab. »Nehmen Sie sich ein paar Leute, und erledigen Sie das.«

»Sie können sich auf mich verlassen«, antwortete der Mittedreißigjährige zackig und war sichtlich erleichtert, nicht mehr im Rampenlicht zu stehen.

Der ältere Herr mit der Oberlippennarbe kehrte an seinen Platz zurück, ohne sich hinzusetzen. Ein Knopfdruck genügte, um die Leinwand in der Decke verschwinden zu lassen und den Konferenzraum wieder mit Tageslicht zu fluten.

Er zwinkerte mit den Augen, die übrigen Gesichtsmuskeln blieben starr, die Lippen schmal. Er räusperte sich, bevor er sich der Runde zuwandte, ohne jemand Bestimmten zu fixieren. Ruhig und unbetont begann er zu sprechen: »Meine Herren, Sie sind diejenigen, die für die Umsetzung dieses Projektes verantwortlich sind. Ich möchte nicht, daß andere Mitarbeiter unserer Agentur mit dieser Aufgabe betraut werden. Wir sind nicht zuletzt deswegen so erfolgreich, weil wir diszipliniert und sauber arbeiten. Zu einer disziplinierten und sauberen Arbeit gehört es, keine Spuren zu hinterlassen. Das ist unser Grundsatz, so steht es in den Vertragsbedingungen. Das, was am vergangenen Freitag angerichtet wurde, war ein Massaker. Ich habe Sie gewarnt, Herr Müller.

Das ist nicht unser Stil. Wir können uns keinen Ärger leisten! Mit solchen unsinnigen Aktionen sind wir auf dem besten Wege, unsere Anonymität zu verlassen.«

»Aber ich hatte meine Gründe.«

»Ihre privaten Geschichten interessieren mich nicht. Mir ist egal, wie Ihre Mutter damals zu Tode gekommen ist. Gerade Sie als ehemaliger Polizist sollten wissen, daß Emotionen bei uns nichts zu suchen haben. Sonst machen wir Fehler. Fehler, die unsere Agentur in Gefahr bringen. – Sie alle verdienen viel, sehr viel Geld. Damit es so bleibt, müssen wir uns strikt an die Regeln halten. Ich betone nochmal: Wir haben ein Abkommen, und jegliches Abweichen von dieser Linie bedeutet Vertragsbruch.«

»Und was heißt das jetzt für mich?« wollte Müller wissen.

Der Vorsitzende ließ seine Frage unbeantwortet.

50.

»Brrrrrrr – brrrrrrr«, schnarrte das Telefon.

Grundmann schreckte hoch und tastete verzweifelt nach dem Apparat, bevor ihm dieses gräßliche Geräusch ein weiteres Mal in die Glieder fahren konnte.

»Ja, bitte?«

»Guten Morgen, Herr Grundmann. Sie wollten geweckt werden«, flötete eine freundliche Stimme.

»Ach, ja – danke«, murmelte er schlaftrunken. »Wie spät ist es?«

»Neun Uhr dreißig. Bis um 10 Uhr gibt's Frühstück.«

Damit war das Gespräch beendet.

Martin blinzelte und versuchte sich zu orientieren. Er hatte zwar keine Suite bezogen, aber sein Hotelzimmer war sauber und hell, die Einrichtung funktionell und in Pastelltönen gehalten, ausgestattet mit dem wichtigsten, was die fahrenden Spesenritter vom Wirtschaftsstandort Deutschland brauchten: Satelliten-TV mit hauseigenem Porno-Kanal.

Überall lagen Zettel, Notizen und Dokumente herum,

auf den beiden Sesseln, dem Schreibtisch, dem Nachttisch, sogar im Schrank. Vom hellgrau gemusterten Teppichboden tauchten nur hier und da einige Fleckchen auf.

Da Martin, verschlafen wie er war, nichts zerknüllen und durcheinanderbringen wollte, wurde sein Weg zur Toilette zum reinsten Eiertanz.

Bis in die frühen Morgenstunden hatte er alles gesichtet, sortiert, gelesen und umgeschichtet, was Zahnstein im Laufe der Jahre aufgeschrieben und zusammengetragen hatte. Nahezu jede halbwegs wichtige Person im St. Josef-Krankenhaus wurde erwähnt, teils mit kleinem Vermerk, teils mit richtigen Dossiers, je höher die Position, umso umfangreicher das Material. Zahnstein hatte sich als Mensch entpuppt, dem nichts heilig gewesen war, keine Entgleisung oder Peinlichkeit zu blöd, um sie nicht zu sammeln wie andere Leute Briefmarken oder Rennwagenmodelle. Nichts war unbeobachtet und unkommentiert geblieben, mitunter sogar in Stasi-Manier fotografiert worden.

Martin war entsetzt. Der Saubermann Zahnstein, Retter der Enterbten, der ungekrönte König vom St. Josefs, hatte sich als kleiner, schmieriger Spitzel enttarnt.

Nach der Dusche suchte Martin seine verschwitzten Klamotten zusammen und zog sich an. 9 Uhr 50. Er war bislang weder in seiner Wohnung gewesen, noch hatte er sich Ersatzkleidung gekauft, sondern war gestern nachmittag gleich vom Krankenhaus zur Tiefgarage des *Dorint*-Hotels in der Friesenstraße gebraust. Und trotzdem hatte ihn das Gefühl nicht verlassen, beobachtet und verfolgt zu werden.

Auf dem Weg zum Restaurant mißtraute Martin jeder Person, die ihm begegnete, dem deutsch-polnischen Zimmermädchen, der Frau, die sich als Hausdame ausgab, im Aufzug dem dicklichen Vertreter für Was-auch-immer, sogar Frau Grätner, der sympathischen Rezeptionsdame, bei der er drei weitere Übernachtungen buchte. Warum wollte sie wissen, weshalb er als Kölner ins Hotel gezogen war? Nur die Großgruppe Japaner erschien ihm unverdächtig.

Ein wundervolles, üppiges Frühstücksbuffet erwartete Martin, ein Alptraum für einen Menschen, der sich in unausgeschlafenem Zustand nicht entscheiden konnte. So begnügte er sich mit einer Schüssel Müsli.

Während er in der aufgeweichten Pampe herumstocherte, zweifelte er an der Effektivität seines gestrigen Entschlusses, von der Bildfläche zu verschwinden.

Martin schaute sich unsicher um. Im Frühstückssaal hielten sich zu dieser Uhrzeit nicht viele Menschen auf. Hatte der Mann am Buffet nicht schon zum zweiten Mal zu ihm herübergeschaut? Da, jetzt wieder!

Martin brachte nur ein Glas Orangensaft herunter, der Appetit war ihm vergangen. Dabei las sich sein ursprünglicher Plan ganz einfach: Abtauchen in ein komfortables Hotel, zentral gelegen, mit guter Verkehrsanbindung und Tiefgarage, unbehelligt von Gangstern und Hauptkommissaren – ein bis zwei Tage Unterlagen sichten und Motiv suchen – blitzgescheite Analyse aller vorliegenden Fakten und tätärätä – Präsentation des Täters! Die Kollegen aus der Klinik und besonders Schmalenberg würden staunen.

Statt dessen hatte Martin, seitdem er im Besitz von Zahnsteins Ordner war, die nackte Angst gepackt, zusammen mit den hervorquellenden Augen von Gonzalez-Döricht, die ihn überall verfolgten, eine ungesunde Mischung. Er hatte sich für cooler gehalten, die Rolle des ›Lonesome-Cowboy‹ lag ihm nicht.

24 Stunden später war Dr. Martin Grundmann mit den Nerven fertig, aber nicht viel schlauer. Er hatte sein neues Domizil nur zur Nahrungsaufnahme verlassen und kannte beinahe alle Dokumente auswendig, ohne daß er den entscheidenden Kick bekommen hätte oder etwa auf einen möglichen Täter gestoßen wäre. Sollte seine Rechnung nicht aufgehen, er mit leeren Händen reumütig zurückkehren müssen?

Bei fast allen Mitarbeitern des Krankenhauses fanden sich Verfehlungen, von belanglos über schlimm bis böse. Kunstfehler, falsch verabreichte Medikamente, ungerechtfertigtes Krankfeiern, Diebstahl von Klinikeigentum, Schmiergeldzahlungen an die technische Abteilung beim Krankenhausumbau und vieles mehr. Einige hatten richtig großen Dreck am Stecken, waren dadurch herrlich erpreßbar, was Schwester Gudrun in bezug auf Gonzalez-Döricht weidlich zu ihrem Vorteil genutzt hatte. Wenn Martin daran dachte, wer alles vom Bindestrich gedemütigt und gequält, manchmal regelrecht vernichtet worden war, konnte er Gudrun durchaus verstehen.

Zum Teil waren sich die Herren der höheren Gehaltsklassen – Frauen schienen nicht über solch aggressives Potential zu verfügen – spinnefeind, hatten sich mit gegenseitigen Anschuldigungen und Verdächtigungen bombardiert.

Kriminelle Energie war also reichlich vorhanden, nur wäre damit bestenfalls der Mord an Zahnstein nachvollziehbar gewesen. Für den gewaltsamen Tod des Professors jedoch fehlte in den Aufzeichnungen über die Angestellten jegliche plausible Erklärung. Demnach dürfte der Mörder nicht zur Belegschaft des Krankenhauses gehören, schloß Martin messerscharf, und dennoch barg der Ordner die alles entscheidende Notiz, sonst wäre nicht Gudruns Wohnung verwüstet und der Bindestrich ermordet worden.

51.

Schenk – so hieß eine Person, die in Zahnsteins Ordner ganze zwei Mal auftauchte und nicht im Krankenhaus beschäftigt war, jeweils als unscheinbare Randnotiz, aber immer im Zusammenhang mit Gonzalez-Döricht. Ein Pfeil hinter dem Namen ließ vermuten, daß weitere Aufzeichnungen existierten, aber wo?

In der zweiten Nacht im *Dorint* hatte Martin besser, sogar tief und fest geschlafen, fühlte sich an diesem Mittwoch vormittag erfrischt und munter. An dieses Hotelbett konnte er sich gewöhnen.

Inzwischen war er mutiger geworden, hatte sein Refugium mehrmals verlassen, unter anderem, um sich in der Ehrenstraße neu einzukleiden und mit Zeitungen und Informationen über den aktuellen Stand der Ermittlungen zum Tod vom Bindestrich einzudecken. Gestern abend hatte er sich drüben im Brauhaus *Päffgen* einige zischige Kölsch schmecken und von einem betrunkenen Köbes anpöbeln lassen. Wer in Köln erstklassiges Bier trinken wollte, mußte halt Opfer bringen.

Das Mißtrauen gegen jedermann war verblaßt. Frau Grätner, der netten, jungen Frau an der Rezeption, hatte er eine dramatische Geschichte von Obdachlosigkeit durch Herzeleid aufgetischt und damit unverdiente Sympathien geweckt.

Wer war Schenk?

Grundmanns erster Weg zur Klärung dieser Frage führte ihn per Taxi ins St. Josefs. Seinen Golf hatte er vorsichtshalber in der Tiefgarage gelassen, um nicht aufzufallen oder dem Abschleppdienst von Garzweilers Gattin unverdiente Profite zu bescheren.

Es gelang ihm, unbeachtet die Station 7 und das dortige Arztzimmer zu erreichen.

»Wo kommst du denn her?« wurde er freudig von seinem Kollegen Rainer Korn begrüßt. »Nimm Platz. Wir haben uns schon gefragt, wo du bleibst! Soll ich dir einen Kittel leihen?«

»Ich habe mir eine Woche Urlaub genommen. Captain Morgen weiß Bescheid«, entschuldigte sich Martin und hockte sich auf die verschlissene Untersuchungsliege.

»So, wie du aussiehst, hast du den auch bitter nötig.«

»Danke.«

Eines der völlig überladenen Hängeregale war inzwischen abgestürzt. Jetzt türmten sich stapelweise Bücher auf der Fensterbank und unterstützten die hübschen Blümchengardinen beim Schutz vor unliebsamen Blicken.

»Du hättest ja mal 'n Ton sagen können«, beschwerte sich Korn. »Schließlich bleibt deine Arbeit jetzt an mir hängen.«

»Mecker nicht rum! Laß meinen Kram einfach bis nächste Woche liegen«, bestimmte Martin. Als er seine

Krankenakten beiseite räumen wollte, warf sich Korn mit ausgebreiteten Armen demonstrativ darüber, um sie festzuhalten.

»Das könnte dir so passen! Behalte ruhig dein schlechtes Gewissen. Kostet natürlich 'ne Kleinigkeit«, drohte er lachend. »Sagen wir mal ein Frühstück im OP. Übrigens, ehe ich's vergesse, zwei Leute vom BKA haben sich gestern nach dir erkundigt.«

Martin durchfuhr es wie ein Blitz. »Bist du sicher?« Er spürte sein Herz bis zum Hals. »War das nicht die Kölner Kripo mit Hauptkommissar Schmalenberg?«

»Ich werde wohl noch meinen Patienten erkennen. Nein, die Jungs waren vom Bundeskriminalamt.«

»Haben sie sich ausgewiesen?« fragte Martin unsicher. Er hatte seine Angst schon überwunden geglaubt, nun war sie wieder da.

»Sie haben mir irgendso 'n Lappen vor die Nase gehalten. Das war aber nicht nötig. Ich erkenne BKA-Beamte auf 100 Meter Entfernung.«

»So, so ...«

»Ich konnte natürlich nicht sagen, wo du warst. War doch richtig so, oder?«

Martin nickte stumm.

Korn, der Martins Stimmungswandel nicht bemerkt hatte, klopfte mehrmals auf den vor ihm liegenden Aktenberg. »An diesem Verwaltungskram werden wir alle noch ersticken.«

Oh Gott, sein Lieblingsthema, dachte Martin genervt, als er den ICD-10-Schlüssel, das dicke Buch mit den Codenummern für Krankheiten, Verletzungen und Todesursachen vor seinem Kollegen liegen sah.

»Weißt du, was ich in dieser Schwarte entdeckt habe?«

»Schieß los.«

»Zum Teil ganz witzige Dinge und jede Menge Ungeheuerlichkeiten – fast ein Skandal.« Korn begann zu blättern. »Sagt dir die Nummer W31 was?«

Martin schlug die Augen zur Decke. »Keine Ahnung.«

»Das sind die Verletzungsfolgen durch versehentlichen Kontakt mit einer Achterbahn ...«

Beide mußten grinsen.

»Oder die Nummer W79?«

Martin schüttelte den Kopf und resignierte vor Korns ungebremstem Mitteilungsbedürfnis.

»Bohne in der Nase. Aber hier gibt es noch viel verrücktere Sachen: W29 ist die Verletzung durch eine elektrische Nähmaschine, W27 durch Nähmaschine ohne Motor.«

Wie hatte er nur annehmen können, sie hätten die Suche nach Zahnsteins Ordner aufgegeben, fragte sich Martin. »Du, Rainer ...«

Korn ignorierte ihn. »W26 ist die Stichverletzung durch ein Bajonett, verursacht durch Kriegshandlungen oder gesetzliche Maßnahmen, was immer das sein mag. Die machen sogar einen Unterschied! Unglaublich, was?«

»Das ist ja irre«, pflichtete ihm Martin unbeteiligt bei und erhob sich. »Ich muß jetzt aber gehen.«

»Warte!« Rainer Korn war nicht fertig. »Es kommt noch schlimmer: Hier gibt es sogar eine Codenummer, nämlich W88, für die Strahlenschäden nach Störfall in einem Atomkraftwerk.«

Martin bewegte sich langsam in Richtung Tür, was Korn nicht davon abhielt, weiter auf ihn einzureden.

»Im neuen ICD-10 scheint man nichts vergessen zu haben. Y36.5 beschreibt die Verletzungsfolgen nach einer Kernwaffenexplosion. Y36.7 beinhaltet die Zerstörung nach Lasereinsatz bei Kriegshandlungen. In diesem Buch, herausgegeben vom Bundesministerium für Gesundheit – in sich schon ein Widerspruch –, wird alles vorweggenommen. Zukunft ist hier Realität! Die Mediziner, die diesen Katalog entwickelt haben, sind nüchterne Technokratenschweine, viele kleine Mengeles. Dagegen ist Y35.3, Platzwunde durch Gummiknüppel, oder Y35.5, Tod durch gesetzliche Hinrichtung, geradezu harmlos.«

»Ich stimme dir zu, Rainer, aber ich muß jetzt 'ne Biege machen. Entschuldige bitte.«

Korn hob seinen roten Schopf und begann zu feixen. »Was wolltest du eigentlich von mir?«

»Ach – ja«, erinnerte sich Martin und wurde verlegen,

»sagt dir der Name Schenk was – in Zusammenhang mit dem Bindestrich?«

Korn legte seine Stirn in Falten und tat nachdenklich. »Nee, keine Ahnung. Ich kenne nur Heinz Schenk vom *Blauen Bock*. Meinst du den?«

»Vergiß es! Und tschööö, bis Montag.«

»Noch ein Letztes!« schrie der Assistenzarzt Martin hinterher. »Weißt du, was die Ziffer X52 bezeichnet?«

Grundmann konnte die Auflösung nicht mehr hören.

»X52 umfaßt alle Verletzungen, die durch Schwerelosigkeit im Raumfahrzeug entstehen können«, murmelte Korn.

»Das ist aber nett, daß Sie vorbeischauen!« Desiree Schmitz war entzückt über Grundmanns Krankenbesuch auf der internistischen Privatstation. Die Chefsekretärin schien wieder bester Dinge zu sein, hatte sich tüchtig geschminkt und mit einem Spitzenblüschen geschmückt wie ein Praline.

Bei ihrer Vorliebe für Uralt Lavendel, hätte Martin sie sogar im Dunkeln gefunden. »Freut mich, daß es Ihnen wieder besser geht.«

»Aber so bleich und krank wie Sie aussehen, Herr Doktor, muß Ihnen der Tod unseres Chefs auch nahegegangen sein. Ist es nicht schrecklich? Ich sehe ihn immer noch da sitzen.«

»Mir geht es genauso«, pflichtete ihr Martin ehrlich bei.

Sie zauberte aus ihrem Dekolleté ein rosafarbenes Tüchlein, das ihre Geldbörse bedeckt hatte, und tupfte sich eine Träne ab. »Ich habe ihn gewiß nicht sehr gemocht, aber so zu enden, hatte er nicht verdient.«

Martin war geringfügig anderer Meinung. »Jetzt weiß ich endlich, wo sich das Bernsteinzimmer befindet.«

»Wie bitte?« Frau Schmitz verstand nicht, worauf er hinauswollte.

Er deutete schüchtern in Richtung ihrer mächtigen Oberweite und schmunzelte dezent.

»Wenn Sie wieder Witzchen machen können, scheint es Ihnen wohl nicht so schlecht zu gehen, Herr Doktor«, lachte sie und hob mit beiden Händen ihre Brüste an. »Dieser Tresor schützt mich gegen Strauchdiebe. Hier streunen immer wieder Junkies über den Flur und greifen alles ab, was nicht niet- und nagelfest ist.«

»Hat die Polizei zum Tod vom Bindestrich inzwischen mehr herausbekommen?«

»Nicht, daß ich wüßte. Ich dachte, Sie kennen den Herrn Hauptkommissar persönlich? Sie müßten doch wissen, wie die Sache steht, Herr Doktor!«

»Ich bin nicht mehr auf dem Laufenden, seitdem ich mir eine Woche Urlaub genommen habe.«

»Richtig so, Herr Grundmann. Erholen Sie sich gut. Es kümmert sich hoffentlich irgend jemand um Sie?« Aus Martins Schweigen schloß sie schmunzelnd: »Aber sicher! So ein strammer, adretter Mann wie Sie bleibt nicht allein, was Herr Doktor?«

Martin zierte sich. »Wechseln wir lieber das Thema. Sagt Ihnen der Name Schenk was?«

»Ja sicher. Dr. Schenk war einer von den merkwürdigen Bekannten unseres verblichenen Chefs. Der hat ihn hin und wieder in der Klinik besucht, aber nicht als Patient, soweit ich weiß. Ich habe nämlich nie eine Rechnung schreiben müssen, und der Chef hat sogar bei seinen engsten Verwandten liquidiert. Herr Schenk ist, glaube ich, ein hohes Tier bei der Berufsgenossenschaft für Gesundheitsdienst und Wohlfahrtspflege. Aber nageln Sie mich bitte nicht fest. Wieso fragen Sie?«

»Nicht so wichtig«, winkte Martin ab, »das erzähle ich Ihnen ein andermal«, und verstrickte Desiree Schmitz in einen kurzen Plausch über Klatsch und Tratsch im Krankenhaus, ihr gemeinsames Hobby.

52.

Zur gleichen Zeit öffnete ein Mann mit roter Papiermütze die Tür zum konfiszierten Arbeitsplatz von Desiree Schmitz. »Haben Sie eine Pizza bestellt?«

»Zwar keine Pizza, sondern Tortellini, aber kommen

Sie rein«, sagte Hauptkommissar Schmalenberg, der gerade ein Gedächtnisprotokoll der letzten Vernehmung erstellte.

»Sie fühlen sich wohl besonders cool, was?« konterte der junge Türke in bestem Kölsch. »Nur weil Sie von der Polizei sind? Ich kann auch wieder gehen!«

»Nein, nein. Schon gut«, beschwichtigte ihn Hans. »Stellen Sie das Essen neben den Computer. Sie haben hoffentlich an die kalte Cola gedacht?«

Ohne auf die Frage einzugehen, schimpfte der junge Hitzkopf weiter: »Es ist sowieso eine Unverschämtheit, daß ich meinen Ausweis zeigen muß, wenn ich Essen austrage! Was ist denn das für 'n Staat?«

Schmalenberg schaute hoch und musterte den unzufriedenen Pizzafahrer. »Wir haben hier einen totalitären Staat, wenn Sie das noch nicht gemerkt haben, nicht so frei wie die Türkei. Jetzt sagen Sie, was Sie kriegen!«

Nachdem Hans bezahlt hatte und der junge Türke gerade gegangen war, betrat Ulrike Bohlmann das ehemalige Sekretariat von Professor Gonzalez-Döricht. »Mmmh, das riecht aber gut.«

»Du wolltest nichts«, verteidigte Hans seine appetitliche Erwerbung und trennte den Pappdeckel von der heißen Aluschale. »Au! Ich habe dich vorher gefragt.«

»Nein, nein! Iß du nur deine Tortellini alleine. Ich werde schon nicht verhungern.«

»Ich dachte, du wolltest in die Kantine?«

»Da war ich auch und hab mir was bestellt, aber das kulinarische Produkt war nicht zu essen.«

»Ich habe dich gewarnt. Seitdem ich mir das Bein gebrochen habe, darf ich diese Küche genießen. Das kommt schon einer Folter gleich. Wenn wir den Schweinefraß beim Verhör einsetzen würden, bekämen wir jedes Geständnis.« Der schmachtende Blick seiner hungrigen Kollegin rührte ihm das Herz: »Willst du nicht doch ein Häppchen?«

»Nur über meine Leiche«, entgegnete sie tapfer.

Trotzdem reichte ihr Hans schweigend eine zweite Gabel.

»Was wohl Grundmann macht?« fragte Ulrike nach den ersten wohltuenden Bissen.

»Der kann mir gestohlen bleiben!«

»Irgendwie tut er mir leid.«

»Blödsinn!«

»Erst überreden wir ihn, die Stelle zu wechseln, um uns zu helfen, und jetzt – Martin ist schon arm dran.«

»Der und arm dran! Daß ich nicht lache! Gummifetischisten mit einer Latexallergie, die sind arm dran, aber nicht der.«

»Bist du etwa immer noch beleidigt wegen Montag? Eigentlich ist es Martin, der guten Grund hätte, sauer auf dich zu sein.«

Schmalenberg überlegte kurz, ob er seine Gabel wieder zurückfordern sollte.

»An deiner Stelle würde ich ihn mal anrufen«, schlug Ulrike vor. »Der Junge hat schließlich einiges durchgemacht.«

»Für wen hältst du mich? Ich habe schon versucht, ihn anzurufen, drei Mal sogar. Denkste, der Penner ist zu Hause? Keiner weiß, wo er sich rumtreibt. Spurlos verschwunden. Er soll sich eine Woche Urlaub genommen haben.«

Ulrike aß erst einige Brocken, ehe sie fortfuhr: »Hoffentlich macht Martin keine Dummheiten. – Ihm wird doch nichts passiert sein?«

Hans schmiß seine Gabel hin. »Muß das sein?«

»Komm, reg dich ab und iß weiter!«

»Ich frage mich seit zwei Tagen, wo dieses Arschloch steckt. Ich mache mir ernsthaft Sorgen. Wenn er versuchen sollte, den Fall im Alleingang zu lösen, nur um uns zu beweisen, was für ein toller Hecht er ist, na dann gute Nacht. Martin unterschätzt die Brutalität unserer Gegner. Ich frage mich, wer als nächster ins Gras beißen wird.«

»Bleib auf dem Teppich, Hans. Martin hat die Nase von uns voll und ist vielleicht zur Kur in Bad Bertrich und lacht sich ins Fäustchen.«

»Wie kommst du auf Bad Bertrich?«

»Ist mir nur so eingefallen. Meine Tante fuhr immer

nach Bad Bertrich und war begeistert. Ich weiß selbst nicht, wo Bad Bertrich liegt.« Ulrike war froh, ihren Kollegen auf andere Gedanken gebracht zu haben. »Schau, was ich dir besorgt habe.« Sie hob ihre Aktentasche auf und zog einen Zettel heraus. »Es gibt hier eine Liste mit 22 Patientennamen, die wir überprüfen müssen. Diese Personen lagen im St. Josefs, als Zahnstein und als Gonzales-Döricht ermordet worden sind. Möglich, daß einer von ihnen zum Täterkreis gehört.«

»Du Witzbold«, lachte Hans abwertend, schnappte sich den Bogen und ließ sein Auge über alle Namen schweifen. »Ich glaube kaum, daß – Hah! Da haben wir's: Fritz Teichmann, Immer-randvoll-Alkoholiker, ist Dauerkunde. Der hat sein Gehirn so durchgespült, daß er nicht mal seinen Namen schreiben kann. – Und hier!« Hans machte mit seiner Gabel einen Soßenfleck auf die Liste. »Diese werte Dame ist eine überkandidelte, alte Hexe, die man nie ohne Zigarettenspitze sieht. Sie hat fürs St. Josef-Krankenhaus eine Saisonkarte. Diese Aufstellung kannst du getrost vergessen, die bringt uns nicht weiter.«

Ulrike hatte keine Lust, ihre Namensaufstellung zu verteidigen. Wenn ihr Kollege schlecht drauf war, hatten die besten Ermittlungsergebnisse keine Chance.

53.

Nach seiner Visite bei Desiree Schmitz nahm Martin Grundmann die Straßenbahn zum Chlodwigplatz, um von dort aus mit dem 132er Bus zur Bonnerstraße, Ecke Gürtel zu kommen.

Die Bezirksverwaltung Köln der Berufsgenossenschaft für Gesundheitsdienst und Wohlfahrtspflege, kurz BGW genannt, hatte sich mit ihrer Spezies ›Verwaltungsmensch‹ hinter glatten Glas- und Granitwänden verschanzt, eine uneinnehmbare Festung für den kleinen Durchschnittsbürger. Wenn in der Evolutionstheorie von Charles Darwin nur ein Fünkchen Wahrheit steckte, konnte man schon jetzt ahnen, wer die Überlebenden der finalen Umweltkatastrophe sein würden. Schließlich hatte auch die gemeine Kellerassel die vergangenen Jahrmillionen nahezu unbeschadet überstanden und sich stetig vermehrt.

Diese BGW vertrat nicht nur alle Menschen, die sich mehr oder minder dem Helfen und Heilen verschrieben hatten, sondern auch Frisöre. Ein Überbleibsel gemeinsamen Wirkens in mittelalterlichen Zeiten als Bader, sagten die einen; andere Geister behaupteten, der Zusammenschluß beider Berufsgruppen stamme aus den 20er Jahren, der Gründungszeit dieser Berufgenossenschaft, als Frisöre mitunter noch Perückenmacher waren, also sogenannte Körperersatzteile herstellten.

Grundmann fragte sich mühsam von Etage zu Etage durch, bis er schließlich auf eine Angestellte stieß, die einen Herrn namens Schenk nicht nur persönlich kannte, sondern auch trotz der quälenden nachmittäglichen Verdauungsphase auskunftswillig war.

»Dr. Schenk hat uns vor ungefähr zweieinhalb Jahren verlassen, nachdem er sich mit allen überworfen hatte, nach zwanzig Jahren Berufstätigkeit!« Frau Cremer schaute konspirativ in die Runde, als ob sie eine Videoüberwachung vermutete, um danach mit gedämpfter Stimme fortzufahren: »Ein schrecklicher Mensch. Ich hatte schon Angst, ich müßte ewig als seine Sekretärin arbeiten.«

»Wieso schrecklich?« fragte Grundmann.

»Setzen Sie sich.« Ihr schien diese Unterbrechung eine willkommene Gelegenheit für eine Zigarettenpause zu sein. »Wollen Sie eine?«

Martin lehnte mit Blick auf das große Schild *Rauchen verboten* dankend ab.

»Ach, das braucht Sie nicht zu stören. Meine Kollegin ist zur Zeit im Urlaub. Sie wollen also wissen, weshalb Dr. Schenk nicht gerade sehr beliebt war?«

Martin nickte eifrig.

»Ein komischer Kauz mit einer Fistelstimme. Wenn ich nur an diesen Tonfall denke, kriege ich schon eine Gänsehaut. Hier, sehen Sie.« Sie entblößte ihren Unterarm und demonstrierte stolz die aufrecht stehenden Haare. »Sehr ehrgeizig und pflichtbewußt war er. Das muß man ihm lassen. Hat jede Menge Überstunden gekloppt, leider das gleiche von uns verlangt. Nix da, ohne mich! Bei mir hat er auf Granit gebissen. Ich war übrigens die einzige, die es länger bei ihm ausgehalten hat.«

»Warum hat er nach – zwanzig Jahren, sagten Sie – die Berufsgenossenschaft verlassen?«

»Er fühlte sich völlig unterbezahlt und wollte unbedingt eine bessere Position erstreiten. Da hatte er sich verrechnet! Sicher, Schenk war durch seinen Arbeitseinsatz ganz erfolgreich, hat der BGW sogar jede Menge Geld gespart, aber trotzdem gab es für ihn keine Aufstiegsmöglichkeiten mehr. Gott sei Dank, sage ich nur. Der wäre für den Laden hier nicht der richtige Chef gewesen. Wahrscheinlich hätte er uns noch mehr drangsaliert.«

»Inwiefern hat er Geld einsparen können?«

»Er war ein scharfer Hund, hat häufig prozessiert und gewonnen. Rentengutachten hat er regelmäßig hinterfragt und Gegengutachten bestellt. Sobald zum Beispiel Alkohol im Spiel war, kannte er kein Pardon.«

»Das ist nicht verkehrt.«

»Daneben hat er viele Hinterbliebene von tödlich verunfallten BG-Mitgliedern und Frührentner zu einer Abfindung überredet. Können Sie sich vorstellen, daß man so blöd sein kann, eine lebenslängliche Rente auszuschlagen, und sich statt dessen mit einer einmaligen Summe abspeisen läßt?«

»Wenn der Betrag hoch genug ist.«

»Nix da! Das waren fünfstellige Beträge im unteren Drittel.«

»Sie sagten Doktor Schenk. Was für einen Doktortitel hat er? Ist er Mediziner?« erkundigte sich Martin.

Frau Cremer schüttelte den Kopf und zündete sich die nächste Zigarette am Stummel der letzten an. »Er ist Jurist.«

»Wo ist er hingegangen, nachdem er hier gekündigt hatte?«

»Er hat bei der *Kölner Versicherung* angefangen und gleich Karriere gemacht. Gegönnt hat es ihm keiner. Dem hätte ich nicht mal eine Stelle als Straßenkehrer gegeben.«

»Hatte Schenk etwas mit Professor Gonzalez-Döricht zu tun, dem chirurgischen Chefarzt des St. Josef-Krankenhauses?«

Frau Cremer wurde plötzlich hellhörig. »Meinen Sie etwa den, der am letzten Freitag ermordet worden ist? – Nicht daß ich wüßte. Aber was hat denn Dr. Schenk mit der Ermordung des Chefarztes zu tun?« fragte sie neugierig.

»Nichts«, antwortete Martin und bereute schon, Bindestrichs Namen ins Spiel gebracht zu haben.

»Da sieht man wieder, Geld allein macht nicht glücklich«, tröstete Frau Cremer sich. »Sind Sie etwa Privatdetektiv? So 'n richtiger Schnüffler?«

Martin schüttelte lachend den Kopf. »Ich glaube, Sie lesen zu viele Krimis. Ich bin nur ein kleiner Assistenzarzt im Krankenhaus. Der Verstorbene war mein Chef.«

»Oh!«

Ihr Erstaunen interpretierte Martin als mißglückten Versuch einer Beileidsbekundung.

»Da fällt mir was ein! Vor ungefähr fünf, sechs Monaten hat sich schon einmal ein Arzt nach Dr. Schenk erkundigt.«

Bei Grundmann läuteten die Domglocken: »Erinnern Sie sich zufällig an seinen Namen?«

»Keine Ahnung.«

»Vielleicht – Zahnstein?« half er ihr auf die Sprünge. Ein Hoffnungsschimmer keimte auf.

»Zahnstein? Mmh – könnte sein – andererseits hätte ich mir so 'n komischen Namen sicher gemerkt. Möglicherweise habe ich ihn aber gar nicht nach seinem Namen gefragt, sondern gleich abgewimmelt. Es ist nicht jeder so sympathisch wie Sie, Herr ...?«

»Grundmann, Martin Grundmann.«

54.

Als Grundmann das Gebäude der Berufsgenossenschaft verließ, bedauerte er, nicht mit dem Golf gefahren zu sein. Mit seinem Wagen wäre er in 20 bis 25 Minuten bei der *Kölner Versicherung* gewesen, mit den Öffis würde er es aber unmöglich vor Feierabend schaffen, zumal er auf die Schäl Sick mußte, wie die rechtsrheinische Seite Kölns abfällig genannt wurde. Er ließ sich vom Pförtner ein Taxi rufen, allerdings mit gemischten Gefühlen, weniger des Geldes wegen, als vielmehr aus Sorge, wieder auf John Wayne zu treffen, das Schweinsauge des Wilden Kölner Westens. Zum Glück gab es in Köln 1.230 zugelassene Taxis mit drei- bis viermal so vielen Fahrern. Die Chance, zweimal auf den Gleichen zu treffen, war demnach relativ gering, aber nicht unmöglich.

Mißtrauisch prüfte Martin von außen das Wageninnere, bevor er zustieg.

Das klotzige Gebäude der *Kölner Versicherung* auf der grünen Wiese wirkte wie ein Fremdkörper. Vermutlich hatten dereinst die Erbauer nicht nur die niedrigen Grundstückspreise gereizt, sondern auch die Hoffnung, Köln würde rasch die Millionengrenze überspringen und dadurch Randlagen näher ans Zentrum wachsen lassen. Seit Jahren versuchten Kölner Statistiker vergeblich, sich eine Millionenstadt zusammenzumogeln.

An der Info-Box war Dr. Christian Schenk ein Begriff. »Vierte Etage links, Zimmer 437!« informierte ihn eine ältere Dame. »Melden Sie sich bei Frau Siebenschläfer, seiner Sekretärin.«

Mit einem unfreundlich gemurmelten »Danke« – Versicherungen waren Martin zuwider, aber dafür konnte die arme Frau nichts – wandte er sich den Aufzügen zu. Von überall strömten Menschen dem seiner Meinung nach unverdienten Feierabend entgegen. Martin setzte auf die Arbeitswut des Gesuchten und hoffte kein verwaistes Büro vorzufinden.

Als sich ein Schwall von Angestellten aus dem Fahrstuhl ergoß, entdeckte er plötzlich einen Mann in der Menge, der ihm bekannt vorkam. Wo hatte er dieses Kerlchen, Typ Pharmavertreter, mit der steifen, ungelenken Art und dem unpassend teuren Designeranzug schon mal gesehen? Erst als Grundmanns Blick auf den wuchtigen, grünen Lederkoffer fiel, sah er vor seinem inneren Auge diese unscheinbare Gestalt auf der Bank vor dem Chefsekretariat von Gonzalez-Döricht sitzen.

Martin eilte zurück zu der älteren Dame in der Info-Box, die die an ihr vorüberziehenden Angestellten mit dezentem Winken verabschiedete, wie es Queen Mum nicht eleganter hätte machen können.

»Eine Frage«, unterbrach Martin ihre leutselige Tätigkeit. »Sehen Sie den kleinen Mann dort vorne?«

Keine Reaktion.

»Da drüben!« Martin gestikulierte wild. »Ich meine den Herrn mit dem grünen Lederkoffer.« Er wurde nervös, weil die doofe Kuh keine Anstalten machte, ihm zu helfen. »Ich bitte Sie! Können Sie mir sagen, wie dieser Mann heißt?«

Queen Mum nahm ihn grimmig in Augenschein. »Erstens haben Sie es nicht für nötig befunden, sich vorzustellen.«

»Mein Name ist Grundmann, Dr. Grundmann«, antwortete er rasch und hoffte, mit seinem akademischen Titel Eindruck schinden zu können.

Der grüne Lederkoffer war im Begriff, das Gebäude zu verlassen.

»Meinetwegen, Herr Doktor, und zweitens haben Sie sich nicht gerade sehr höflich benommen, so daß ich jetzt auf meinen Feierabend verweisen muß, guten Tag!«

»Mein Gott!« fuhr Martin sie an. »Sie werden mir doch wohl sagen können, ob dieser Herr dort Dr. Schenk ist, oder nicht!«

Queen Mum lächelte gönnerhaft und schwieg.

Am liebsten hätte Martin sie durch das kleine, ovale Sprechfenster gezogen. Da er sich aber keine Blöße geben wollte, zuckte er nur mit den Schultern.

Inzwischen war das Männchen verschwunden.

Martin resignierte. Als er den leeren Aufzug betreten wollte, um trotz der fortgeschrittenen Stunde sein Glück in der vierten Etage, Zimmer 437, zu versuchen, wurde er von der Frau im Glaskasten zurückgerufen: »Herr Dr. Grundmann?«

Martin schaute sich um.

»Ich will ja nicht so sein, junger Mann. Verdient haben Sie es nicht.« Wie eine Märchentante schürte sie die Spannung. »Der Herr mit dem grünen Koffer war in der Tat unser geschätzter Mitarbeiter Herr Dr. Schenk.«

Verdammt, schimpfte Martin innerlich und lief nach draußen. Als er einen scheinbar fahrerlosen Mercedes vom Parkplatz rollen sah, wußte er, daß es nur Schenk sein konnte. Er sprang in das erste von drei Taxis, zeigte auf den dicken Wagen und rief: »Fahren Sie dem silberfarbenen Mercedes nach!«

»Sind wir hier im Film, oder was?«

Erst jetzt achtete Grundmann auf den Taxichauffeur.

Zum Glück war es nicht sein spezieller Freund.

In Köln-Merheim nahmen sie die Autobahn in Richtung Innenstadt. Bereits am Ostkreuz bogen sie nach Süden auf die A 3 ab, um ab dem Heumarer Dreieck, ein Begriff für jeden Radiohörer, dem silberfarbenen Mercedes bis über die Rodenkirchener Brücke zu folgen.

Während sich die Laune des bezopften Sportstudenten mit jeder Mark auf dem Taxameter spürbar besserte, wuchsen in Martin massive Zweifel am Sinn dieser ganzen Aktion, die ihm bislang nur Ärger eingebracht hatte, von den Kosten ganz zu schweigen. Was wäre, wenn Schenk nun in Frechen oder Düren wohnte? Der Gedanke an Aachen und sein leeres Portemonnaie ließ ihn erschaudern. Er müßte seinen Ausweis als Pfand hinterlassen oder sich zurück in seine Wohnung bringen lassen. Auf Zoff hatte er keinen Bock. Was nutzte ihm eigentlich das Wissen, wo und wie Schenk wohnte? Wollte er ihm einen schönen Abend wünschen? Lächerlich! Diese Einsicht kam zu spät.

Zum Segen für Martins Brieftasche kurvte Schenk über den Bonner Verteiler zum Stadtteil Marienburg und dort in die Goethestraße.

Martin ließ sein Taxi an der Ecke zur Leyboldstraße warten und schlenderte betont unauffällig zu dem Anwesen, in dessen Garage der große Mercedes verschwunden war. ›Haus‹ konnte man diesen Schuppen nicht mehr nennen, dafür war er zu riesig. An der Pforte waren zwei geschwungene Namenszüge zu lesen: *Dr. Schenk* und *Therese Schenk*. Wäre Resi seine Ehefrau, hätte man sich mit einem bloßen ›Schenk‹ oder ›Dr. Schenk‹ begnügt. So aber würde Therese wohl seine Mutter sein. Ein merkwürdiger Kauz, dieser Schenk!

»Was suchen Sie hier?«

Erschrocken drehte sich Martin um und erblickte zwei schwarz kostümierte Sheriffs eines privaten Sicherheitsdienstes.

»Ich gehe spazieren, was sonst«, erwiderte Martin patzig.

»Solche Leute kennen wir. Ihren Ausweis, bitte!«

»Meinen Ausweis?« Martin lachte. »Ich denke gar nicht daran, mich bei Ihnen auszuweisen! Wo sind wir denn?«

»Mach keine Zicken, Kleiner. Entweder wir sehen jetzt deinen Ausweis, oder es gibt was in die Fresse!« Der Schäferhund knurrte voller Loyalität.

Martin war schockiert. Eiskalte Aggressivität wie diese paralysierte ihn. »Ich – ich ...« Er zückte seinen Ausweis. »Das wird ein Nachspiel haben«, drohte er unglaubwürdig.

»Wird es nicht«, erklärte einer der beiden Schwarzhemden. Zugleich übertrug der andere umständlich Name und Adresse in ein Büchlein. »Wir sind zu zweit, und du bist allein, Doktorchen. Und jetzt verpiß dich, wenn wir dir nicht die Eier quetschen sollen!«

Martin vernahm hinter sich ein widerliches Gelächter, als er schnellen Schrittes zu seinem Taxi zurückkehrte.

55.

Der taxifahrende Sportstudent ließ Grundmann nicht aus den Augen. Obwohl sie sich inzwischen näher kennengelernt hatten, wollte er sich nicht auf den Deal einlassen, unten im Auto zu warten, bis Martin sein Geld aus der Wohnung geholt hatte. Die Welt war schlecht, am besten man traute niemandem.

Während Martin im Treppenhaus den Schlüssel zu seiner Wohnung suchte, überkam ihn ein mulmiges Gefühl. Womöglich erwartete ihn das gleiche Chaos wie Gudrun neulich, oder jemand stand mit einem Baseballschläger hinter der Küchentür, um ihn bei nächstbester Gelegenheit niederzuknüppeln. Aus dem hünenhaften Langzeitstudenten hinter sich zauberte er in Gedanken kurzerhand einen Bodyguard, was kolossal beruhigend wirkte.

Mit den Fingerspitzen schubste Martin die Wohnungstür nach innen auf, seine Augen suchten nach Warnsignalen. Der Flur erschien unberührt, unaufgeräumt und staubig wie gewohnt.

»Kriege ich jetzt meine Kohle, oder warten wir auf den Butler?«

»Immer mit der Ruhe. Manchmal spinnt die Alarmanlage, und dann haben wir den Salat.« Vorsichtig betrat Martin sein gefährdetes Domizil. Der Anrufbeantworter blinkte, das hatte Zeit bis später.

Sein erster Weg führte ihn zur Küche. Festbeleuchtung. »Hier ist die Küche, ein bißchen klein, aber für das morgendliche Frühstück absolut ausreichend.« Festbeleuchtung, Schlafzimmer.

»Ich hatte mir erst überlegt, eine Futon-Matratze anzuschaffen, aber das tägliche Aufrollen war mir zu umständlich. Außerdem ist das Ding hart wie Beton, und man scheuert sich beim Liebesspiel die Knie auf«, plapperte Martin in die unheimliche Stille. Festbeleuchtung, Wohnzimmer.

»Wunderschön«, pflichtete ihm der Fahrer bei, »aber ich möchte die Wohnung nicht kaufen, sondern nur mein Geld fürs Taxi.«

»Ach ja, ich verstehe. Bin heute etwas unkonzentriert«, entschuldigte sich Martin. »Wenn Sie die Toilette benutzen wollen, die ist hier.« Festbeleuchtung, Bad.

»Kein Bedarf. Nur die 76 Mark. Mein Taxi steht im Halteverbot!«

Zum Schluß inspizierte Martin sein Arbeitszimmer nach dem gleichen Ritual. Erst wurden alle verfügbaren Lampen angeknipst, dann schaute er in jeden Winkel. Als endgültig die Luft rein zu sein schien, atmete er erleichtert auf.

»76 Mark schulde ich Ihnen, sagen Sie das doch gleich. Kein Problem.« Aus der Schreibtischschublade zog er einen Blauen hervor und zahlte: »Neunzig mit Quittung, bitte.«

»Das können Sie mir nicht antun«, stöhnte der Taxifahrer genervt auf. »Ich habe den Quittungsblock unten im Auto.«

»Okay, vergessen Sie's. Ich wünsche Ihnen noch 'n schönen Abend.«

»Danke, gleichfalls.«

Nachdem Martin den Studenten zur Tür begleitet hatte, tippte er auf die Rücklauftaste seines Anrufbeantworters: Piep – »Hallo mein Schatz!« meldete sich Gudrun. »Ich würde zu gerne wissen, wo du dich wieder rumtreibst. Obwohl du dich wie ein Flegel benommen hast, will ich dir nochmal verzeihen. Ich habe Sehnsucht. Ruf mich heute abend an! Küßchen!« – Piep – aufgelegt – Piep – aufgelegt – Piep – »Wie kommst du plötzlich dazu, dir Urlaub zu nehmen. Eine glatte Unverschämtheit. Melde dich mal!« Schmalenbergs Stimme wirkte so unverkrampft, als ob es zwischen ihnen nie eine Meinungsverschiedenheit gegeben hätte.

Die anderen Telefonate waren offenbar vom Dienstag. Warum konnten die Leute nicht Datum und Uhrzeit nennen? Seine Mutter, genauso seine Schwester aus Heidelberg, hatte besorgt geklungen. Wieso, fragte sich Martin, wo er mit beiden erst am vergangenen Wochenende gesprochen hatte und sie höchstens einmal in der Woche miteinander telefonierten.

Nach einem weiteren vorzeitigen ›Aufleger‹ mußte er sich erneut Schmalenbergs Schimpftiraden anhören: »Dies ist kein Anruf mehr auf freundschaftlicher Ebene, Martin! Ich muß dich dienstlich sprechen. Wir wissen, daß du versuchst, auf eigene Faust zu ermitteln. Schwester Gudrun hat uns von Zahnsteins Aktenordner erzählt, den du dir unter den Nagel gerissen hast. Entwendung von verfahrenswichtigem Beweismaterial ist strafbar. Du bewegst dich auf Glatteis, mein Junge! Übrigens, deine Freundin haben wir heute verhaftet, nachdem wir bei der Überprüfung von Gonzalez-Dörichts Bankkonten herausgefunden haben, daß regelmäßig hohe Summen an sie überwiesen worden sind. Schwester Gudrun hat gestanden, daß sie ihren früheren Chef mit Zahnsteins Unterlagen erpreßt hat. Ich kann dir also nur raten, dich möglichst bald bei uns zu melden! – Mensch Martin, mach keinen Scheiß!«

Auf den Schreck hin schlich sich Martin in die Küche und fischte aus dem Kühlschrank eine Flasche Kölsch. Unter Zischen flog der Kronkorken in die Ecke. Grundmann nahm gierig ein paar tröstende Schlucke. Das Bier wollte nicht schmecken. Erschöpft sank er auf den Küchenstuhl, dessen geflochtene Sitzfläche eingerissen war, und stützte sein Kinn auf beide Hände.

Gudrun verhaftet! Wie hatte er nur annehmen können, daß ihre schmutzigen Geschäfte mit dem Bindestrich unentdeckt bleiben würden. Die Arme! Er hatte sie im Stich gelassen. Aber damit waren ihm jetzt nicht nur diese Verrückten auf den Fersen, sondern auch die Polizei. Seinen Traum vom Pater Brown im weißen Kittel konnte er sich in die Haare schmieren. Das alles war sowieso eine bekloppte Idee gewesen. Naiv zu glauben, ein Einzelkämpfer könne in Konkurrenz zur Ermittlungsarbeit eines hochtechnisierten Polizeiapparates treten.

Martin holte sich das Telefon aus dem Flur in die Küche und wählte Schmalenbergs Privatnummer.

Hauptkommissar Hans Schmalenberg konzentrierte sich gerade auf die Tagesschau, als es klingelte. Laut Gesetz der Serie mußte das seine Ex-Frau sein, die um seine Vorliebe für diese Nachrichtensendung wußte. Sein Versuch einer dauerhaften, gesetzlich abgesicherten Beziehung hatte kaum zwei Jahre gedauert, lange genug, um sich hin und wieder gegenseitig in die Suppe zu spucken. Kein rühmliches Kapitel im Leben eines Helden.

»Schmalenberg«, meldete er sich zähneknirschend.

»Ich bin's, Hans.«

»Mensch, Martin! Endlich! Wir haben uns schon solche Sorgen gemacht. Von wo aus rufst du an?«

»Ich bin zu Hause.«

»Geht es dir gut?«

»So lala. Gudruns Verhaftung hat mir den Rest gegeben.«

»Schaun wa mal! Wenn sie uns nach Kräften unterstützt, wird sie mit zwei blauen Augen davonkommen.«

»Die hat sie jetzt schon.«

»Eben. – Was hast du inzwischen getrieben? Warst du die ganze Zeit in Köln?«

»Ja. – Moment, es hat gerade geklingelt.«

»Martin!« schrie Hans ins Telefon, als er mitbekam, wie der Hörer abgelegt wurde. »Geh nicht an die Tür! Das könnte gefährlich werden!«

Sein Freund am anderen Ende der Leitung schien ihn nicht zu hören. Müde, schlurfende Schritte entfernten sich. Keine zehn Sekunden später vernahm Hans merkwürdige Geräusche, eine Tür fiel ins Schloß. Es folgte ein dumpfer Schlag, als ob ein schwerer Gegenstand zu Boden fallen würde. Stille. Schritte kamen näher, andere als zuvor.

»Martin?« fragte Hans ins Telefon.

Schweigen.

»Martin! So melde dich doch!«

Kurz danach wurde aufgelegt.

56.

»Ich möchte wetten, das ist nichts anderes als ein übler Scherz, um sich wieder wichtig zu machen!«

»Hans, du hast mit deinem Freund Martin ein Problem, das du dringend mal mit deinem Therapeuten bearbeiten solltest«, entgegnete Ulrike Bohlmann und drückte zum dritten Mal auf den Klingelknopf.

In der Wohnung von Dr. Martin Grundmann rührte sich nichts.

Schmalenberg schob seine Kollegin sanft zur Seite. »Komm, Ulrike, jetzt laß endlich den Fritzen vom Schlüsseldienst ran.«

Der verbeamtete Türöffner war nicht erreichbar gewesen. Vier Polizisten, drei Männer und eine Frau, Hauptkommissar Hans Schmalenberg und Oberkommissarin Ulrike Bohlmann beobachteten, wie der staatlich legitimierte Einbrecher in Null Komma nichts die Tür öffnete.

»Macht 120 Mark«, erklärte dieser nüchtern nach seinem schweißtreibenden Anderthalb-Minuten-Job.

Sechs schlecht verdienende Beamte trösteten sich neiderfüllt mit der Hoffnung auf einen vagen Pensionsanspruch in ferner Zukunft.

»Schicken Sie Ihre Rechnung an den Waidmarkt«, beschied ihn Hans, der keine Lust hatte, sein Portemonnaie zu plündern und sich später mit der Rechnungsabteilung herumschlagen zu müssen.

Latexhandschuhe wurden verteilt und übergestreift.

Im Flur lagen Mäntel und Jacken herum, die offenbar von der Garderobe heruntergerissen worden waren. Die Tapete wies in Kniehöhe einen langen schwarzen Streifen auf, wahrscheinlich Schuhcreme, der Schirmständer war umgestürzt.

Ulrike betrat als erste die Wohnung. Sie bückte sich und drückte ihren behandschuhten Zeigefinger auf die rötlich braunen Flecken im Teppichboden. »Die sind frisch, Hans. Willst du etwa weiterhin deine blödsinnige

Theorie verteidigen, daß Martin seine Entführung selbst vorgetäuscht hat?«

Schmalenberg schüttelte betroffen den Kopf. »Der Wunsch war Vater des Gedankens. Ich hatte gehofft, es wäre so.«

Schweigend schwärmte die Gruppe in alle Zimmer aus, um möglichst schnell augenfällige Hinweise zu entdecken, die über den Verbleib des Mieters Aufschluß geben konnten. Sie stießen auf einen offenen Schrank, aus dem scheinbar wahllos Kleidungsstücke herausgerissen worden waren. Schwer zu beurteilen, ob etwas gesucht worden war oder jemand rasch die wichtigsten Dinge zusammengerafft hatte. Für letzteren Gedanken sprach die Tatsache, daß einige Toilettenartikel wie Zahnbürste und Rasierer fehlten, während die meisten übrigen Schränke ungeöffnet geblieben waren.

»Wenn für Grundmann eine Tasche gepackt worden ist, dürfen wir hoffen, daß er noch am Leben ist«, verbreitete Hans Zweckoptimismus und ließ sich erschöpft in einen Sessel plumpsen, um seinen gebrochenen Knöchel hochzulegen. Der Gips drückte immer, wenn er sein Bein zu lange nach unten hatte hängen lassen. Da ihm das Auftreten strikt untersagt war, mußte er lästige Gehstützen benutzen, mit denen vor allem das Treppensteigen zur Qual wurde.

»Aber nur solange, bis Martin denen verraten hat, wo dieser verdammte Aktenordner steckt«, stellte Ulrike klar. »Ihn kann ausschließlich eisernes Schweigen retten.«

»Oder wir«, ergänzte Hans mutlos und wenig glaubwürdig.

»Warum haben die Entführer diese Wohnung nicht auf den Kopf gestellt, wenn sie was gesucht haben?« wollte die junge Polizistin wissen.

»Ich denke mir, man hat beobachtet, daß Grundmann mit leeren Händen hierher gekommen ist«, antwortete Ulrike. »Ich werde die Jungs von der Spurensicherung benachrichtigen. Die finden mehr als wir.«

Als sie sah, wie sich Hans seine dicken, blauen Zehen massierte, wandte sie sich an ihre junge Kollegin: »Mein

Partner fällt wohl heute aus. Haben Sie Lust, mich bei der Befragung der Hausbewohner zu begleiten?«

»Oh, super!« Die Polizistin strahlte und zückte augenblicklich einen Stift mit Notizblock. »Ich kann alles mitschreiben.«

Eine dreiviertel Stunde später kehrten die beiden Frauen in Grundmanns Wohnzimmer zurück, wo ihnen eine Alkoholfahne entgegenschlug. Hans hatte den Grappa in der Hausbar entdeckt.

Inzwischen waren die Kollegen von der Spurensicherung und ein Fotograf eingetroffen.

»Du bist im Dienst, Hans«, belehrte ihn Ulrike vorwurfsvoll. »Wir sind hier nicht allein.«

»Nicht mehr. Ich habe mich wieder krank gemeldet. Für mich ist heute der Job vorbei. Was habt ihr rausbekommen?«

»Nicht viel mehr, als das, was du bereits gesagt hast. Kurz nach der Tagesschau hat der Mensch aus der Wohnung unter der hier einen kräftigen Rumms gehört. Sonst ist ihm nichts aufgefallen. Fehlanzeige bei den übrigen Hausbewohnern.«

Schmalenberg verzichtete auf das umständliche Nachfüllen des Schnapsglases und nahm einen kräftigen Schluck aus der Pulle. »Auf meinen lieben und geschätzten Freund Dr. Martin Grundmann. Hiermit verspreche ich, daß ich meinen Dienst quittieren werde, wenn er diese Geschichte nicht überleben sollte! Prost!« Er setzte erneut die Flasche an.

57.

Die Krankenhauskapelle war zu zwei Dritteln gefüllt. Auf dem Flur in der Nähe des Eingangs standen einige Angestellte, die sich erst spät und sicherlich nur mühsam von ihren Stationen oder anderen Arbeitsplätzen hatten loseisen können.

In einem Betrieb, der rund um die Uhr kranke und hilflose Menschen betreute, war für ein Innehalten und eine Zeit der Trauer kein Raum. Streß und Arbeit gingen unvermindert weiter, Patienten forderten in der Egozentrik ihres Leidens ihr Recht auf uneingeschränkte Zuwendung.

Um so unwirklicher erschien die verhaltene Atmosphäre in der kleinen Kapelle. Draußen tobte hektische Betriebsamkeit, hier drinnen bildeten anthrazitfarbene Wände, bunte Glasfenster, die an diesem verregneten Morgen ohne Wirkung blieben, und üppige Nelkengestecke zu beiden Seiten des Altars den Rahmen für Ruhe und Besinnung.

Nach der schwermütigen Musik aus dem CD-Player von Spengler, dem Leiter der technischen Abteilung, kehrte wieder Stille ein, bis von ferne das pietätlose Kreischen einer Gebärenden Unruhe unter die Trauergäste brachte.

Verwaltungsdirektor Garzweiler erhob sich, als ob er auf dieses Zeichen gewartet hätte, schloß den einzigen Knopf seiner schwarzen Anzugjacke und bestieg die Buchenholzkanzel. An ihrer Stirnseite hing ein jugendlich wirkendes Bildnis des Toten, kitschig mit Blumen umkränzt.

»Wir alle sind tief bestürzt über den plötzlichen, schweren Verlust unseres Mitarbeiters, eines Arztes, der sich mit Leib, Herz und Seele seinem Beruf verschrieben hatte ...«

In der dritten Reihe saß Schmalenberg mit versteinertem Gesicht und ließ die Wortfetzen durch seinen Kopf rauschen. Nach den nervenaufreibenden letzten Tagen mit der Sorge um den Verbleib seines Freundes fühlte er sich heute zerschlagen und leer. Ihm fehlte die Kraft, einem Pharisäer wie Garzweiler die nötige Aufmerksamkeit zu schenken.

»... die meisten kannten ihn als einen aufrechten Menschen.«

Die Verlogenheit dieses aalglatten Taktierers war Hans zuwider.

»Wir werden ihn vermissen! Und mit ihm Tausende

und Abertausende von dankbaren Patienten, denen er in der Stunde der Not beigestanden und geholfen hat.«

Weder die ernste Miene noch langatmige Pausen formten Garzweilers barocke Sprachhülsen zu einem glaubwürdigen Auftritt. Im Gegenteil. Wurde sein Gesülze allzu pathetisch, vernahm man hier und da sogar ein Kichern, dem augenblicklich das energische Zischen aus den Zahnreihen der gramerfüllten Hardliner folgte.

»Unser Krankenhaus hat ihm viel zu verdanken. Bei seinem Amtsantritt vor einundzwanzig Jahren hat er eine unbedeutende Chirurgische Abteilung übernommen. Mit harter Arbeit und der weitsichtigen Strenge eines großen Mannes weckte er sie aus ihrem Dornröschenschlaf und führte sie zu einer Blüte, die keinen Vergleich mit anderen namhaften Kliniken im Kölner Raum zu scheuen braucht. Seinem weit über unsere Stadtgrenzen hinaus reichenden Ruf als medizinische Kapazität ist er durch seinen bedingungslosen Einsatz und sein kraftvolles Schaffen gerecht geworden.«

Aus der Schar der Anwesenden erhoben sich die ersten und verließen kopfschüttelnd und empört die andächtige Stätte. Immer öfter wurde Garzweilers Vortrag von lautem Gemurmel unterbrochen, stille Betroffenheit wich mürrischen Mißtönen.

Beinahe jeder hier hatte mit dem Chef der chirurgischen Abteilung seine schmerzlichen Erfahrungen gemacht, sei es im wörtlichen Sinne als Patient oder im zwischenmenschlichen Bereich, und konnte beurteilen, wie es um den Wahrheitsgehalt dieser Rede bestellt war. Nicht wenige hatten mit sich gehadert, ob sie diesem Despoten überhaupt die letzte Ehre erweisen sollten. In diesen Minuten, in denen nach dem gruseligen Ableben von Gonzalez-Döricht verbal ein Denkmal gebastelt wurde, das nichts mit der Realität gemein hatte, war es mit der kollektiven Toleranz vorbei.

Einen Trauergottesdienst, in dem es vereinzelt zu Buhrufen und Pfiffen kam, hatte Hans noch nicht erlebt. Neben ihm rutschte Ulrike Bohlmann amüsiert hin und her und preßte ihre Lippen fest aufeinander, um nicht unangemessen loszuprusten. Ursprünglich hatte sie Hans gar nicht begleiten wollen. Was wäre ihr da entgangen!

»Hör'n Sie auf mit dieser verlogenen Scheiße!« rief eine Männerstimme von hinten.

Alles drehte sich um und suchte den aufrechten Übeltäter. Ein Krankenpflegeschüler hatte den Schneid besessen, das zu fordern, was viele sich gewünscht hätten.

Lediglich die Honoratioren des Krankenhauses wie Paffrath, Quibbeldey senior, Koch, Holtz und andere leitende Angestellte schauten grimmig drein, allen voran Garzweiler selbst, und versuchten, sich das puterrote Gesicht des jungen Burschen einzuprägen. Für ihn dürften die Tage in diesem Krankenhaus gezählt sein.

»Ich verbitte mir diese Unverschämtheit!« donnerte der Verwaltungsdirektor, um dann wutschnaubend von der Kanzel hinabzusteigen und einem ratlosen Krankenhausseelsorger die weitere Gestaltung des Trauergottesdienstes zu überlassen.

»Ist das nicht spitze«, flüsterte Ulrike ihrem Nachbarn zu, »schriller kann kein Kino sein.«

In den Tumult hinein piepste Schmalenbergs Handy. Um nicht zusätzlichen Stoff für diese Tragikomödie zu liefern, sprang Hans auf und humpelte mühsam mit seinen Gehstützen über den Mittelgang nach draußen. Dort konnte er endlich sprechen: »Schmalenberg.«

»Gut, daß Sie sich melden, Herr Hauptkommissar. Wir brauchen nämlich Ihre Hilfe.«

»Um was geht es denn?« fragte Hans unwillig.

»Wir haben eine Wasserleiche gefunden.«

»Na und? Was habe ich damit zu schaffen? Heute habe ich keinen Dienst. Kollege Söns ist dran. Der soll sich ein paar Leute schnappen und mit den Ermittlungen beginnen.«

»Söns ist schon an der *Alten Liebe,* dem Auffindungsort der Leiche. Der Chef hat aber darauf bestanden, daß Sie und Bohlmann hinzugezogen werden.«

»Weshalb?«

»Weil Sie den Toten kennen.«

Schmalenberg wurde schwarz vor Augen, das Handy

rutschte ihm aus der Hand und krachte zu Boden. Wäre der Fall nicht vom Gips gebremst worden, hätte es sicher Schaden genommen. Hans mußte tief durchatmen, um nicht zu stürzen.

»Ist Ihnen nicht gut?« erkundigte sich Ambulanzschwester Erika, die ihn von weitem beobachtet hatte und sofort herangeeilt kam. Mit routiniertem Griff schob sie ihm einen Stuhl unter den Po und drückte ihn auf die Sitzfläche.

Hans bedankte sich bei ihr mit einem flüchtigen Lächeln, zu mehr war er nicht in der Lage. Eine andere Frau reichte ihm den Telefonapparat.

»Ist Ihnen was passiert, Herr Hauptkommissar? – Herr Schmalenberg, sind Sie noch dran?«

»Ich bin wieder da.« Hans schluckte. »Wer ist der Tote?«

»Das dürfen wir Ihnen nicht sagen.«

»Wie, das dürfen Sie mir nicht sagen? Was soll der Scheiß!« fluchte Hans ins Mikrophon. »Ich will jetzt wissen, wen Sie da gefunden haben!«

»Bitte regen Sie sich nicht auf. Ich kann nichts dafür. Der Chef hat drauf bestanden, daß Sie die Leiche persönlich inspizieren, sonst wäre es keine korrekte Identifizierung. Es sind nämlich keinerlei Papiere oder Unterlagen bei dem Toten gefunden worden, der Mann war unbekleidet.«

Nur die Achtung vor dem sakralen Ort hinderte Schmalenberg an einem Tobsuchtsanfall. »Der Chef ist ein Arschloch, richten Sie ihm das bitte aus! Wo wurde die Leiche angeschwemmt?«

»An der *Alten Liebe*, der Kneipe in Rodenkirchen. Sie wissen doch, das Hausboot.«

»Schon gut. Wir kommen!«

58.

Schmalenberg hatte Ulrike darum gebeten, den Dienstwagen zu fahren. Auch ohne Gipsbein hätte er sich im

Augenblick außerstande gefühlt, die Rheinuferstraße mit Sonderrechten hinunterzubrettern.

Wie oft war er im Laufe seiner vielen Dienstjahre schon zu Toten gerufen worden, die zerstückelt, verstümmelt, verbrannt, zerquetscht und manchmal kaum noch als Menschen zu erkennen gewesen waren. Ihm wurde zwar bei der Leichenschau nicht mehr übel, gewöhnt hatte er sich an diese finstere Seite seines Jobs aber nie, keine Spur von einem kaltschnäuzigen, abgestumpften Bullen.

Bei dem Gedanken an seinen Freund war ihm so mulmig und flau zumute wie damals nach der Beendigung der Grundausbildung. Würde er den Anblick ertragen, sich auf den Beinen halten können?

»An was denkst du?« fragte Ulrike Bohlmann, den Blick starr geradeaus gerichtet, beide Hände fest am Steuer.

»Frag besser: An wen?«

»Jetzt mach dich nicht verrückt.« Sie legte ihm kurz ihre rechte Hand aufs Bein und preßte zärtlich Anteilnahme durch die Jeans. Wie er fürchtete sie diesen Einsatz. Trotzdem meinte sie, wieder mal Stärke zeigen und trösten zu müssen, obwohl es ihr selbst genauso dreckig ging. Wie war das mit dem Märchen vom schwachen Geschlecht?

Kurz vor der Rodenkirchener Brücke am Heinrich-Lübke-Ufer stieg sie voll in die Bremsen, weil ein Penner mit Bergheimer Kennzeichen als einziger nach links, statt wie alle anderen nach rechts, auswich, um das Polizeifahrzeug passieren zu lassen. Mit einer gekonnten Schleuderbewegung hatte Bohlmann den Wagen wieder unter Kontrolle und rutschte ohne Blechschaden am vorderen Kotflügel eines Ford Mondeo vorbei.

»Knapp«, bemerkte Hans.

»Aber gekonnt«, lobte sie sich, wenn er es schon nicht tat. Ein Unfall hätte ihnen gerade noch gefehlt.

Sie kreuzte auf die andere Straßenseite und ließ ihre Karosse auf den Bordstein hüpfen. Reifen quietschten. Auf dem Gehsteig, keine zehn Zentimeter vor einem Einsatzfahrzeug der Schutzpolizei kam sie zum Stehen.

Ein junger Polizist, der gewissenhaft die Gaffer in Schach gehalten hatte, riß die Beifahrertür auf. »Kann ich Ihnen helfen, Herr Hauptkommissar?«

»Nein, vielen Dank. Ich komme gut allein zurecht«, antwortete Hans in barschem Ton und verlangte seine Gehstützen. Als er das große Kripo-Aufgebot auf der Terrasse der *Alten Liebe* bei der Arbeit sah, fragte er: »Wissen Sie, wer der Tote ist?«

»Keine Ahnung. Es soll ein Mann mit dunklem Haar sein, so um Mitte Dreißig.«

Voller Unruhe stakste Schmalenberg mit seinen Krükken die Treppe von der Promenade zum Rheinufer hinunter. Als er rechts eine Sandsteinskulptur passierte, die in die Schutzmauer gegen Hochwasser eingelassen war, fiel sein Blick auf die Inschrift am Sockel. *Helfer in Wassernöten* versprach der Heilige. Angesichts des Dramas seines Freundes eine makabre Aussage. Hans verspürte große Lust, dem Klotz einen Schubs zu geben, verzichtete aber wegen des soliden Schutzgitters vor der Figur darauf.

»Mach endlich voran!« rief Ulrike, die nicht ohne ihn gehen wollte und ungeduldig auf der roten Eisenbrücke wartete.

»Friedlich, sonst mache ich sofort wieder kehrt und melde mich krank. Mir ist danach!«

Unschuldig lag das rot-weiß quergestreifte Hausboot im Strom und trotzte den Fluten. Nach dem Regen war der Rhein merklich angeschwollen. Wenn man nach anstrengenden Spaziergängen oder schweißtreibenden Fahrradtouren hier beim lecker Kölsch im Freien saß, hatte man das Gefühl, gemächlich flußaufwärts zu fahren. Es gab nichts Schöneres.

Schmalenberg folgte seiner Kollegin über die Eisengangway und den Flur in die verräucherte, modrig riechende Gaststube den mit knarrenden Holzdielen. Hier wie im hinteren Saal – wo auf diesem Hausboot vorn und hinten war, ließ sich schlecht sagen – wurden das Personal und die Zeugen von Kripokollegen befragt.

Draußen stand neben dem Fotografen und den Leuten

von der Spurensicherung Rechtsmediziner Schiermacher und kritzelte etwas in sein abgegriffenes, fettiges Notizbüchlein. Hans mochte gar nicht darüber nachdenken, wie oft dieses alte Ferkel nach einer Leichenschau mit benutzten Handschuhen ...

Auf dem Boden vor Schiermacher bedeckte eine schwarze Plastikplane einen länglichen Haufen. Erst beim Näherkommen entdeckte Hans, daß ein kreideweißer Fuß mit aufgequollener, verschrumpelter Haut herausragte. Das andere Bein war womöglich einer Schiffsschraube zum Opfer gefallen. Ihm wurde speiübel, für einen Rückzug war es jedoch zu spät.

Ulrike Bohlmann trat solidarisch an seine Seite, ergriff unauffällig seine Hand und drückte sie kräftig.

Tapfer nickten beide mit dem Kopf als Aufforderung, das Gesicht des Toten zu entblößen.

59.

»Wir haben den Auftrag wie besprochen ausgeführt. Der Fall kann zu den Akten.«

»Und Sie sind sicher, daß Sie keinerlei Spuren hinterlassen haben?« fragte der Vorsitzende, ohne seine schmalen Lippen zu bewegen.

»Gewisse Spuren schon, aber keine, die in unsere Richtung weisen.« In der selbstgefälligen Miene des jungen Familienvaters drückte sich Stolz auf eine perfekte Arbeit aus. Fehlten nur die lobenden Worte vom Chef. Auf die wartete man in der Runde aber vergebens, statt dessen füllte eisiges Schweigen den Raum.

Jeder der vier Herren zu beiden Seiten des blankpolierten, wuchtigen Konferenztisches wirkte angespannt und konzentriert, niemand wagte zu reden, geschweige denn einen flüchtigen Blick nach draußen auf die Dächer Kölns und den Dom zu werfen, der sich majestätisch in der ersten Tagessonne wärmte.

Während der hagere Mann am Kopfende in der Unterschriftenmappe blätterte, um pedantisch kleine Signaturen unter Briefe und Dokumente zu setzten, zuckte seine Oberlippennarbe unkontrolliert, das spärliche, aber untrügliche Zeichen für Mißfallen. Weder Geschrei noch Beschimpfungen hatten seine Mitarbeiter jemals aus dem Munde dieser personifizierten Selbstbeherrschung erlebt, nicht einmal wenn ihnen grobe Schnitzer unterlaufen waren. Manches Mal hätten sie sich eine Standpauke oder einen cholerischen Ausbruch gewünscht an Stelle dieser trügerischen Ruhe, der häufig böse Überraschungen folgten.

»Haben Sie den Aktenordner?« fragte der Vorsitzende mit sanfter Stimme, ohne seine Tätigkeit zu unterbrechen.

Dem glücklichen Vater zweier Töchter im Alter von acht und zehn Jahren stockte der Atem, seine auf Heiterkeit getrimmten Gesichtsmuskeln verloren jeglichen Tonus. »Nein – noch nicht – aber das ist nur eine Frage der Zeit. Dafür garantiere ich!«

Das Zucken nahm an Heftigkeit zu, als der Chef seine Mappe schloß und dem jungen Mann streng in die Augen sah. »Womit, wenn ich fragen darf? Etwa mit Ihrem Leben?« Die Mundwinkel bewegten sich unmerklich nach oben, Lachen konnte man diese Grimasse nicht nennen.

»Die Spezialisten arbeiten daran.« Sonst war sein blaues Jackett sehr bequem, jetzt fühlte er sich wie gefesselt.

»Am Wochenende?«

»Falls erforderlich, auch am Wochenende. Das wird aber nicht nötig sein. Wir werden schon morgen mit konkreten Ergebnissen aufwarten können.«

»Ich verlasse mich auf Sie! Ich möchte morgen nachmittag den Ordner auf meinem Schreibtisch sehen, andernfalls bitte ich um einen ausführlichen Bericht.«

»Einverstanden. Ähm – ist mir eine Frage gestattet?«

»Fragen Sie.«

»Warum ist dieser verdammte Ordner so wichtig für uns? Was kann man uns schon anhaben? Nur dieser kleine Kreis weiß Bescheid und koordiniert alle entscheidenden Aktivitäten. Wir arbeiten, ohne Spuren zu hinterlassen.«

»Mir liegen Informationen vor, daß sich in diesem Ordner belastendes Material gegen uns befindet. Erst wenn ich diese Unterlagen selbst gesichtet habe, werde ich mich wieder beruhigt zurücklehnen können. Ich habe für meine Mitarbeiter schließlich eine Sorgfaltspflicht.«

»Unsere Agentur ist immer zwei Schritte voraus. Niemand kann uns gefährlich werden.«

»Kritiklosigkeit gegenüber eigenem Handeln ist eine große Fehlerquelle. Und Fehler können wir uns nicht leisten. Ich danke Ihnen, meine Herren!«

60.

Bohlmann und Schmalenberg starrten entsetzt auf das blaurot verfärbte, aufgetriebene Gesicht oder das, was davon noch übriggeblieben war. Dort, wo sich einst das rechte Auge befunden hatte, klaffte jetzt ein tiefer Krater, aus dem sich offenbar die Fische wie aus einem Futtertrog bedient hatten. Eine Woche später wäre die Leiche lediglich über Gebiß- und Knochenstatus zu identifizieren gewesen. Da sich der Torso aber in den Befestigungsketten des Hausbootes verfangen hatte, war er relativ schnell gefunden worden.

»Sie kennen den Mann?« fragte der Staatsanwalt.

Beide nickten, Bohlmann antwortete: »Müller, Thomas Müller! Er hat bis vor drei Jahren bei uns als Kriminalkommissar gearbeitet.«

»Und dort die Luft verpestet«, fügte Schmalenberg hinzu, dem ein riesiger Stein vom Herzen gefallen war, weil es nicht Grundmann war, der mit einem Kopfschuß vor seinen Füßen lag.

»Hans«, schalt Ulrike. »Müller ist tot! Vergiß die alten Streitereien.« Sie wandte sich erklärend zum Staatsanwalt. »Sie müssen wissen, daß Thomas Müller und mein Kollege über Jahre im Dauerclinch lagen, bis Müller den Polizeidienst quittieren mußte, weil er in einen Bestechungsskandal verwickelt war. Sie haben vielleicht davon gehört. Der Fall ging damals durch die Presse.«

»Nicht, daß ich wüßte. Ich habe bis vor kurzem in Dortmund gearbeitet«, entschuldigte sich der Staatsanwalt.

»Leider konnten wir diesem Schwein nur eine einzige Schmiergeldaffäre nachweisen«, schimpfte Hans und mußte sich beherrschen, dem Toten keinen Tritt zu geben.

»Komm, laß gut sein«, beruhigte ihn Ulrike.

»Wie weit sind Sie eigentlich im Fall Gonzalez-Döricht, Herr Schmalenberg?« fragte der Staatsanwalt mit provozierendem Unterton.

»Wir stehen kurz vor der Aufklärung«, log Schmalenberg, daß sich die Decksplanken bogen. »Kann mir jemand sagen, warum wir hier antanzen mußten? Als ob wir nicht schon genug Arbeit am Hals hätten!«

»Ihr Chef hat darauf bestanden, daß Sie persönlich die Identifizierung Ihres ehemaligen Kollegen vornehmen, warum, weiß der Teufel.«

»Sicher kannte er eure Privatfehde und wollte dir was Nettes antun«, mischte sich Rechtsmediziner Schiermacher ein und ließ sein fettbeflecktes Notizbüchlein in der Kitteltasche verschwinden.

»Das wird's sein«, Hans rümpfte die Nase. »Auf dich haben wir gerade gewartet. Erzähl schon!«

Schiermacher riß die schwarze Plastikplane beiseite. Schmalenberg sah seine Vermutung mit dem abgerissenen Bein bestätigt.

»Müller wurde von hinten in den Kopf geschossen. Meiner Meinung nach war das eine fachgerechte Hinrichtung. Am Hinterkopf«, Schiermacher griff in die Haare der Leiche, »seht ihr das Einschußloch. Natürlich ist von den Schmauchspuren nichts mehr zu erkennen. Das Projektil ist aus dem rechten Auge mitsamt der ganzen Orbita rausgeflogen.« Er ließ den Kopf auf die Bretter poltern und zeigte stolz ein Büschel ausgerissener Haare. »Das hier ist ein untrügliches Indiz dafür, daß er schon einige Zeit im Wasser gelegen hat.«

»Das läßt sich kaum übersehen«, kommentierte Ulrike, »aber wie lange?«

»Genauer kann ich das erst sagen, wenn ich die Untersuchungen über Algenbewuchs und so weiter abgeschlossen habe.«

»Ich meine nur ungefähr«, bestand Ulrike auf einer Aussage des ihr unsympathischen Rechtsmediziners.

Schiermacher, der Bohlmanns Gefühle kannte, ließ sich nicht zweimal bitten. Mit breitem Grinsen beugte er sich zu dem Toten hinunter und schob genußvoll die Waschhaut samt Nägel vom verbliebenen Fuß. »Bei der Wassertemperatur würde ich sagen, zwei bis drei Tage!«

Angewidert wandte sich Ulrike ab. Hans hakte seine Kollegin unter und begleitete sie sanft zu einem ruhigeren Plätzchen an Deck der *Alten Liebe*. »Soll ich dir einen Schnaps besorgen?«

Sie schüttelte den Kopf, allmählich kehrte Farbe in ihr Gesicht zurück.

»Ulrike«, begann Schmalenberg bedeutungsschwanger, »weißt du, was mir gerade siedendheiß eingefallen ist?«

»Erzähl.«

»Daß ich den Namen ›Thomas Müller‹ erst vor kurzem gelesen habe.«

»Und wo? Mach's nicht so spannend!«

»Auf der Liste mit den 22 Patientennamen. Du erinnerst dich an die Patienten, die während beider Morde ...?«

»Erklär mir nicht, was auf der Liste stand. Ich habe sie schließlich besorgt. Du hast sie nur als völligen Quatsch abgetan.«

»Schon gut, ich entschuldige mich später.«

»Bist du sicher?«

»So gut wie!«

»Woher willst du wissen, daß der Patient Thomas Müller mit diesem Kripo-Müller hier identisch ist. Müllers gibt's reichlich. Hast du dir etwa das Geburtsdatum gemerkt?«

»Nein, aber das werde ich herauskriegen.«

»Mensch, Hans! Wenn du recht behalten solltest, ist dieser Müller eventuell in beide Krankenhausmorde verwickelt«, schloß Ulrike euphorisch.

»Pssst! Nicht so laut.«

»Und wir haben den Mörder«, flüsterte sie.

Hans nickte heftig.

»Warst du auch so erleichtert, als du gesehen hast, daß der Tote nicht Martin ist?«

»Ulrike, ich hätte jubeln können«, strahlte Hans, nahm ihren Kopf zwischen beide Hände und küßte ihre Stirn – mehr traute er sich nicht.

61.

Der Hansaring war an diesem frühen Freitag nachmittag ein einziger Stau. Wieder hatten sich Bergheimer Autofahrer ins enge Kölner Straßennetz gezwängt und drohten, wie so oft, den Verkehr zum völligen Erliegen zu bringen. Die Fahrzeuge mit dem BM-Kennzeichen waren dem aufrechten Kölner Lokalpatrioten ohnehin ein Dorn im Auge, als ›Beulen-Macher‹ oder ›Bereifte Mörder‹ sogar gefürchtet.

»Bist du sicher, daß Ex-Kollege Müller, der Teufel möge ihn holen, hier gearbeitet hat?« fragte Schmalenberg, als er auf der blankpolierten Messingtafel den Namen *SafeConduct* las. »Klingt nach einer Kondomfabrik. Ich hätte ihn eher in einer kleinen, heruntergekommenen Klitsche vermutet.«

»Du ahnst nicht, was der Kerl verdient hat! Davon können wir nur träumen. Nachdem er bei uns rausgeflogen ist, hat er sich zwei- oder dreimal blicken lassen, um mit seinem fetten Einkommen und dem dicken Wagen zu prahlen. Ich habe ihn damals immer gegen dich verteidigt, aber du hattest recht: Arsch bleibt Arsch! Ich habe sogar den Verdacht, daß er schon vor seiner Entlassung mit der *SafeConduct* zusammengearbeitet hat, sonst wäre der Wechsel nicht so flott über die Bühne gegangen.«

»Der hätte mir nicht im Kommissariat begegnen dürfen!«

Ulrike lachte. »Müller hatte immer Schiß, dir in die Arme zu laufen.«

Das Schloß summte. Die schwere Eingangstür gab schon bei leisem Druck nach. Mit dem Klischee eines luxussanierten Jugendstilgebäudes harmonierte das protzige Treppenhaus mit Marmorverkleidung und überladenen Stuckdecken.

Während sich die beiden Beamten mit einem hochmodernen Otis himmelwärts liften ließen, fragte Hans: »Was stellt diese Firma eigentlich her?«

Ulrike verzog spöttisch das Gesicht. »Diese Agentur hat sich auf Versicherungskriminalität spezialisiert.«

»Hätte nicht gedacht, daß man dem Aufdecken von Reisegepäckversicherungsbetrug soviel Kohle machen kann.«

»Ich glaube kaum, daß sie so kleine Gangster wie dich jagen. Viele, wenn nicht sogar die meisten großen Versicherungskonzerne bedienen sich der Hilfe und des Know-hows dieser Firma. Wahrscheinlich arbeitet *Safe-Conduct* viel billiger und effizienter als vergleichbare Abteilungen der großen Unternehmen.«

»Wenn ich auf Provisionsbasis ermitteln würde, wäre auch so mancher Fall schneller gelöst.«

»Quatschkopf!«

In der vierten Etage betraten sie eine kleine Halle mit einer Ausstattung vom Feinsten, die gepflegt wirkende Empfangsdame eingeschlossen. Wer sich vom Ambiente und ihr nicht beeindrucken ließ, dem verhalf die herrliche Aussicht auf den Dom und die Dächer Kölns zu einem rauschartigen Erlebnis.

»Kann ich Ihnen weiterhelfen?«

»So einen Arbeitsplatz wünsche ich mir zu Weihnachten«, schwelgte Schmalenberg.

»Das freut mich sehr, danke«, antwortete die junge Frau höflich. »Aber wenn man etwas täglich vor Augen hat, verliert es seinen Glanz.«

»Das wird Ihrem Gatten gewiß nicht so gehen«, gockelte Hans.

»Ich bin nicht verheiratet.«

Jetzt reicht's, entschied Ulrike und ging dazwischen: »Wir sind von der Kriminalpolizei. Mein Name ist Bohlmann, und das ist mein Kollege Schmalenberg. Wir möchten Ihren Chef sprechen.«

»Oh, da sehe ich ganz große Probleme, Frau Bohlmann«, klagte die Dame wenig überzeugend. »Freitag nachmittag ist er meistens schon aushäusig. Ich bin häufig der letzte Mohikaner hier. Aber ich werde mal schauen, ob ich was für Sie tun kann. In welcher Angelegenheit darf ich Sie melden, vorausgesetzt Herr Kanter ...«

»Es geht um Ihren Mitarbeiter Thomas Müller.«

»So, der Herr Müller! Ist er etwa zu schnell gefahren, oder hat er wieder gedrängelt?«

»So kann man's auch nennen«, bestätigte Hans schmunzelnd und machte ihr große Kulleraugen.

»Wir sind von der Mordkommission!« Ulrike knipste den unsichtbaren Draht zwischen beiden durch.

Nachdem die Schaufensterpuppe diverse Telefonknöpfe ausprobiert hatte, wurde sie fündig.

Hans und Ulrike konnten beobachten, daß sie mit jemandem verbunden war, vor dem sie gehörigen Respekt zu haben schien.

»Sie haben Glück. Er ist noch im Hause«, erklärte sie sachlich. »Sie finden ihn im Konferenzraum über uns. Aber nur acht Minuten, da ist der Chef sehr eigen. Nehmen Sie die Treppe da vorn, das geht schneller.«

»Haben Sie zwei Aufzüge?« wunderte sich Hans, als er an der gegenüberliegenden Seite des Raumes einen weiteren Lift bemerkte.

»Herr Schmalenberg, das geht alles von Ihrer Besuchszeit ab!«

Die beiden Polizeibeamten waren schon auf dem Weg zur Treppe, als sie hinzufügte: »Das ist unser privater Aufzug. Der verbindet uns direkt mit dem Keller, wo sich der Zentralrechner und unser Archiv befinden.«

Der Konferenzraum mit den edlen Möbeln und den großen Panoramascheiben nötigte Hans ein »Donnerwetter« ab.

Ohne aufzusehen oder ihnen die Hand zu reichen, nuschelte der gekrümmt hinter dem Tisch sitzende Mann unfreundlich: »Bitte nehmen Sie Platz. Was kann ich für Sie tun?«

Ulrike erklärte sich den rüden Ton mit der fortgeschrittenen Stunde, die undeutliche Aussprache mit der Hasenscharte. »Ihr Mitarbeiter Thomas Müller wurde heute aus dem Rhein gefischt. Er wurde erschossen.«

Der Chef der *SafeConduct* schrieb seinen Satz gemächlich zu Ende, als ob er nichts gehört hätte. Dann erst blickte er auf. »Das ist ja furchtbar. Wann ist denn das passiert?«

Genausogut hätte er sich nach der Wettervorhersage für die Innere Mongolei erkundigen können, so monoton und desinteressiert klang seine Stimme.

»Ähm – der genaue Todeszeitpunkt steht noch nicht fest«, begann Hans und zögerte. »Der Tod von Herrn Müller scheint Sie nicht sonderlich zu berühren?«

»Belästigen Sie mich nicht mit Bemerkungen über meine Gefühle. Das steht Ihnen nicht zu. Sagen Sie, was Sie wollen! Sie haben noch vier Minuten.«

»Moment mal! Wir sind von der Kriminalpolizei und ermitteln in einem Kapitalverbrechen. Daher sind Sie verpflichtet, uns Ihre kostbare Zeit zur Verfügung zu stellen«, konstatierte Ulrike sarkastisch. »Haben Sie eine Vermutung, wer das getan haben könnte?« Sie verabscheute diesen blasierten Wichtigtuer.

»Ich werde Sie nicht arbeitslos machen.«

»An welchem Projekt hat Müller vor seinem Tode gearbeitet?«

»Müller war mit einem großen Feuerschaden betraut, für uns ein klarer Fall von warmem Abriß mit möglicher Brandstiftung durch die Eigner selbst, nur fehlen uns die Beweise. Da geht es um Millionen.«

»Wissen Sie, ob er persönliche Feinde hatte?«

»Ich verkehre mit meinen Mitarbeitern nur auf geschäftlicher Basis. Sind Sie jetzt fertig?«

Schmalenberg mußte an sich halten, um diesen Fuzzi nicht an seiner kleinkarierten Seidenkrawatte über die Granitplatte zu ziehen. Ulrikes Fragen waren ihm viel zu zahm. »Wir wissen, daß Thomas Müller zwei Morde im

St. Josef-Krankenhaus begangen hat.« Daß das nur eine Vermutung war, unterschlug er.

»Ja, und?« fragte der kalte Fisch mit Oberlippennarbe nach Verletzung durch Angelhaken.

»Herr Kanter! Das ist kein Kaufhausdiebstahl!« echauffierte sich Hans. »In Anbetracht solcher Verbrechen erwarte ich etwas mehr Kooperation!«

»Ich helfe Ihnen gern, wo ich kann«, antwortete der Hagere mit sanftem Ton. »Ihr Beruf muß Sie manchmal sehr mitnehmen. Möglicherweise fühlen Sie sich auch überfordert?«

Der macht sich über uns lustig, dachte Hans wutschnaubend, gleich gibt's was in die Schnauze.

»Tun Sie besser nicht, was Sie gerade denken, Herr Kommissar, hier überwacht uns Tag und Nacht eine Videokamera.« Der Chef der *SafeConduct* stand auf, reckte seine Einmeterneunundachzig und trat vor die große Panoramascheibe mit dem Rücken zu den Beamten. »Unser Beruf verlangt uns allerhand ab, ähnlich wie der Ihre. Der einzige Unterschied ist das bessere Salär. Dafür weiß jeder Mitarbeiter, welches Risiko er bei seiner Arbeit eingeht. Müller hat zu hoch gepokert – und alles verloren. Bedauerlich, aber kein Einzelfall, daher meine unterkühlt wirkende Reaktion.« Der Mann am Fenster drehte sich um, gegen das Licht wirkte sein Gesicht wie eine starre Maske. »Und was Müller in seiner Freizeit gemacht hat, interessiert mich nicht.«

»Wenn Sie damit auf die beiden Krankenhausmorde anspielen, hätten Sie das nicht poetischer ausdrücken können!« fauchte Ulrike und machte sich ohne Verabschiedung auf den Weg nach unten.

Die überließ sie ihrem Kollegen: »Sie haben uns sehr geholfen, Herr Kanter. Wir sehen uns wieder.«

62.

»Wir brauchen einen Durchsuchungsbefehl für die Firma *SafeConduct*. Müller hat dort gearbeitet.«

»Jetzt fangen Sie nicht an durchzudrehen, Herr Schmalenberg!« erstickte der aufgebrachte Dienststellenleiter Streck den Aktivitätsdrang seines Untergebenen. Bevor er weitersprach, ließ er sich erschöpft in den Scheibtischsessel fallen, öffnete den obersten Kragenknopf und zog den Krawattenknoten auf. »Was Sie mir immer zumuten, Herr Schmalenberg. – Sie werden mich eines Tages ins Grab bringen.« Damit drohte Streck seit Jahren. Nachdem er eine Weile die trockene Büroluft inhaliert hatte, verlor seine hochrote Gesichtsfarbe allmählich an Intensität. »Das kommt überhaupt nicht in Frage. Diese angesehene Agentur arbeitet mit allen großen Versicherungskonzernen der Bundesrepublik zusammen. An der Integrität und Seriosität dieser Firma kann es nicht den geringsten Zweifel geben.«

»Ja, aber ...« begann Schmalenberg.

»Wenn ich schon wieder dieses Ja-aber höre!« schrie Streck. »Da tauchen hier und da ein paar fadenscheinige Hinweise auf, und schon wollen Sie einen Freibrief für einen legalen Einbruch. Wenn nichts dabei herauskommt, bin ich es, der sich wieder vor der Presse blamieren muß, nicht Sie! – Haben Sie überhaupt schon Müllers Wohnung durchsucht?«

»Kommt noch. Wir planen zwei parallele Aktionen, um keine Zeit zu verlieren.«

»Typisch! Machen Sie gefälligst erst mal Ihre Hausaufgaben, anstatt mich mit so einem Unsinn zu behelligen.«

Das Maß war voll. Hans war es leid, tagtäglich auf den hohen Blutdruck seines Chefs zu achten. Sollte der Alte doch einen Schlaganfall bekommen und umfallen. Hier ging es schließlich um Grundmann! »Wie Sie wissen, haben wir den dringenden Verdacht, daß Müller mit den Morden im St. Josef-Krankenhaus in Verbindung steht. Zu beiden Tatzeiten lag er dort stationär als Patient.«

»Na und?«

»Wir haben ferner herausbekommen, daß Müllers Mutter von Professor Gonzalez-Döricht operiert worden und wenig später gestorben ist, ob an den Folgen, weiß bis heute niemand«, mischte sich Ulrike Bohlmann ein.

»Wie schön, dann haben Sie ja ein Motiv«, lästerte Streck, »und können diesen Fall bald zu den Akten legen. Ich gratuliere schon mal vorab. Also warum wollen Sie uns alle ins Unglück stürzen und die Firma *SafeConduct* durchsuchen?«

»Erstens, weil wir den Mord an Müller nicht einfach ignorieren können, Herr Streck, die Geschichte ist viel komplizierter, als Sie offenbar denken.« Ulrike ärgerte sich über seine Überheblichkeit, die sich beim kleinsten Anschein von Unterlegenheit in die Krankheit flüchtete. »Und zweitens haben Sie wohl vergessen, daß Dr. Grundmann seit Mittwoch abend verschwunden ist. Vermutlich wurde er verschleppt, um ihn zur Herausgabe von Zahnsteins Aktenorder zu zwingen. Beide Fälle scheinen miteinander in Verbindung zu stehen!«

»Hahaha! Wie kommen Sie denn darauf?« Streck stand unmittelbar vor einer zweiten Hochdruckkrise. »Etwa weil Müller zufällig Patient im St. Josefs war? Oder hoffen Sie, Grundmann bei der *SafeConduct* zu finden? Machen Sie sich nicht lächerlich!«

»Dr. Grundmann hat in den vergangenen Monaten Hervorragendes geleistet – auf unsere Bitte hin«, betonte Ulrike. »Wir haben ihm gegenüber eine Sorgfaltspflicht.«

»Sie haben mir selbst gesagt, daß Herr Grundmann auf eigene Faust Ermittlungen angestellt hat. Für die möglichen Folgen aus so einem leichtsinnigen Alleingang sind wir nicht verantwortlich. Das hat sich Herr Grundmann selbst zuzuschreiben. Wer weiß, ob er nicht kurzfristig in die Karibik gejettet ist, um ein wenig auszuspannen? Ärzten ist heutzutage alles zuzutrauen.«

»Reden Sie keinen Quatsch, Herr Streck!« reagierte Hans wütend. »Uns läuft die Zeit davon. Wir haben schon Freitag nachmittag, und am Wochenende ist niemand erreichbar. Wir können keinen Dienst nach Vorschrift machen. Wir müssen handeln, und zwar schnell, solange noch die Hoffnung besteht, daß Grundmann am Leben ist!«

»Handeln Sie, in Gottes Namen! Aber nicht, indem Sie bei der *SafeConduct* eine Hausdurchsuchung machen. Das wischen Sie sich von der Backe ab. Kommen Sie mir mit handfesten Beweisen und nicht mit schwammigen Vermutungen.«

»Dann ist es wahrscheinlich zu spät!«

»Grundmann hätte wissen müssen, worauf er sich einläßt. So, und jetzt entschuldigen Sie mich bitte, ich habe zu arbeiten.«

»Bei Gefahr im Verzug müssen wir gegebenenfalls ohne Ihr Einverständnis vorgehen«, drohte Schmalenberg im Hinausgehen.

Streck blickte verschreckt hoch. »Das werden Sie tunlichst bleiben lassen, Herr Kollege! Sonst hänge ich Ihnen ein Disziplinarverfahren an den Hals, das sich gewaschen hat!!«

Schmalenberg und Bohlmann hörten sein Gebrüll durch die geschlossene Vorzimmertür.

»Was war denn nun schon wieder los?« erkundigte sich Strecks Sekretärin. »Wenn Sie ihn so auf die Palme bringen, Herr Schmalenberg, ist er für den Rest des Tages ungenießbar.«

»Wie kommen Sie darauf, daß ich für den Wutausbruch verantwortlich bin?« fragte Hans mit Unschuldsmiene.

Ulrike boxte ihm in die Rippen. »Das ist nicht dein Ernst, daß du allein was gegen die *SafeConduct* unternehmen willst?«

»Natürlich nicht. Wir haben doch nichts in der Hand. Ich habe gar nicht damit gerechnet, daß sich der Alte auf eine Hausdurchsuchung einlassen würde.«

»Du wolltest ihm also nur sein Wochenende vermiesen?«

»Warum sollte es ihm besser gehen als uns? So hat er eben ein bißchen Rouge aufgelegt«, feixte Hans. »Steht ihm!«

Auf dem Weg zurück zu ihrem Dienstzimmer hielt Ulrike inne. »Warte mal, Hans! Seit Monaten sind wir hinter dem Krankenhauskiller her und haben erst jetzt den möglichen Täter. Darauf, daß jemand von der Station 7, einschließlich der Patienten, der Mörder war, hätten wir auch früher kommen können.«

»Wieso?« wunderte sich Hans.

»Wer sonst hätte damals in der Mordnacht wissen können, daß das verfluchte Zimmer 316 leer war, daß er Zahnstein dort ungestört strangulieren konnte?«

»Oh! Das klingt verdammt logisch!«

»Obwohl wir mehr wissen als vorher, sind wir kaum schlauer. Im Gegenteil, jetzt kommt die Suche nach dem Mörder von Müller dazu.«

»Ist der tote Kollege etwa geadelt worden?«

»Ach, du weißt, was ich meine«, reagierte Ulrike ungehalten. Ihr stand nicht der Sinn nach blöden Scherzen. »Bestimmt gibt es eine Verbindung zwischen allen drei Morden, einen roten Faden. Aber welchen? Die Puzzlestücke passen nicht zusammen. Selbst wenn Müller den Bindestrich aus Rache für die verpfuschte Operation an seiner Mutter getötet haben sollte, erklärt das nicht den Tod von Zahnstein.«

»Was mich total fertig macht, ist die Tatsache, daß Martin schon mit zwei Beinen im Grab steht. Das Wochenende ist da, und wir haben nix in der Hand. Ich könnte schreien!«

»Bitte nicht«, bat Ulrike, die wußte, daß ihr Kollege zu allem fähig war. »Wir sollten die Bude von Thomas Müller ausmisten. Womöglich gibt es dort eine heiße Spur.«

»Währenddessen verstreicht kostbare Zeit? Wärst du mir böse, wenn ich mich nicht daran beteilige und eigene Wege gehe?«

»Kommt drauf an, was du vorhast. Mach bloß keine Dummheiten!«

»Ich habe ein Fünkchen Hoffnung. Als ich das letzte Mal mit Martin telefoniert habe, hat er mir auf die Frage, ob er nach dem Tod von Gonzalez-Döricht in Köln geblieben sei, mit ja geantwortet. – Was macht man, wenn man sich von Polizei und Verbrechern verfolgt fühlt?«

»Man schlüpft bei Freunden unter«, antwortete Ulrike spontan.

»Oder?«

»Man zieht ins Hotel.«

»Das ist auch mein Gedanke. Wenn ich herausbekommen sollte, ob und in welchem Hotel er abgestiegen ist, hätten wir diesen blöden Aktenordner und wären damit ein großes Stück weiter.«

»Wir könnten seine letzten Wege rekonstruieren und feststellen, wem er dabei auf die Füße getreten ist«, bestätigte Ulrike seinen Optimismus. »Rufst du mich an, wenn du was rausbekommen hast?«

»Versprochen!«

63.

Obwohl der Mann erst Ende Zwanzig war, hatte er kaum Haare auf dem Kopf. Lediglich ein brauner Kranz umrahmte tonsurartig die ausladende Stirnglatze, in der sich das kalte Neonlicht der Kellerbeleuchtung spiegelte.

»Du hast es gut! Deine Frisur kann man nicht durcheinanderbringen«, bemerkte sein Kollege, als er sich die schwarze Gesichtsmaske überstreifte. »Warum müssen wir diese Scheißdinger überhaupt tragen. Jedesmal wenn ich von der Arbeit komme, kann ich mir die Haare waschen.«

»Du kannst ja einen Versetzungsantrag stellen.«

»Hahaha, wahnsinnig komisch. Du hast meine Frage nicht beantwortet. Warum müssen wir eigentlich diese Dinger tragen, wenn es sowieso keine Rolle spielt, ob der Typ uns erkennt oder nicht?«

Auch die Stirnglatze zog eine wollene Maske aus der Brusttasche des Overalls und stülpte sie sich über den Kopf. »Klar hast du recht. Mir wäre es völlig schnuppe, wenn er mich sehen würde, aber wir sollten ihm nicht die Hoffnung nehmen, lebend hier rauszukommen. Das wäre taktisch unklug.«

»Na gut«, resignierte der andere und entriegelte die schwere, schallgedämpfte Eisentür, »wollen wir ihn nicht enttäuschen. Aber viel geplaudert hat unser Freund noch nicht, Taktik hin oder her.«

»Nur eine Frage der Zeit. Ab heute geht's zur Sache. Mach schon auf!«

Als die Tür nur einen Spaltbreit geöffnet war, dröhnte ihnen schon Heinos Stimme mit *Caramba! Karacho! Ein Whiskey!* entgegen. »Zahlen wir für diese schreckliche Musik eigentlich GEMA-Gebühren?«

»Quatsch!«

»Wir nutzen sie schließlich für kommerzielle Zwecke.«

»Du hast wieder Ideen«, lachte der Glatzkopf und betrat den kahlen, braungelben Raum, in dem nur eine schmale Pritsche stand. »Wie kann man bei dem Lärm und diesem Licht überhaupt schlafen? – Hey, Onkel Doktor, aufwachen!« Er rüttelte grob an der zusammengekauerten Gestalt im blauen Trainingsanzug. »Wir sind's, deine freundlichen Wecker von Radio Luxemburg!«

Sein Kollege packte den Gefangenen an den Fesseln und zog ihn mit einem Ruck von dem Lager, so daß Körper und Kopf dumpf auf dem Betonboden aufschlugen. »Heute ist heute, mein Junge, und unsere Geduld ist vorbei.«

»Jetzt wird's ernst, Herr Doktor!«

64.

»Ach, Sie sind Hauptkommissar Schmalenberg?« begrüßte ihn die nette, junge Frau an der Rezeption und reichte ihre Hand über den Tresen. *Frau Grätner* stand auf ihrem Namensschildchen. »Ich habe Sie mir ganz anders vorgestellt.«

Hans lachte, nahm seine Gehstützen in die Linke, um ihre Hand zu schütteln. »Wie soll ich das verstehen?«

»Positiv, Herr Hauptkommissar, immer positiv! Wie viele Hotels und Pensionen haben Sie eigentlich angerufen, bevor Sie mit mir gesprochen haben?«

»Ich glaube, Sie waren die Nummer 43 auf der Liste. Verdammt mühsam, kann ich Ihnen sagen, da ich zu vielen Hotels persönlich hinfahren mußte, um mich auszuweisen. Fast das ganze Wochenende ist dafür draufgegangen.«

»Ähm – es tut mir leid, daß ich Sie um den Dienstausweis und den Durchsuchungsbeschluß bitten muß. Sie müssen mein Mißtrauen verstehen, aber die Hoteldirektion verlangt diese Überprüfung.«

Hans zog den Dienstausweis und seinen zerknitterten Steuerbescheid fast gleichzeitig aus der Tasche und hielt ihr beide Dokumente flüchtig vor die Nase. »Reicht das?«

»Danke«, antwortete sie, stutzte aber einen Moment. »Der eine Wisch sieht aus wie mein Steuerbescheid.«

»Tja, so einfallslos sind die Behörden«, lachte Hans und tat so, als hätte sie einen Scherz gemacht.

»Sie haben Glück, daß ich gerade Dienst habe. Mein Kollege ist da längst nicht so kooperativ. Ich habe Herrn Dr. Grundmann kennengelernt. Ein wirklich sympathischer Mensch. Hat er was ausgefressen, daß die Polizei nach ihm sucht, oder ist ihm etwas zugestoßen? Er hat sich seit Mittwoch nicht mehr gemeldet.«

»Sie werden verstehen, daß ich nicht darüber sprechen darf«, entschuldigte sich Schmalenberg treuherzig. »Es handelt sich um ein schwebendes Verfahren. Wo hat er denn Quartier bezogen?«

Sie händigte ihm den Schlüssel aus. »Zimmer 316.«

»Das hätte ich mir denken können!«

»Wieso?«

»Schon gut. Bis später!«

Schmalenberg war schon auf dem Weg zu den Aufzügen, als er plötzlich stehenblieb und sich umdrehte. »Eine Frage habe ich noch!«

»Ja, Herr Kommissar?«

»Hat sich irgend jemand außer mir nach Dr. Grundmann erkundigt?«

»Nein, bisher nicht.«

»Frau Gärtner ...«

»Grätner, bitte!«

»Frau Grätner, erzählen Sie bitte niemandem von meiner Anwesenheit«, bat Hans.

»Wird gemacht!«

Der Flur im dritten Stock war menschenleer, als Schmalenberg mit feuchten Fingern die Tür aufschloß.

Das Hotelzimmer 316 lag offenbar unberührt vor ihm, das heißt, der Raum sah genauso chaotisch aus, wie ihn Grundmann vermutlich verlassen hatte. Hans fühlte sich ein bißchen wie Carter bei der Öffnung der Grabes von Tutenchamun. Lediglich das Bett war frisch bezogen und die Handtücher waren gewechselt worden.

Er juchzte, hatte er doch den richtigen Riecher gehabt! Er warf sich auf das Bett, schob ein Kissen unter sein leicht geschwollenes Gipsbein und wählte die Nummer seines Handies, das er Ulrike bei der Frühbesprechung geliehen hatte.

»Bohlmann.«

»Ich bin's, Hans«, triumphierte Schmalenberg. »Rate mal, wo ich jetzt bin?«

»Ich glaub es nicht!« rief sie. »Du bist schon superklasse!« zollte sie ihm uneingeschränktes Lob. »Wo ist Martin denn abgestiegen?«

»Im *Dorint*-Hotel in der Friesenstraße. Ich habe alles so vorgefunden, wie er es verlassen hat. Keine Grabräuber. Es sieht wunderschön unordentlich aus. Zahnsteins Aktenordner hat er vollständig auseinandergerupft und mit den Seiten den ganzen Raum ausgelegt. Es gibt fast kein freies Fleckchen mehr.«

»Wenn niemand vor dir da war, heißt das ...«

»Daß wir eine verdammt gute Chance haben, ihn lebend zu erwischen«, fiel Hans ihr ins Wort. »Hoffentlich hält er durch, bis wir ihn gefunden haben.«

»Hoffentlich! Bist du schon fündig geworden? Hast du eine Ahnung, wo er am Mittwoch außer in seiner Wohnung noch gewesen sein könnte?«

»Nein, ich bin gerade erst angekommen und habe dich natürlich sofort angerufen!«

»Das gehört sich auch so für einen wohlerzogenen Kollegen! Ich bin übrigens in Müllers Wohnung, zusammen mit der Spurensicherung. Sobald wir hier fertig sind – das wird etwa in einer halben Stunde sein – kommen wir zu dir.«

»Einverstanden. Ich werde mich schon mal vorsichtig umsehen und danach die Mausefalle aufstellen.«

»Super«

»Ach, Ulrike, in der Aufregung habe ich ganz vergessen, dich zu fragen, ob es bei dir was Neues gibt?«

»Unser Verdacht scheint sich zu bestätigen. Meiner Meinung nach ist Müller der gesuchte Krankenhausmörder. Wir haben in seinem Werkzeugkasten Kabelreste gefunden, die den Tatwerkzeugen in Machart und Farbe genau gleichen. Ich würde mich nicht wundern, wenn er das Handwerkszeug auch zu Folterzwecken mißbraucht hätte und wir daran Gewebespuren von Gonzalez-Döricht fänden. Es sieht ganz danach aus. Hier liegen jede Menge Gewaltpornos rum. Thomas Müller war nicht nur beschissener Kollege und Mörder, sondern auch eine perverse Sau.«

»Ist es nicht auffällig, was für Psychopathen manchmal bei uns Unterschlupf finden?«

»Jetzt übertreibst du wieder maßlos!« beendete Ulrike Bohlmann das Telefonat.

65.

Im Hotelzimmer 314 war der Teufel los. Spezialisten der Zentralen Kriminalitätsbekämpfung, kurz ZKB genannt, legten Leitungen und schleppten elektronische Geräte, Verstärker und einen Monitor herbei. Dem gesetzlich vorgeschriebenen Instanzenweg zum Trotz lief die ganze Aktion bilderbuchmäßig zügig ab. Schmalenberg war voll des Lobes, nachdem er zuvor gehörig Dampf gemacht hatte.

Gegen 13 Uhr war die komplette audiovisuelle Überwachungsanlage für das Nachbarzimmer 316 fest installiert, die ›Mausefalle‹ stand.

Schmalenberg hatte inzwischen einen Großteil der Zahnsteinpapiere gesichtet, möglichst ohne den Jungs von der Spurensicherung die Arbeit zu vermasseln. Es fand sich erstaunlich wenig Material, mit dem er etwas anfangen konnte, eigentlich gar nichts. Weder Thomas Müller noch die *SafeConduct* wurden irgendwo erwähnt. Zwar hatte sein Freund Grundmann etliche DIN-A4-Seiten vollgekritzelt, den entscheidenden Hinweis auf den möglichen Täter oder eine Person, die Martin in diese furchtbare Situation gebracht haben könnte, blieben diese Unterlagen und seine Notizen jedoch schuldig. Wie paßte das zusammen? Da wurde mit einem unglaublichen Aufwand die Suche nach diesem verfluchten Aktenordner betrieben, selbst vor Einbruch, Kidnapping und brutalem Mord hatte man nicht zurückgeschreckt, nur um schließlich in den Besitz von penibel protokolliertem Krankenhausklatsch zu gelangen? Das machte alles keinen Sinn!

Nachdem Hans in der Tiefgarage des *Dorint*-Hotels Grundmanns Golf gefunden und inspiziert hatte – dort fanden sich ebenfalls keine Spuren – kehrte er humpelnd zur Rezeption zurück.

»Frau Gärtner – Verzeihung, Frau Grätner. Sie haben uns einen Riesendienst erwiesen.«

»Danke, Herr Kommissar.«

»Vielleicht werden wir dank Ihrer Hilfe der Entführer von Dr. Grundmann habhaft.«

Sie nickte heftig mit dem Kopf, rote Flecken erschienen auf ihren Wangen, die Finger hinterließen auf der Glasplatte eine feuchte Spur. »Sagen Sie mir, was ich tun soll ...«

»Zuerst einmal nicht mit Ihren Kollegen über unsere Überwachungsaktion sprechen. Je mehr Leute davon wissen, umso größer ist die Gefahr, daß sich jemand verplappert und die Täter warnt.«

»Wird gemacht! Ähm, wird natürlich nicht gemacht. Quatsch, ach, Sie wissen schon, was ich meine.«

Schmalenberg bemühte sich um einen ruhigen, väterlichen Ton: »Am besten wäre es, Sie würden diese kleine Notiz hinter Ihrem Tresen befestigen, für Ihre Kollegen gut sichtbar, aber nur für die!«

Hans reichte ihr einen handgeschriebenen Zettel mit folgendem Wortlaut:

Sollte ein Besucher oder Gast nach Dr. Martin Grundmann fragen, den Schlüssel 316 verlangen oder sich nach einem Zimmer in unmittelbarer Nachbarschaft erkundigen, rufen Sie bitte unter folgender Nummer an: 314.

»Das ist ja hier im Hotel«, wunderte sich Frau Grätner.

»In diesem Zimmer werden ab sofort ständig zwei Polizisten sitzen und fernsehen!«

»Tag und Nacht?«

»Tag und Nacht«, lächelte Hans und konnte die beruhigende Wirkung seiner Worte beobachten.

»Flirtest du etwa wieder mit fremden Frauen?« hörte Schmalenberg hinter sich eine energische Frauenstimme, die sich anschließend der Rezeptionistin zuwandte. »Lassen Sie sich bloß nicht von diesem Menschen einlullen. Ich sage Ihnen, der ist gräßlich und völlig unberechenbar.«

Ohne sich umzudrehen, antwortete Hans: »Wie schön, daß du endlich eintrudelst, Ulrike! Ich warte seit geschlagenen drei Stunden auf dich. Ich denke, ihr wolltet Müllers Wohnung nach einer halben Stunde wieder verlassen?«

»Die Schätzung war zu optimistisch. Die Jungs von der Spurensicherung sind eben nicht so schnell wie wir. Außerdem war ich noch beim Frisör.«

»Du warst was?« schrie Hans außer sich.

»Reg dich ab. War nur 'n Scherz!« Bohlmann zwinkerte der Frau hinterm Tresen zu. Beide amüsierten sich königlich über Schmalenbergs verdatterte Miene.

»Was ist denn, mein Süßer? Willst du mir nicht ein paar interessante Untersuchungsergebnisse mitteilen? – Er steht doch nicht schon seit drei Stunden hier?«

Die Angesprochene schmunzelte. »Nein, da muß ich den Herrn Kommissar in Schutz nehmen. Maximal seit zwei Stunden.«

Hans, der über diese Witzeleien überhaupt nicht lachen konnte, kramte zerknülltes Zeitungspapier aus seiner Jackentasche hervor. »Ich habe leider nichts Besonderes gefunden. Martin hat sich zwar tausend Notizen gemacht, aber alle ohne verwertbaren Inhalt.«

»Und was ist das da?« Ulrike riß ihm den zerknitterten Fetzen aus der Hand.

»Diese Nummer stand auf dem *Kölner Stadtanzeiger*, der auf dem Nachttisch neben dem Telefon lag.«

»Wer meldet sich da, und was bedeutet ›Schenk‹?«

»Die Berufsgenossenschaft für Gesundheitsdienst und Wohlfahrtspflege, Bonner Straße. Wer oder was Schenk ist, weiß ich nicht.«

»Na, worauf warten wir.« Ulrike zog ihn am Ärmel in Richtung Ausgang. »Statten wir denen mal einen Besuch ab! Hier können wir jetzt sowieso nichts mehr machen.« Sie reichte ihm sein Handy zurück. »Ein tolles Ding hast du da. Ich habe mich immer gegen diesen neumodischen Kram gesperrt, aber so 'n Telefon ist verdammt praktisch. Ich habe sogar meine Tante in Chicago erreicht. Ein Superempfang! Als ob sie in der Nachbarschaft wohnen würde.«

66.

Bohlmann und Schmalenberg waren schon fast die ganze Bonner Straße hinuntergefahren, als Hans sich ein Herz faßte: »Du sagtest, du hättest mit deiner Tante in den USA telefoniert?«

»Ja, hab ich! Ich soll dich übrigens schön grüßen.«

»Wieso, ich kenne sie doch gar nicht.«

»Eben unbekannterweise. Ich mußte ihr von deinem tollen Handy erzählen.«

»Ähm – und wie lange hast du etwa telefoniert?« Jetzt war es raus, was ihn seit der Abfahrt vom *Dorint*-Hotel beschäftigt hatte.

Sie antwortete mit betonter Gelassenheit: »Weiß nicht genau, ungefähr dreißig Minuten, auf keinen Fall länger.« Als Ulrike merkte, daß ihr Beifahrer unruhig wurde, lenkte sie ab: »Da drüben ist die Nummer 337, der Glaskasten dort.«

Vom Pförtner erfuhren Bohlmann und Schmalenberg, daß ein Mann namens Schenk früher einmal bei dieser

Berufsgenossenschaft gearbeitet hatte. Sie waren also auf der richtigen Fährte. Die beiden Kriminalbeamten wurden an Frau Cremer, Schenks frühere Sekretärin, verwiesen.

»Auch wenn wir nicht wissen, was wir hier eigentlich wollen, sind wir zumindest nicht ganz umsonst hergefahren«, resümierte Ulrike im Aufzug auf dem Weg nach oben.

»Hast du 'ne Ahnung, wie teuer das Telefonieren mit einem Handy ist?«

»Nee, erzähl«, mimte sie scheinheilig Wissensdurst.

»Sauteuer!« antwortete Hans vielsagend.

»Gut, daß ich kein Handy habe.«

Hans mußte diese Provokation, diese Unschuld-vom-Lande-Tour erst einmal verkraften, ehe er reagierte: »Du nicht, aber ich.«

»Ich habe mich brav bedankt, oder? Aber bitte, wenn dir das nicht reicht: Danke, danke, danke!« Ulrikes Ton wurde schärfer.

Das Öffnen der Aufzugstüren unterbrach ihre Diskussion, Arbeit war angesagt.

Der Besuch bei Frau Cremer entpuppte sich als Volltreffer. Die redselige Sekretärin berichtete nämlich von einem sympathischen, jungen Mann, der sich am vergangenen Mittwoch persönlich nach ihrem verhaßten Ex-Chef erkundigt hatte.

»Wir sind von der Kriminalpolizei.«

»Das habe ich mir schon gedacht«, erklärte Frau Cremer selbstbewußt, »meine Lieblingsserie ist *Balko*. Da kriegt man ein Gespür für gesetzestreue Menschen. Was kann ich für Sie tun?«

»Herr Dr. Grundmann ist seit letztem Mittwoch verschwunden.«

»Nein!« Frau Cremer war schockiert.

»Wären Sie so lieb, uns kurz zu schildern, was Herr Grundmann von Ihnen wollte und was Sie ihm erzählt haben?« bat Ulrike.

Mit bebenden Fingern zündete sich Frau Cremer eine

Zigarette an. Sie war immer für kleine Sensationen empfänglich, diese Nachricht aber traf sie hart. »Das ist ja schrecklich! Ein so sympathischer Mensch.« Sie inhalierte tief, Rauch mischte sich in ihre Stimme: »Herr Dr. Grundmann hat sich sehr für Dr. Schenk, meinen früheren Chef, interessiert. Ein richtiges Ekelpaket war der! Niemand mochte ihn, schon gar nicht mit ihm arbeiten. Ich war halt das gutmütige Schaf, das sich immer wieder hat breitschlagen lassen. Glücklicherweise ist Herr Dr. Schenk vor zirka zweieinhalb Jahren zur *Kölner Versicherung* gegangen, obwohl er hier schon seit über zwanzig Jahren beschäftigt war. – Wollen Sie sich mit Ihrem Gipsbein nicht setzen, Herr Kommissar? Wie haben Sie das denn angestellt?«

»Beim Verfolgen eines Mörders bin ich von einer Mauer gestürzt«, log Hans, daß sich die Balken bogen, und nahm dankbar ihr Angebot an.

»Wow!« Endlich saß Frau Cremer einem waschechten Helden gegenüber.

Ulrike verdrehte nur die Augen. »Warum hat Schenk nach so langer Zeit die Berufsgenossenschaft verlassen? Mußte er gehen?«

»Das gleiche hat Herr Dr. Grundmann auch wissen wollen. Dr. Schenk hat seiner eigenen Einschätzung nach viel zu wenig verdient. Er war sehr erfolgreich, was für die Leitung unserer Berufsgenossenschaft aber kein Grund war, ihn höherzugruppieren oder ihm Extrazulagen zu gewähren.«

»Wissen Sie, wo Grundmann von hier aus hingefahren ist?« fragte Hans.

»Er hat mir zwar nichts gesagt, aber ich könnte wetten, daß er zur *Kölner Versicherung* gefahren ist, um Dr. Schenk dort zu treffen.«

»Wie hat sich Dr. Grundmann benommen? Machte er einen ängstlichen Eindruck, hatten Sie das Gefühl, er würde verfolgt?«

»Nee, beim besten Willen nicht. Er sah zwar übermüdet aus, war aber gut drauf, von Angst keine Spur.« Frau Cremer belohnte sich mit einer weiteren Zigarette.

Wie gern hätte Schmalenberg es ihr gleichgetan. Seine Sucht hatte ihn selbst nach zwei Jahren Abstinenz nicht verlassen. Sein Knöchel schmerzte, und er verfiel ins Grübeln. Grundmanns Zimmer hatte er gefunden, damit den verfluchten Aktenordner, die Mausefalle aufgestellt, sogar Martins Spur hatten sie entdeckt. Und jetzt? Während sie sich mit dieser Pflaume Schenk beschäftigten, lief ihnen die Zeit davon.

»Frau Cremer, Sie sagten, daß Schenk sehr erfolgreich gewesen sei. Inwiefern eigentlich?« wollte Ulrike wissen.

»Er war ein scharfer Hund, hat häufig prozessiert und gewonnen. Rentengutachten hat er regelmäßig hinterfragt und Gegengutachten bestellt. Sobald zum Beispiel Alkohol im Spiel war, kannte er keine Gnade.«

»Das ist ja kein Fehler.«

»Frührentner und Hinterbliebene von tödlich verunfallten BG-Mitgliedern hat er zu Abfindungen überredet und somit für die Berufsgenossenschaft jede Menge Geld gespart. Wie kann man nur einen lebenslänglichen Rentenanspruch gegen eine einmalige Summe eintauschen?«

»Wenn ich genug geboten bekäme ...«

»Ja wenn, aber das waren fünfstellige Beträge im unteren Drittel.«

»Wie hat man denn die Betroffenen überreden können, so unvernünftig zu sein?«

»Keine Ahnung«, erklärte Frau Cremer aufrichtig. »Schenk war halt überzeugend in seiner Argumentation, wahrscheinlich hatte er Verhandlungsgeschick.«

»Wie? Er hat die Rentenempfänger persönlich besucht und zu einer Abfindung überredet?«

Frau Cremer nickte und fragte sich, was daran so ungewöhnlich wäre und worauf die Kommissarin hinauswollte.

Schmalenberg und Bohlmann sahen sich mit großen Augen an.

»Du denkst jetzt nicht das gleiche wie ich, oder?« erkundigte sich Ulrike bei ihrem Kollegen.

Schmalenberg hakte nach: »Waren diese Rentenempfänger etwa krank?«

»Nicht daß ich wüßte.« Die Sekretärin schob nachdenklich die Unterlippe vor und hob die Schultern. »Nach der einmaligen Zahlung haben wir die Fälle zu den Akten gelegt. Was später aus den Betroffenen geworden ist, wissen wir nicht, hat uns ehrlich gesagt nicht mehr interessiert. Dafür fehlt uns die Zeit.«

Hans nahm sein Gipsbein vom gegenüber stehenden Stuhl und wurde munter. »Frau Cremer, fallen Ihnen zufällig einige Namen der Rentenempfänger ein, die damals einen einmaligen Geldbetrag gegen eine Dauerrente eingetauscht haben?«

»Herr Kommissar, ich muß doch sehr bitten«, erwiderte die Sekretärin empört. »Ich verliere meinen Job, wenn ich Ihnen diesbezüglich helfe! Da würde ich gegen den Datenschutz verstoßen.«

»Aber, Frau Cremer!« Niemand beherrschte den bettelnden Dackelblick so perfekt wie Hauptkommissar Schmalenberg.

Sie seufzte tief. »Ich kann mal schauen – aber ich verspreche nichts.«

Hans und Ulrike nickten eifrig und strahlten wie Kinder. Die Sekretärin bewaffnete sich mit einer neuen Zigarette und rief umständlich Computerprogramme auf. Nach und nach füllte sich eine separate Liste mit Namen und Adressen, die sie aus abgelegten Akten zusammen kopierte. Nach zwanzig Namen fragte sie: »Reicht Ihnen das?«, und betätigte den Drucker. »Aber bitte verraten Sie mich nicht.«

»Sie sind phantastisch, Frau Cremer«, lobte Hans überschwenglich.

»Sie können sich auf unsere Verschwiegenheit verlassen«, versprach Ulrike. »Haben Sie vielen Dank für Ihre Mühe.«

»Ach – eine allerletzte Bitte!« meldete sich Hans nochmal.

»Was denn nun noch?«

»Haben Sie zufällig ein Bild von Ihrem früheren Chef?«

Diesmal war es Frau Cremer, die die Augen verdrehte. Dennoch stand sie auf, nahm einen großen Wechselrahmen von der Wand und pflückte ihn auseinander. »Das ist ein Foto von unserem letzten Betriebsfest mit ihm. Das möchte ich aber wiederhaben!«

»Versprochen.«

»Dieser komische Kauz da ist Schenk.« Sie tippte mit ihrem gelben Nikotinfinger auf einen kleinen, unscheinbaren Mann. »Ich wette, der ist schwul, aber wir haben es nie beweisen können.«

Im Lift auf dem Weg nach unten war es Ulrike, die das Schweigen brach: »Erst gibst du mit deinem Handy an wie 'ne Tüte Mücken, schwatzt mir diesen blöden Apparat förmlich auf, und jetzt machst du dir ins Hemd, wenn ich ihn benutze!«

»Ich habe mich nicht aufgeregt«, widersprach Hans.

Demonstrativ holte sie die Geldbörse aus ihrem Müllbeutel, wie Hans ihre Handtasche zu nennen pflegte, und klimperte mit dem Kleingeld. »Sag schon, wieviel ich dir schulde. Zwei Mark? Drei Mark?«

»Du bist unglaublich aggressiv«, beschwerte sich Hans. »Richtig anstrengend! Habe ich dir irgendwas getan, dich schlecht behandelt?«

Ulrike Bohlmann wollte schimpfen, zögerte aber einen Augenblick und begann dann verschmitzt zu lächeln. »Möglicherweise bin ich etwas verstimmt«, antwortete sie schmollend. »Du hast mich in letzter Zeit sehr vernachlässigt. Ich fühle mich von dir nicht mehr geliebt.«

Schmalenberg, sonst sturmerprobt und wetterfest, drohte von dieser gefühlsbetonten Brise umgepustet zu werden. Er war völlig verunsichert. Monatelang hatte er gebaggert, gemacht und getan, um das Herz seiner Kollegin zu gewinnen, vergeblich. Kaum warf er wieder flüchtige Blicke auf die eine oder andere Schönheit, trat Ulrike eifersüchtig dazwischen. »Komm, laß uns unsere Arbeit machen«, wiegelte er ab.

Die neue Sachlichkeit?

67.

Gleißendes Neon erfüllte den kahlen, braungelben Kellerraum mit kaltem Licht. Kein Winkel blieb unberührt, der Schatten hatte sich unter der blutverschmierten Pritsche verkrochen.

Ungestört und ruhig lag er da, der dunkle Streifen, richtig beneidenswert. Wenn man doch tauschen könnte! Nicht lange – nur zwei, drei Minuten ohne diese Festbeleuchtung.

Er schloß seine brennenden Augen. Vor Stunden hatte er sich zurück auf die Liege gewünscht. Mittlerweile nahm er den eisigen Betonboden gar nicht mehr wahr. Ihm erging es wie dem Schatten.

Er mußte – und ließ laufen. Viel war es ohnehin nicht mehr.

Das Türschloß klirrte.

Er war so geräuschempfindlich geworden, daß es klang, als ob Hunderte von Hochzeitsgästen gleichzeitig miteinander anstoßen würden. Seine Gedanken spielten wieder verrückt.

Wie lange mochte er geschlafen haben? War jetzt jemand im Raum, oder nicht? – Ja, er hörte Schritte.

Er gab auf, sein Widerstand war gebrochen.

Was wollt ihr wissen, fragte er, ohne sich selbst zu hören. Seltsam! Obwohl ihn das Licht trotz geschlossener Augen blendete, sah er den Satz einigermaßen deutlich vor sich und las ihn ein zweites Mal: »Was – wollt – ihr – wissen?« Seine Stimme war nicht mehr als ein kraftloser Hauch. Jetzt habe ich tagelang durchgehalten, war tapfer wie ein Vollidiot und kann im entscheidenden Moment nicht mehr sprechen? Das Leben ist schon absurd, dachte er. Als er grinste, fühlte er, wie das getrocknete Blut von der Haut zu blättern begann. Wie mochte er wohl aussehen mit seiner Nase, durch die er nicht mehr atmen konnte, und den fehlenden Schneidezähnen. Du hast Sorgen, hörte er seinen lachenden Freund sagen.

Hans? War etwa Schmalenberg im Raum? – Er konzentrierte sich. In seinem Gesicht spürte er Wärme, unmittelbar, ganz nah! Keinen kalten Schuh, keine heiße Zigarettenglut, nein! Es war richtig angenehm warm, menschlich warm. Wenn er nur die Augen öffnen könnte! Aus den hintersten Nischen seines tauben Körpers raffte er die letzten Reserven zusammen, um die unendliche Last von seinen Lidern zu drücken.

Wieder traf ihn ein Blitz, dieses schreckliche Licht! Verschwommen vereinten sich weiche Linien zu einem Gesicht. Das erste Gesicht seit tausend Tagen. Er wollte grinsen, aber seine mimische Muskulatur verweigerte den Dienst.

Oh Gott! Das war weder Hans noch sonst jemand, den er kannte. Diese Fratze hatte eine Glatze!

»Was wolltest du sagen, Doktorchen? Hast du uns endlich begriffen?«

Das vertraute, gräßliche Organ platzte ungebremst in sein Gehirn. Wieso trug der Typ heute keine Maske?

68.

Bohlmann und Schmalenberg waren sich schnell darüber einig geworden, wie sie die weiteren Ermittlungen an diesem Montag nachmittag fortführen wollten. Sie hatten sich gegen die *Kölner Versicherung* und einen Besuch bei dem ominösen Dr. Schenk entschieden, obwohl dieser Mann möglicherweise eine Schlüsselfigur war. Wahrscheinlich würde er jegliche Kenntnis von Grundmann leugnen, schlimmer noch, er wäre gewarnt. Wozu hatten sie schließlich ihre Mausefalle aufgestellt?

Sie konzentrierten sich auf Frau Cremers Liste und statteten dem ersten Ex-Rentner einen Besuch ab.

»Birnbaum«, las Hans auf dem Türschild, bevor er auf die Klingel drückte.

Während sie warteten, druckste Ulrike herum: »Du, Hans?«

»Was gibt's, Frau Bohlmann?«

»Ich muß dir was gestehen.«

»Bitte keine Katastrophen.«

»Ich habe gar keine Tante in Chicago.«

Das Fensterchen rechts neben der Tür wurde geöffnet. »Was wollen Sie!« Das war keine Frage, schon eher ein verbaler Pitbull, der von der Leine gelassen worden war.

Synchron hielten sie ihre Dienstausweise hoch.

»Was soll das? Ich hab keine Brille auf«, schnauzte die Frau aus einem aufgedunsenen Antlitz, in dem unzählige kleine Äderchen explodiert waren.

»Wir sind von der Kriminalpolizei, Morddezernat, und müssen Ihnen einige Fragen stellen!« Bei schwierigen Fällen legte Hans gern ein paar Briketts drauf.

Das Fensterchen wurde zugeknallt. Eine Weile passierte gar nichts, dann wurde endlich die Tür entriegelt und aufgesperrt.

»Sie rechnen mit dem Schlimmsten hier?« erkundigte sich Ulrike freundlich.

»Heutzutage kann man nicht vorsichtig genug sein.« Eine Alkoholfahne mischte sich mit dem strengen Schweißgeruch des geblümten Haushaltskittels aus reiner Kunstfaser. »Man is ja 'n Idiot, wenn man sich in Köln noch auffe Straße traut. Was ich heute schon wieder gesehen habe.«

»Fliege oder Hans Meiser?«

»Ich glaube Arabella.«

»Wir wollen Sie nicht lange aufhalten«, begann Ulrike und trat einen Schritt zurück, um ihren Pullover später nicht tagelang lüften zu müssen. »Wir wissen, daß Ihr Mann einen schweren Berufsunfall erlitten hat und eine Rente bekam.«

»Rente, so 'n Unsinn! Mit 'n paar Mark hat man uns abgespeist. Das Geld ist futsch!«

»Aber Sie haben sich mit einer Abschlagszahlung einver...«

»Aschla-, was?«

»Einem einmaligen Geldbetrag einverstanden erklärt.«

Die Frau rülpste verschämt, was das Klima für einen fruchtbaren Gedankenaustausch nicht gerade verbesserte. »Was blieb Willi und mir denn anders übrig? Wir mußten. Willi war damals schwer krank! Wir brauchten das Geld.«

»Ist Ihr Gatte zu sprechen?«

Ihr herzerweichendes Schluchzen und ihre Tränen ließen Ulrike vorsichtig fragen: »Geht es ihm schlecht?«

»Er ist gestorben, vor drei Monaten«, nuschelte Frau Birnbaum ins rotkarierte Geschirrhandtuch und schneuzte sich kräftig. »Woll'n Sie nicht auf 'n Täßchen Kaffee reinkommen? Ich habe so selten Besuch.«

»Das ist lieb von Ihnen«, winkte Ulrike ab, die gegen ihren Ekel ankämpfen mußte. »Wir müssen leider dringend weiter.«

»Nur zwei Fragen noch«, mischte sich Hans ein. »Woran ist Ihr Mann gestorben?«

»An einer Lungenentzündung.«

»Ihr Mann war doch jung, erst dreiundvierzig?«

»Er hatte keine Abwehrkräfte mehr. Da halfen auch keine Tabletten.«

»Kennen Sie diesen Mann hier?« Hans zeigte ihr Schenk auf dem Beriebsfestfoto.

»Ich hab keine Brille, ich weiß nicht, wo sie ist. Wer soll das sein?«

»Der Mann, der Sie überredet hat zu der Abschl... – zu der einmaligen Geldsumme.«

»Der Kleine mit dem grünen Lederkoffer? Ach, dieses Arschloch! Der darf mir nicht unter die Finger kommen!«

69.

Der nächste Name auf der Liste führte Bohlmann und Schmalenberg ins tiefste Nippes im Kölner Norden.

Vierter Stock ohne Aufzug. Hans verfluchte murmelnd den Tag seines Treppensturzes, seine beiden Gehstützen ächzten dazu die Begleitung. Demnächst mußte er unbedingt Oberarzt Morgen fragen, wann er endlich sein kaputtes Bein stärker belasten durfte.

Die Frau, die ihnen öffnete, unterschied sich von der

vorherigen nur durch die fehlende Alkoholfahne. Ansonsten wirkte sie mit ihren Lockenwicklern, den dunkelgeränderten Fingernägeln und ihrem verschlissenen Morgenmantel ähnlich gepflegt.

Ohne Umschweife kam Schmalenberg zur Sache: »Wir sind von der Kriminalpolizei und müßten einmal Ihren Mann sprechen.«

»Kommen Sie rein«, antwortete sie und ließ die beiden Beamten, sehr zu deren Erstaunen, bereitwillig in die nach altem Fett riechende Wohnung.

Ulrike hatte wieder berechtigte Sorge um ihren Kuschelpullover, der exotische Düfte magisch anzog und sie mit nach Hause trug. Andere schrieben Tagebuch, um sich später daran zu erinnern, wo sie gewesen waren, sie brauchte nur an diesem Kleidungsstück zu schnüffeln.

Die Dame des Hauses führte sie über einen abgenutzten, fleckigen Flurteppich, dessen Rand die Streifentapete hinaufkroch. Die Holzgarderobe der Marke Eigenbau hatte mit zwei Mänteln und einem durchlöcherten Schirm mehr als genug zu tun. Wohltuend für die Augen war das Licht einer 25-Watt-Birne, die nackt von der Decke baumelte. Armut hatte ihren eigenen Stil.

Hans und Ulrike wurden ins Schlafzimmer geleitet, aus dem die Ehefrau offenbar schon vor längerer Zeit ausgezogen war.

»Hier haben Sie den geilen Bock!« präsentierte sie ihren Mann und machte auf dem Absatz kehrt.

Ein Zivildienstleistender versuchte einer bleichen, bis aufs Skelett abgemagerten Gestalt etwas Suppe einzuflößen, wovon der größte Teil auf die Serviette lief.

»Kommen Sie näher. Ich hab schon gehört, daß Sie von der Polizei sind. Auf das, was Ihnen die Alte erzählt, dürfen Sie nicht viel geben«, schwatzte der junge Mann, für Abwechslung dankbar, munter drauflos. »Die ist verbittert. Seitdem ihr Mann an Aids erkrankt ist, hat sie nichts mehr mit ihm zu schaffen. Ist keine Art, oder? Sie denkt, er hat sich das bei einer seiner Reisen eingefangen, in Thailand oder so. Als er noch ein florierendes Frisörgeschäft hatte, war sie ganz liebende Gattin.«

Der Kranke verschluckte sich, zum befreienden Hustenstoß fehlte jedoch die Kraft. Man hörte die Suppe in den Bronchien brodeln. Sofort wandte der Zivi seine Aufmerksamkeit dem Kranken zu, während er Hans und Ulrike erklärte: »Er versteht alles, nur das Sprechen fällt ihm schwer.« Behutsam wischte der Pfleger seinem Schutzbefohlenem die Essensreste vom Mund. »Entschuldige, Peter, daß wir dich mit so 'nem Quatsch belämmern.«

»Wir dachten, er hätte einen Arbeitsunfall erlitten. Deswegen sind wir hier«, entschuldigte sich Hans und hielt aus Scheu angesichts dieses Todkranken respektvollen Abstand.

Ohne den Suppenteller abzustellen, schlug der Zivi mit der freien Hand kurz die Bettdecke zurück. Hans und Ulrike blieb genügend Zeit, um das Resultat einer mißglückten Beinamputation zu sehen. »Er ist auf dem Weg zur Arbeit mit dem Fahrrad verunglückt. Ein Laster hat ihn erwischt. Danach ging's bergab.«

»Hatte er vorher schon Aids?«

»Nee, erst viel später. Deswegen kann ich die Alte nicht verstehen. Die drückt sich nur vor der Pflege und macht auf psychisch gestört.«

»Wir haben nur eine Bitte und möchten auch nicht lange stören«, begann Hans etwas gespreizt. »Wir müssen wissen, ob Herr Faßbender den Mann auf diesem Betriebsfestfoto kennt, oder nicht.« Ohne die Erlaubnis abzuwarten, beugte er sich zu dem Kranken vor und zeigte ihm das Bild.

Die trüben, tiefliegenden Augen weiteten sich. Die Suppenreste begannen wieder heftig zu brodeln.

70.

»Mein Name ist Lachmeier! Ich habe reserviert!«

Der hochaufgeschossene, perfekt gescheitelte Mann an der Rezeption des *Dorint*-Hotels reckte sich zackig und kontrollierte seine Krawatte auf mittigen Sitz.

»Kein Problem. Das haben wir gleich.« Feingliedrige Finger huschten über die Tastatur, schließlich ein schwungvoller Druck auf die Enter-Taste. Trotz aller Eleganz verweigerte der Computer auch nach dem dritten Versuch die gewünschte Information.

Falten auf der glänzenden Stirn des Hotelangestellten kündigten die schlechte Nachricht an. »Es tut mir leid, wir haben Sie nicht gespeichert, Herr Lachmann.«

»Lach-meier! Mein Name ist Lach-meier.«

»Oh, da bitte ich vielmals um Entschuldigung. Ein kleines Versehen meinerseits. Geben Sie mir eine Sekunde.« Der zweite Anlauf blieb gleichermaßen erfolglos. »Herr Lachmeier. Mit wem haben Sie gesprochen?«

»Wie bitte?«

»Hat eventuell meine Kollegin die Reservierung entgegengenommen? Ihr unterlaufen manchmal kleinere Fehler. Das bitten wir von der Direktion zu entschuldigen. Sie ist noch nicht lange bei uns.«

»Ich habe nicht telefoniert, sondern ein Fax geschickt«, erwiderte Lachmeier barsch und stellte erst einmal seinen Koffer ab. »Kann ich nun endlich ein Zimmer bekommen?«

»Herr Lachmeier, selbstverständlich kein Problem. Bei uns ist der Gast König. Ich hab's gleich.« Seine gepflegten Finger durchwühlten wenig weltmännisch einen Stapel Notizen, wobei das eine oder andere Blatt Papier zu Boden schwebte, darunter Schmalenbergs handgeschriebener Zettel.

»Sind Sie ausgebucht?« Lachmeier war genervt.

»Normalerweise sind wir ein gut frequentiertes Hotel.«

»Das war nicht meine Frage. Ich möchte wissen, ob Sie ausgebucht sind?«

Die Faxsuche wurde für einen Moment unterbrochen. »Nein.« Der Rezeptionist reckte sich und hob betont distanziert seine Nase. »Wieso interessiert Sie das, Herr Lachmeier?«

Der Gast schnaufte drohend. »Weil Sie dann nicht weiter nach meinem Fax zu kramen bräuchten, sondern mir einfach ein Zimmer geben könnten!«

Betont sachlich wandte sich der junge Mann dem Bildschirm zu. »Haben Sie einen besonderen Wunsch? Einzel- oder Doppelzimmer, Süden oder Osten?«

»Ob Norden oder Westen ist mir völlig egal. Ich möchte ein Doppelzimmer, möglichst in der dritten Etage.«

»Kein Problem. Dürfte ich Ihre Kreditkarte bekommen?«

»Ich zahle bar.«

»Bar?« wiederholte der Hotelangestellte und bemühte sich, seine Mißbilligung zu verbergen. »Wenn Sie mir diesen Schein bitte ausfüllen und unterschreiben würden?«

Während Lachmeier das Anmeldeformular bearbeitete, erkundigte er sich beiläufig: »Haben Sie zufällig ein Zimmer mit der Nummer 315? – Der 31. Mai ist mein Hochzeitstag«, fügte er erklärend hinzu.

Dieses Geständnis stimmte den wetgelfrisierten Rezeptionisten wieder freundlicher. »Wollen wir mal schauen. Ach, das freut mich aber. Sie haben Glück, das Zimmer 315 ist frei.« Er schenkte dem Gast ein strahlendes Lächeln. »Kann ich sonst noch was für Sie tun?«

»Geben Sie mir endlich meinen Schlüssel«, knurrte Lachmeier erbost.

71.

»Mußte das sein, den schwerkranken Mann so zu quälen?« hielt Ulrike ihrem Kollegen vor.

»Jetzt fängst du schon zum dritten Mal davon an«, brummte Hans. »Das gibt's bald auf CD, MC und Videoclip. Ich entschuldige mich ja schon pausenlos. Soll ich etwa noch ein Vaterunser singen?«

»Du hättest Faßbender beinahe umgebracht!«

»Jetzt übertreib mal nicht.«

»Ich werde den schrecklichen Anblick nicht los.«

Wieder entstand eine längere Pause.

Die Autoschlange vor dem Barbarossaplatz bewegte sich nur im Schneckentempo vorwärts, Stop-and-go-

Verkehr. Als Bohlmann erneut anhalten mußte, stellte sie vorübergehend den Motor ab. Kurz darauf ertönte ein Hupkonzert hinter ihnen, weil eine Lücke zum vorausfahrenden Fahrzeug entstanden war.

»Aber du mußt zugeben«, begann Hans, »daß wir ohne eine direkte Konfrontation mit dem Foto nicht erfahren hätten, daß Schenk auch bei dem armen Teufel seine Finger im Spiel hatte.«

»Na und? Was nützt uns das? Wir haben nichts gegen den in der Hand.«

»Das sehe ich anders. Die ganze Geschichte ist verdammt merkwürdig. In diesen dreieinhalb Stunden waren wir schon bei einer Witwe und zwei schwerkranken Ex-Rentenempfängern!«

»Und die drei anderen Berufsverunfallten erfreuen sich bester Gesundheit. Macht fifty-fifty.«

»Einer von denen hat eine Hepatitis C, der andere ist HIV positiv. Wenn du solche Zeitbomben ›bei bester Gesundheit‹ nennen willst, dann weiß ich nicht, was krank ist!«

Ihr fehlte die passende Antwort.

»Willst du nicht weiterfahren?« fragte Hans.

In diesem Moment wurde die Fahrertür aufgerissen und Ulrike von einer Mega-Pranke am Schlafittchen gepackt. »Wenn du dich nicht augenblicklich vom Acker machst, Mädchen ...«

»Was dann?« fragte Ulrike mit leicht gepreßter Stimme.

Der Koloß schielte runter zu seiner Genitalregion, um zu ergründen, was ihn da so drückte. Blitzartig ließ er los und brachte geschwind Bohlmanns Kleidung in Ordnung.

»Nichts weiter, war bloß 'n Mißverständnis.« Beim Blick auf die Innenausstattung des Polizeiwagens ging dem Hünen ein Licht auf. »Wenn der Wagen nicht anspringt, kann ich gerne schieben.«

»Ach, das wäre aber nett von Ihnen«, nahm Ulrike lächelnd das Angebot an und steckte ihre Waffe zurück in den Holster. »Vielen Dank für Ihre Hilfe.«

Ulrike ließ ihn den Dienstwagen erst vierzig Meter im

zweiten Gang schieben, ehe sie die Zündung einschaltete, um den Motor zu starten. Winkend brauste sie davon.

Hans griente. »Gelungene Aktion, Frau Oberkommissarin!«

»Danke – aber wie hilft uns das weiter?«

»Was meinst du?«

»Wir wissen, daß Schenk persönlich diese Berufsgenossenschafts-Rentner zu einer einmaligen Summe und dem Verzicht auf weitere Ansprüche überredet hat.«

»Nicht überredet, sondern genötigt! Das ist der feine Unterschied.«

»Ich bezweifle, daß das ein Straftatbestand ist. Außerdem werden wir das nie beweisen können.«

»Oh doch! Und zwar, wenn wir rausfinden, woher Schenk wußte, daß diese Rentenempfänger allesamt schwere, wenn nicht sogar todbringende Krankheiten hatten. Ohne diese Informationen hätte er vermutlich keinen über den Tisch ziehen können!«

»Das wird in den Rentengutachten gestanden haben, die Schenk vorlagen. Faßbender jedenfalls wird vor Gericht nicht mehr als Zeuge aussagen können.«

»Jetzt fang bitte nicht wieder davon an«, flehte Hans.

Ulrike holte tief Luft und seufzte. »Schenk, Grundmann, Zahnstein, Müller, Bindestrich, *SafeConduct* – wie passen all die Namen zusammen?«

»Wer alles weiß, hat nichts kapiert.«

»Quatschkopp!«

»Wer ist der Nächste auf der Liste?«

»Sybille Bremer.«

72.

»Einen Moment mal! Wohin wollen Sie bitte?« rief der wetgelfrisierte Empfangsmensch den jungen Mann mit der feuerroten Baseballkappe und der ebenso unauffälligen Plastiktasche zurück.

»*Domino's Pizza*! Ich hab hier 'ne Bestellung abzugeben. Zimmer 314.«

»Bedaure sehr«, kam es spitz von der Rezeption. »In unserem Hotel darf kein Essen von außerhalb angeliefert werden.«

»Okay, Mann. Ich mach nur meine Arbeit. Geben Sie mir das schriftlich, und ich bin wieder weg.«

»Einen Augenblick! Vielleicht kann ich doch was für Sie tun«, näselte der Hotelangestellte vornehm und begann, erneut den Stapel mit den Zetteln und Faxen zu durchwühlen. Irgendwie sagte ihm die Zimmernummer 314 etwas. Ihm stockte der Atem, als er plötzlich auf Schmalenbergs handgeschriebene Notiz stieß. »Einen Moment Geduld, ich muß die Erlaubnis einholen.« *Domino's Pizza* kam ihm äußerst verdächtig vor! Er ging ins Hinterzimmer, um ungestört telefonieren zu können.

Unter 314 meldete sich eine Männerstimme: »Ja, bitte?«

»Hier spricht die Rezeption«, flüsterte der Anrufer geheimnisvoll, »hier unten ist jemand, der vorgibt, eine Pizza liefern zu sollen.« Weiter kam er nicht.

Ein offenbar ausgehungerter Polizist am anderen Ende der Leitung unterstellte ihm lautstark, er würde die Ermittlungen behindern, indem er die heißersehnte Pizza kalt werden ließe.

Nach diesem Anraunzer fehlte dem Rezeptionisten der Mut, auf dem Hausverbot für externe Essensbestellungen zu bestehen. Statt dessen eröffnete er dem ungeduldig wartenden Pizza-Fahrer generös: »Sie dürfen passieren.«

»Arsch.«

Mit diesem Wort auf den Lippen fuhr der kleine Pakistani in die dritte Etage. Am Zimmer 314 klingelte er Sturm, Zeit war schließlich Geld.

»Na endlich«, begrüßte ihn ein ausgemergelter Polizist mit Speicheltropfen im Mundwinkel. »Stell den Kram da vorne ab. Ich hatte eine *Hot and Spicy*, mein Kollege eine *Hawaii*. Was schulde ich dir?«

»Ich wüßte nicht, seit wann wir uns duzen«, antwortete der Pakistani kühl und machte keine Anstalten, seine feuerrote Isoliertasche auszupacken.

»Ooouuuh, empfindlich, was? – Na gut: Stellen Sie bitte die Pizza dort ab. Was schulde ich Ihnen?«

Der Pizzafahrer strahlte und zeigte seine makellosen Zähne. »Macht zusammen einunddreißigzwanzig.« Nachdem er die beiden lauwarmen Pappkartons auf den Tisch gelegt hatte, bemerkte er die technischen Apparaturen überall.

Auf dem Bett lag eine Pistole, über dem Nachttisch zeigte ein Monitor eine recht unspektakuläre Live-Übertragung aus dem unaufgeräumten Nachbarzimmer 316.

»Bo-ey! Das ist ja hier wie im Film *Sneakers* mit Robert Redford!« Vergessen war plötzlich seine Eile. »Hinter wem sind Sie denn her?« wollte der Bote wissen und schaute sich interessiert um, bis sein Blick auf dem hoteleigenen Fernseher auf der gegenüberliegenden Seite des Raumes hängenblieb. »Doch nicht etwa hinter denen da?« grinste er.

Im Pay-TV-Kanal bemühten sich gerade zwei Männer und eine nackte Frau in einer völlig abstrusen Stellung mühsam um einen gemeinsamen Höhepunkt. »So 'n Arbeitsplatz möchte ich auch mal haben.«

73.

»Sybille Bremer? Der Name kommt mir irgendwie bekannt vor«, murmelte Ulrike nachdenklich.

»Kein Wunder. Vor einigen Jahren hatten wir das Vergnügen, ihre Bekanntschaft zu machen. Ihr Mann war auf dem Weg zur Arbeit tödlich verunglückt, nachdem an seinem Auto rumgefummelt worden war. Kurz darauf haben wir Grundmann kennengelernt. Der hatte übrigens mit der Bremer ein Verhältnis.«

»Mit wem nicht.«

»Jetzt tust du dem armen Kerl aber Unrecht«, protestierte Hans.

»Warte mal – ist die Bremer nicht die Tochter von Professor Eichstätt, dem internistischen Chefarzt?«

Hans nickte und verfolgte gespannt Ulrikes Einparkmanöver.

»Jetzt weiß ich, wer das ist. Marke: Reich, schön und verwöhnt.«

»Wegen ihres tiefausgeschnittenen Angorapullovers und der ausladenden Oberweite hätte ich bei unserem ersten Besuch fast die Garderobe heruntergerissen.«

»Erspar mir weitere Details!«

Die Eingangshalle des mondänen Altbaus am Volksgarten hatte sich nicht verändert: geschnörkelte Stuckdecken, in deren Ecken feiste Barockengel mit angestaubten Backen lächelten, mit Marmor verkleidete Wände und sogar ein kleiner Springbrunnen, dessen munteres Plätschern Schmalenberg heute wie damals an seine volle Blase erinnerte.

An der Wohnungstür in der zweiten Etage hob Hans den schweren Metallring im Maul eines Messinglöwen und ließ ihn gegen die Verschläge scheppern. Die Tür wurde geöffnet.

Die Frau vor ihnen war nicht Sybille Bremer und auch keine Schönheit. »Sie wünschen, bitte?« fragte die Krankenschwester.

»Das ist meine Kollegin, Frau Bohlmann, ich heiße Schmalenberg. Wir sind von der Kriminalpolizei. Ist Frau Bremer da? Wir hätten sie gern gesprochen.«

»Einen Moment bitte. Ich muß sie erst um Erlaubnis fragen.«

Sie ließ die beiden Polizisten im Eingang stehen und verschwand im dunklen Flur, aus dem roch es wie auf einem Dachboden, der lange nicht gelüftet, dagegen mit Desinfektionsmitteln gereinigt worden war.

»Wenigstens wissen wir, daß sie da ist«, flüsterte Ulrike, »hier hat sich aber einiges verändert.«

Hans bemühte sich, ebenso leise wie Ulrike zu sprechen: »Das kann man wohl sagen. Diese Bude wirkt richtig mobide. Was machen wir, wenn sie uns nicht sehen will? Wir hätten besser nicht unsere Namen nennen sollen.«

»Hast du Angst, sie erkennt dich wieder? Ich würde mich nicht wundern, wenn du damals einen schlechten Eindruck hinterlassen hättest.«

»Ich habe von ihren teuren Pralinen genascht.«

In diesem Moment kam die Krankenschwester zurück und nickte ihnen zu.

Hans und Ulrike folgten der Frau durch den langen Gang ins Wohnzimmer. Diesen großen Raum mit seiner hohen, stuckverzierten Decke und den wenigen, aber ausgesucht pfiffigen Möbeln, das gesamte Interieur in Weiß, hatte Hans als lichtdurchflutete Protzkisten-Herberge im Gedächtnis. Jetzt war er durch die halbgeschlossenen, dicken Veloursvorhänge und die überall verstreuten Dinge des täglichen Lebens zu einer düsteren Höhle verkommen.

Das große Doppelbett inmitten des Zimmers wirkte wie der Altar einer mystischen Opferstätte, nur daß Kerzen und Räucherstäbchen fehlten. Dafür reflektierten die Wände den bläulich-rötlichen Schimmer des Großbildschirms eines überdimensionalen Fernsehapparates am Fußende des Bettes. Für die passenden Klagegesänge sorgte ein ordentlich gekämmter Moderator, austauschbar, gesichtslos, der halblaut-monoton irgend etwas Schwachsinniges daherbrabbelte.

Alles in allem eine gespenstische Atmosphäre.

Erst beim zweiten Hinsehen entdeckte Hans den Körper einer weiblichen Person, die ein Schatten ihrer selbst war.

»Brauchen Sie irgend etwas, Frau Bremer? Ich wollte mal kurz zum Einkaufen runter.«

»Nein danke, Schwester Erna. Ich bin okay«, hörten die Besucher ein schwaches Stimmchen.

74.

Der Koffer stand noch so, wie ihn Lachmeier abgestellt hatte, mitten im Hotelzimmer.

Er selbst lag ausgestreckt auf dem Doppelbett und schlief, als von draußen ein leises, aber kontinuierliches Summen wie von einer Türklingel an sein Ohr drang. Er schreckte hoch und sah bestürzt auf die Uhr: Mehr als eine Stunde war vergangen! Ihm war völlig unerklärlich, wie er in dieser stressigen Situation hatte einnicken können. Aber nach den anstrengenden letzten Tagen und dem unerbittlichen Druck von oben fühlte er sich völlig ausgebrannt.

Er schwang sich auf die Bettkante und versuchte, die Benommenheit abzuschütteln. Nachdem er sein zerknittertes, blaues Jackett glattgestrichen hatte und in die schwarzen Lederschuhe geschlüpft war, zog er seinen Koffer zu sich heran, drehte am Zahlenschloß und ließ den Deckel aufspringen. Das Gepäckstück war fast leer, nur ein Revolver steckte im Seitenfach. Er prüfte das Magazin auf Vollständigkeit und ließ das kalte Eisen in die rechte Jackentasche gleiten. Wieder hörte er auf dem Flur Geräusche. Auf leisen Sohlen schlich er zur Zimmertür und spähte durch den Spion.

Er konnte beobachten, wie drüben auf der anderen Seite ein kleiner, dunkelhäutiger Mann mit Baseballmütze unsanft auf den Gang geschubst wurde. Kurz darauf flog eine feuerrote Plastiktasche hinterher. Krachend wurde die Tür mit der Nummer 314 zugeworfen.

Erst als auf dem Flur absolute Stille herrschte, wagte sich der Mann, der sich Lachmeier nannte, nach draußen. Lautlos zog er die Tür hinter sich zu und stellte seinen Koffer vor dem schräg gegenüberliegenden Zimmer 316 ab. Mit wenigen, gekonnten Handgriffen hatte er das Schloß geöffnet und betrat den Raum.

75.

Auf dem Monitor war deutlich zu erkennen, wie ein Mann in einem blauem Jackett seinen Koffer auf das Bett warf und den Deckel zurückklappte. Er sammelte fieberhaft mit beiden Händen die ringsum verstreuten Papiere und Zettel zusammen, ohne einen Blick auf deren Inhalt zu verschwenden. Er war offensichtlich sehr in Eile.

Von diesem hektischen Treiben hinter ihrem Rücken bekamen die beiden Männer, die sich mit Pizzaecken vollstopften und dabei gebannt den Pornodarstellern bei der Arbeit zuschauten, nichts mit.

»Dieser kleine Scheißer wollte gar nicht wieder gehen.«

Der andere Polizist mußte erst einen übergroßen Brokken im Mund zerkleinern, ehe er antworten konnte: »Mir ging der Typ zwar auch auf den Senkel, aber du hättest ihn nicht so unsanft anfassen sollen. Nachher bekommen wir Ärger.«

»Ärger? Mit wem? Mach dir bloß nicht ins Hemd. Erstens gibt es keine Zeugen, und zweitens hat der Kanake viel zuviel Schiß vor Abschiebung. Der wird brav seine Schnauze halten, das verspreche ich dir.«

»Gott sei Dank haben wir neben unserem langweiligen Monitor einen vernünftigen Fernseher. Echt reizendes Programm.«

»Apropos! Ich glaube, ich muß mich gleich mal ins Badezimmer zurückziehen.« Mit breitem Grinsen machte der eine Mann eine eindeutige Handbewegung.

76.

»Erinnern Sie sich an uns, Frau Bremer?« begann Ulrike Bohlmann.

Die abgemagerte, bleiche Frau hob ihre knochige Hand und zeigte der Fernbedienung, wo der Fernseher stand. Das monotone Gebrabbel verstummte. »Aber natürlich erkenne ich Sie wieder. Ihr Kollege, Hauptkommissar Schmalenberg, hat damals den Inhalt meiner Konfektschale verputzt und sie anschließend als Aschenbecher mißbraucht.«

»Ich rauche nicht mehr, Frau Bremer«, entschuldigte sich Hans peinlich berührt. Diese Frau auf dem Krankenlager war keine Gegnerin mehr, die Lust auf ein Streitgespräch weckte.

»Heißt das, Ihre alte Leidenschaft für teure Pralinen ist ungebrochen? Drüben auf dem Fensterbrett stehen welche. Das Angebot gilt genauso für Sie, Frau Bohlmann.« Ihre Sprache war kraft-, aber nicht tonlos. Ihr Lachen zog die Umgebung wie früher in ihren Bann, auch wenn es nicht mehr so blitzend frech wirkte.

Unbeholfen war Hans verstummt. Sonst nie um eine passende Antwort verlegen, zog er sich jetzt hinter seine Kollegin zurück. Solche Situationen überforderten ihn.

Männer! dachte Ulrike abfällig und bemühte sich um den Gesprächsfluß. »Vielen Dank, Frau Bremer.« Ihr war nicht nach Naschen zumute. »Wir sind ziemlich im Streß, weil wir in einer schwierigen Mordsache ermitteln. Je mehr Fakten wir zusammentragen, um so unübersichtlicher wird die ganze Geschichte.«

»Und wie kann ich Ihnen dabei helfen?« Unüberhörbar der ironische Unterton eines Menschen, der der Arbeit von Polizei und Justiz nie viel Respekt entgegengebracht hatte.

»Sie kennen Dr. Martin Grundmann?«

»Ja, sicher. Wir waren mal sehr verliebt ineinander, bis – ja, bis wann eigentlich?« fragte Frau Bremer mehr sich selbst.

»Bis wir von der Kripo damals aufgekreuzt sind«, half ihr Ulrike.

»Richtig! Kurze Zeit später war unsere Beziehung beendet. Eigentlich schulden Sie mir eine Kleinigkeit dafür, daß Sie mein Glück so schändlich zerstört haben.«

Ulrike vermied es, näher auf die damaligen Ereignisse einzugehen. »Herr Grundmann ist entführt worden und befindet sich wahrscheinlich in akuter Lebensgefahr.«

»Oh Gott!«

»Wir haben den dringenden Verdacht, daß ein gewisser Dr. Schenk hinter der Sache steckt, ohne jedoch Genaueres zu wissen. Sagt Ihnen der Name Schenk irgendwas?«

Sybille Bremer richtete sich auf, in ihr bleiches Gesicht trat ein rötlicher Glanz. »Na klar!«

Sie trank aus einem Glas einige Schlucke Wasser, dennoch blieb ihre Stimme heiser und schwach. »Dieser Schenk hat mich vor einiger Zeit hier besucht und überredet, auf die monatliche Rente nach dem Tod meines Mannes zu verzichten und statt dessen einen einmaligen

Geldbetrag zu akzeptieren. Das ist ein ganz mieses Schwein, dieser Schenk.«

»Weshalb haben Sie sich auf dieses merkwürdige Geschäft eingelassen?« fragte die Kommissarin. »Hatten Sie das nötig? Sie sind doch eine wohlhabende Frau.«

Ulrike spürte in sich eine Veränderung im Umgang mit dieser Frau. Vergessen war im Angesicht des herannahenden Todes die Rivalität von früher und aller Groll gegen eine Repräsentantin dieser Gesellschaftsschicht, von der sie sich stets distanziert hatte, vergessen. Frau Bremer entpuppte sich als vielleicht ähnlich kämpferische Frau wie sie, wenn auch politisch auf der anderen Seite.

Sybille Bremer antwortete: »Schenk hat mir eiskalt vorgerechnet, um wieviel lukrativer es sein würde, eine einmalige Abfindung zu akzeptieren, anstatt mit meiner HIV-Infektion nur noch wenige Jahre, vielleicht nur Monate eine Rente zu beziehen. Ich Idiotin habe mich darauf eingelassen.«

»Woher wußte Dr. Schenk, daß Sie krank sind?«

»Da sagen Sie was! Das genau ist mir ein völliges Rätsel«, entgegnete sie mit leiser, dennoch energischer Stimme. »Ich hatte bis dahin nur heimlich, das heißt unter falschem Namen, einen Test machen lassen. Zu dem Zeitpunkt konnte Schenk gar nichts wissen. Es ging mir noch sehr gut. Krank bin ich erst später geworden.«

Betretenes Schweigen der Besucher.

»Sie sehen ja selbst, wie es jetzt um mich steht«, ergänzte Frau Bremer überflüssigerweise.

Ulrike wandte sich ihrem Kollegen zu und blickte ihm in die Augen. »Du denkst jetzt das gleiche wie ich, stimmt's?«

Hans nickte nur, ohne zu antworten.

»Wovon reden Sie?« mischte sich die Kranke ein. Sie wollte beteiligt werden.

»Entschuldigen Sie, aber in einem schwebenden Verfahren dürfen wir keinerlei Auskünfte geben«, gab Ulrike eine unterkühlte Standardantwort, mit der sie sich vor einer Erklärung drücken wollte.

»Was glauben Sie eigentlich, Frau Bohlmann! Meinen

Sie etwa, ich marschiere in meinem Zustand auf die Straße und posaune Ihre Ermittlungsergebnisse hinaus? Ich habe nicht mehr endlos Zeit.«

Das saß. Ulrike mußte schlucken und schämte sich. »Sehen Sie – Frau Bremer – Sie sind jetzt die siebte Person, der wir heute nachmittag einen Besuch abstatten. Die Bilanz ist erschreckend: ein Toter, außerdem mit Ihnen zwei – wenn ich so direkt sein darf?«

»Dürfen Sie.«

»Mit Ihnen drei schwerkranke Menschen. Dazu kommen eine Hepatitis-C- und eine HIV-Infektion.«

»Das ist ja furchtbar«, entfuhr es Sybille Bremer.

»Sie sagen es. «

»Dieser Schenk hinterläßt eine Spur des Grauens«, meldete sich Hans aus der Versenkung zurück. »Er sei beruflich sehr erfolgreich, heißt es. Was für ein makabrer Erfolg! – Wie kann dieser Kerl von den schrecklichen Krankheiten gewußt haben? Ganz sicher nicht aus den Rentengutachten.«

»Sondern nur dadurch, daß er selbst seine Finger im schmutzigen Spiel hatte«, dachte Frau Bremer seinen Gedanken laut zu Ende.

»Aber wie können wir das beweisen?« fragte Ulrike.

»Auf mich können Sie zählen«, erklärte Frau Bremer entschlossen. »Wenn sich diese unglaublichen Vermutungen bestätigen sollten, der schlagende Beweis aber fehlt, werde ich bei Gericht auch vor einem Meineid nicht zurückschrecken, um diesem Dreckschwein das Handwerk zu legen!«

77.

Nadine Grätner erreichte abgehetzt die Eingangshalle des *Dorint*-Hotels. Erleichtert stellte sie fest, daß sie noch fünf Minuten Zeit hatte bis zum Beginn ihrer Schicht. Sie hatte sich von ihrem Kollegen den geteilten Dienst aufschwatzen lassen, der ihre ganze Tagesplanung durcheinanderbrachte.

Statt für soviel Entgegenkommen dankbar zu sein, stürzte sich der wetgelfrisierte Empfangschef vom Dienst auf Nadine: »Das wird auch höchste Zeit, daß du kommst. Du weißt genau, daß ich einen wichtigen Termin habe.«

»Das darf ja wohl nicht wahr sein! Ich nehme dir den Dienst ab, laufe mir für dich die Hacken wund, und dann werde ich blöd angemacht? Du spinnst wohl!« schimpfte sie. »Deine Terminplanung kannst du demnächst ohne mich machen.«

Er tauschte das Jackett gegen einen Kaschmir-Pullover aus. »Mein Gott«, sein Kopf tauchte aus dem Halsausschnitt wieder auf, »daß ihr Frauen immer so empfindlich sein müßt!«

Achselzuckend überging sie seine Unverschämtheit. »Gibt's was Besonderes, irgendwelche Katastrophen?«

»Hatte alles im Griff.«

»Haben die Polizisten auf 314 sich mal gemeldet oder schon jemanden festgenommen?«

»Woher soll ich das wissen?«

»Klar, woher auch. Du hattest ja Dienst.« Sie beobachtete, wie ihr Kollege seine sieben Sachen in einer Sporttasche verstaute, aus der zwei Squash-Schläger ragten. »Vergiß nicht deine Schlafmütze.«

Funkelnde blaue Augenblitze durchbohrten ihr Herz. Sie überlebte. Ihr Blick fiel auf das leere Schlüsselfach 315. »Ist das Zimmer 315 etwa belegt?«

»Kann sein. Mir egal. Ich muß jetzt weg.«

»Hast du 314 angerufen und den Polizisten Bescheid gesagt?«

»Mmh.«

»Hast du, oder hast du nicht?«

»Hast du, oder hast du nicht?« äffte er sie nach. »Sind wir hier bei der Inquisition, oder was? So kannst du mit deinem Dackel reden, aber nicht mit mir!«

»Hast du, oder hast du nicht?« wiederholte Nadine hartnäckig. »Hier hing irgendwo der Zettel von Kommissar Schmalenberg.« Sie schaute sich suchend um. »Wo ist der übrigens?«

»Klar habe ich 314 angerufen, als nämlich vor etwa zwanzig Minuten ein Pizza-Fahrer kam, einer von der ganz finsteren Sorte. Wollte eine Pizza anliefern.«

»Ist bei uns verboten.«

»Eben. Da habe ich sofort Bescheid gesagt.«

»Und wegen der Belegung von Zimmer 315?«

»Völlig unverdächtig. Ich kenne mich mit Menschen aus. Ein frustrierter Ehemann, der Lust auf 'n gepfeffertes Video hat.«

Nadine schnappte sich sofort das Telefon.

78.

»Nun mal keine Panik, junge Frau«, dröhnte der bullig wirkende Polizist beruhigend in den Telefonhörer. »Wenn jemand unbedingt in Zimmer 315 übernachten will, muß das noch lange nicht heißen, daß – Scheiße!«

Ein kurzer Blick auf den Überwachungsmonitor hatte genügt, und es war vorbei mit der Ruhe: In Grundmanns Zimmer tat sich zwar weiterhin nichts, jedoch waren Blätter und Zettel verschwunden.

Eine ungesunde Röte überzog sein Gesicht. In der Rechten hielt er immer noch ein Stück Pizza. »Wir kommen sofort runter! Rufen Sie über 110 Verstärkung! Wenn der Typ bei Ihnen da unten aufkreuzen sollte, halten Sie ihn fest, egal wie!« Dann knallte er den Hörer auf die Gabel und schrie: »Mensch, Toni! Grundmanns Zimmer wurde ausgeräumt! Wir haben's verpaßt! Wir müssen hinterher!«

»Ich kann jetzt nicht«, kam die Antwort aus dem geschlossenen Badezimmer.

Der Pizzarest flog auf den Tisch. Fettige Finger griffen sich die Dienstwaffe vom Bett. Im nächsten Augenblick stand der Polizist auf dem menschenleeren Flur.

Hinter sich hörte er seinen Kollegen fluchen: »Verdammte Hacke! Warte auf mich!«

Der Beamte überlegte rasch: Zimmer 315 stürmen oder gleich runter zur Rezeption?

Nach kurzem Anlauf warf er sich mit voller Wucht gegen die Tür auf der gegenüberliegenden Seite. Krachend riß das furnierte Holz aus den Angeln. Schon rollte er ins Hotelzimmer 315, war blitzschnell wieder auf den Beinen, bereit zum Angriff. Ein knapper Check von Raum, Schrank, Bett und Bad folgte. – Niemand! Der Vogel war ausgeflogen. Sollte ihm der Typ entwischen, würde Schmalenberg zum Tier, schoß es ihm durch den Kopf. Als er auf den Flur zurückhetzte, sah er seinen Kollegen Toni zu den Aufzügen eilen.

»Wir treffen uns unten!« rief er ihm zu, stürzte ins Treppenhaus und raste die Stufen herunter. Keine dreißig Sekunden später erreichte er das leere Foyer. Er hatte keine Auswahl, so entschied er sich für den Mann, der gerade das *Dorint* durch die automatische Glastür verlassen hatte. Mit wutverzerrtem Gesicht, die Waffe fest gepackt, setzte der Kripobeamte zum finalen Spurt an.

Noch ehe der Herr im blauen Jackett begriffen hatte, was gespielt wurde, lag er am Boden, die Arme in ungesunder Stellung nach hinten verdreht.

»Sie sind verhaftet!« keuchte der Polizist außer Atem und ließ die Handschellen einrasten.

Nachdem der Überwältigte sich vom ersten Schrecken erholt hatte, gewann er seine Sprache wieder: »Was fällt Ihnen ein? Sind Sie von allen guten Geistern verlassen? Sie müssen mich verwechseln! Das wird für Sie ein böses Nachspiel haben. Lassen Sie mich augenblicklich los!«

Der Beamte scherte sich einen Dreck um die Proteste, setzte sich rittlings auf sein Opfer und begann, dessen Taschen zu durchsuchen. Die bohrenden Zweifel, ob er den Richtigen dingfest gemacht hatte, zerstreuten sich, als er den entsicherten Revolver fand.

»Lachmeier, Alfons«, zitierte er laut den Personalausweis. »Unser Freund stammt wohl aus Bayern, was?«

Inzwischen traf sein Kollege ein.

»Toni, schau mal nach, was dieser Knilch in seinem Koffer transportiert.« Er warf seinem Kumpel ein schweres Klappmesser zu. »Hatte dein Aufzug Verspätung, oder was war los?«

Toni warf ihm einen vernichtenden Blick zu. »Noch eine dumme Bemerkung, und ich streu dir Gift ins Essen!« Er ließ die Klinge aufspringen, hebelte mit zwei gekonnten Griffen die Zahlenschlösser auf und öffnete das Gepäckstück.

»Schon gut, Toni, beruhige dich!«

In diesem Moment erfaßte eine heftige Windbö den Kofferinhalt und wirbelte die vielen Blätter, Zettel und Notizen in den Hoteleingang.

»Gut gemacht, Jungs«, lobte Schmalenberg, als er und Ulrike Bohlmann eine halbe Stunde später im kleinen Konferenzraum des *Dorint*-Hotels eintrafen.

Nadine Grätner konnte sich ein abschätziges Grinsen nicht verkneifen.

»Das haben wir bei ihm gefunden«, erstattete der dienstältere Beamte Bericht und übergab die Brieftasche und den Revolver des Verhafteten. »Der Name Alfons Lachmeier ist falsch, wie wir inzwischen überprüft haben. Der Ausweis ist einem Bajuwaren vor anderthalb Jahren gestohlen worden.«

»Bingo!«

»Leider ist der Heini jetzt stumm wie ein Fisch. Zuerst hat er noch seinen Rechtsanwalt verlangt. Zahnsteins Aktenorder ist, soweit wir sehen konnten, vollständig.«

Hans stöberte in der Brieftasche und förderte einen Stapel Geldscheine zutage, zusammen mit einigen Familienfotos.

»Das sind über dreitausend Mark«, bemerkte Toni dienstbeflissen.

»Sind das Ihre beiden Töchter?« fragte Ulrike Bohlmann, die Hans über die Schulter geschaut hatte. »Das sind ja süße Dinger! Kein Wunder bei der hübschen Mutter.«

Der Mann, der sich Lachmeier nannte, schwieg weiter beharrlich.

Schmalenberg Gesicht verfinsterte sich. Er trat an den Stuhl heran, auf dem der Familienvater saß, und beugte sich dicht zu ihm hinunter, bis nur noch wenige Zentimeter beide Nasenspitzen trennten. »Das hier ist kein Spaß. Sie brauchen mir keine großen Erklärungen abzugeben. Wie Sie ja wohl mitbekommen haben, sitzen Sie ganz schön in der Klemme! – Nein? Sie sind anderer Meinung? – Dann werde ich Ihnen mal auf die Sprünge helfen: Nachdem dieser Aktenordner vor einer Woche entwendet worden ist, konnte nur ein einziger Mensch wissen, wo das Teil abgeblieben ist, nämlich der Dieb, sprich Dr. Martin Grundmann! – Nie gehört, was? Sie wären jetzt nicht hier, wenn Sie Grundmann nicht dazu gebracht hätten, Ihnen zu verraten, wo der Ordner zu finden ist. Bedauerlicherweise ist Grundmann seit Mittwoch vergangener Woche verschwunden. Niemand weiß, wo er steckt – außer Ihnen, Herr Lachmeier, oder wie immer Sie heißen mögen.« Nach diesem gefährlich sanften Intro brüllte Hans plötzlich, so laut er konnte: »Also, wo ist Grundmann?«

Hans wechselte wieder in den schnurrenden Tonfall: »Herr Lachmeier, für Sie kann ich nur hoffen, daß Grundmann noch am Leben ist, weil es für Polizistenmord in unserer Republik keine Gnade gibt.«

Schmalenberg registrierte ein unmerkliches Zucken in den Augen seines scheinbar gleichgültigen Gegenübers, ein positives Signal. »Sie haben mich ganz richtig verstanden. Wenn Sie glauben, Dr. Grundmann sei bloß ein kleiner, unbedeutender Arzt, sind Sie auf dem Holzweg. Der Job als Assistenzarzt war nur Tarnung, in Wirklichkeit ist er ein Bulle wie wir. Und wenn ihm was zustoßen sollte, sind Sie dran, kriegen Sie anderthalb Mal lebenslänglich.«

Ulrike übernahm: »Und kein Gericht und kein noch so teurer Rechtsanwalt wird Sie jemals wieder rausholen können! Möglicherweise war Ihnen der Ernst der Situation nicht ganz klar, Herr Lachmeier. Sie haben eine ausgesprochen sympathische Familie, mit der Sie nie wieder zusammensein werden, wenn Grundmann nicht lebend aus der Sache rauskommen sollte. Sie sollten uns auf der Stelle verraten, wo Sie Grundmann versteckt haben. Das ist Ihre einzige Chance.«

Hans legte seine Hand hinter sein Ohr. »Ich lausche! Grundmann geht es dreckig, das wissen wir, sonst hätte er nicht geredet. Wir haben nicht mehr viel Zeit. Also, wo ist er?«

Der Familienvater gab sich weiterhin unbeteiligt.

Schmalenberg richtete sich auf und wandte sich an die umstehenden Kollegen: »Würde es euch etwas ausmachen, uns für einen Moment allein zu lassen? Ich glaube, Herr Lachmeier und ich haben was unter vier Augen zu besprechen.« Demonstrativ krempelte er sich die Hemdsärmel hoch.

»Kommen Sie mir bitte nicht mit dieser lächerlichen Masche«, begann der Familienvater auf einmal zu reden. »Die Androhung von Gewalt macht auf mich nicht den geringsten Eindruck. Das, was Ihre Kollegin eben gesagt hat, leuchtet mir ein. Ich hänge sehr an meiner Familie und möchte sie nicht verlieren. Was für Garantien und Sicherheiten bekomme ich, wenn ich Ihnen helfe? Machen Sie mir ein faires Angebot!«

Ulrike und Hans mußten erst einmal die Kaltschnäuzigkeit verdauen, mit der dieser Mensch über das Leben von Grundmann verhandeln wollte.

Schließlich entgegnete Ulrike kühl: »Sie können auf mildernde Umstände hoffen, wenn Sie zur Aufklärung einer Straftat beitragen. Aber wenn Sie nicht bald mit der Sprache rausrücken, haben Sie auch diese Chance verspielt.«

79.

Vier Einsatzfahrzeuge der Polizei an jeder Seite riegelten diesen Abschnitt des Hansarings ab. Ein unbeleuchteter Rettungswagen mit Notarzt stand bereit. Zahlreiche Schaulustige versuchten die Absperrungen zu überwinden, um näher ans Geschehen heranzukommen. Die Neugier war groß, niemand wußte, was hier gespielt wurde. Auch den Medien wurde der Zutritt verweigert. Sie wurden auf die für den nächsten Morgen anberaumte

Pressekonferenz vertröstet. Die Einsatzleitung wollte vermeiden, daß die Verdächtigen durch reißerische Live-Reportagen der lokalen Radiosender gewarnt würden.

Bohlmann und Schmalenberg drückten sich mit dem Rücken gegen die Hauswand und beobachteten, wie die schwer bewaffneten Männer vom Einsatz-Kommando alle strategisch wichtigen Positionen in der Nähe des luxussanierten Jugendstilgebäudes der *SafeConduct* besetzten. Alle waren durch eine kugelsichere Weste geschützt, auch Hans und Ulrike, die nervös auf ihren Teil des Einsatzes warteten.

Zwischen ihnen machte sich der Familienvater Alfons Lachmeier ganz klein. Er war ebenfalls mit einer Weste bestückt worden, die ihm den Angstschweiß auf die Stirn trieb, statt ihn zu beruhigen. Nicht die Aussicht auf eine langjährige Haftstrafe war der Grund für seine Panik, sondern sein Wissen um die Kaltblütigkeit der Spezialabteilung seiner Firma. Nur der feste Glaube an die Wirksamkeit des Polizeischutzes für ihn als zukünftigen Kronzeugen flößte ihm die Kraft ein, nicht auf der Stelle zusammenzubrechen. Am liebsten hätte er sich nach seiner Aussage über die Machenschaften der *SafeConduct* in ein finsteres, dafür umso sichereres Verlies einsperren lassen.

Doch Bohlmann und Schmalenberg hatten ihn davon überzeugt, daß ohne seine detaillierten Kenntnisse der Räumlichkeiten vor Ort – insbesondere der Kellergewölbe – ein Überraschungsangriff kaum möglich wäre.

Dagegen war Schmalenbergs Teilnahme an dieser Operation bis zuletzt heftig umstritten gewesen und schließlich nur genehmigt worden, weil er versprach, sich mit seinem Gipsbein aus allem herauszuhalten und brav auf der Straße zu warten.

Unter den Bäumen auf dem Mittelstreifen hob jemand die Hand. Neben Ulrike flüsterte eine vermummte Gestalt: »Es geht gleich los. Ziehen Sie sich bitte die Masken über!«

Hans und Ulrike folgten der Anweisung. Ihre Proteste gegen diese, ihrer Meinung nach alberne Kostümierung waren mit dem Argument abgebügelt worden, daß helle Gesichter hervorragende Schießscheiben abgeben würden. Lachmeier schien dankbar, sich unter einer Wollmütze verkriechen zu dürfen.

Der vermummte SEK-Beamte sprach kein Wort, hob nur seine linke Hand, für alle Beteiligten gut sichtbar, und ließ von den fünf abgespreizten Fingern einen nach dem anderen zu einer Faust verschwinden.

Sechs Gestalten preschten vor, machten sich kurz an der Eingangstür zu schaffen und verschwanden anschließend im dunklen Hausflur.

Dreieinhalb Minuten später kam die Nachricht von oben, daß die Gruppe in die Zentrale der *SafeConduct* eingedrungen war. Eine knappe Minute darauf wurden die Räumlichkeiten als besetzt gemeldet. Vier Personen waren angetroffen und festgenommen worden.

Die vermummte Gestalt neben Ulrike und Hans hob erneut die Linke zum Zeichen für den Beginn der Phase zwei. Wieder krümmte sich ein ausgestreckter Finger nach dem anderen. Weitere sechs SEK-Männer huschten ins Haus, um am Eingang zum Keller in Stellung zu gehen. Als der Chef der Truppe neben Ulrike das Okay bekam, folgte sie ihm lautlos in den Hausflur, den durchgeschwitzten, verängstigten Lachmeier im Schlepptau. Hans wäre seinem schlechten Ruf untreu geworden, wenn er sich an die Abmachung gehalten hätte – er humpelte der Truppe hinterher.

Die Besetzung des vorderen Kellertraktes gestaltete sich als Kinderspiel. Im Halbdunkel der 40 Watt-Birnen war dieser Bereich, der allen Hausbewohnern zugänglich war, in Sekundenschnelle gesichert. Dann trafen sie auf eine massive Stahltür, die die hinteren zwei Drittel des Gewölbes hermetisch gegen unbefugtes Eindringen abschotten sollte und sich als harter Brocken entpuppte. Lachmeier hielt einen Versuch, das Schloß aufzubrechen, für aussichtslos.

Man entschied sich für ›Powerplay‹.

Nachdem zwei vermummte Overalls den Plastiksprengstoff am Türrahmen verankert hatten, zogen sich alle in die zuvor aufgebrochenen Kellerräume zu beiden Seiten des Flurs zurück. Spezialbrillen wurden aufgesetzt, Kopfhörer sollten die Trommelfelle schützen.

Wieder wurde aus abgespreizten Fingern allmählich eine Faust.

Die Explosion war gewaltig. Die schwere Stahlwand poppte zurück, kippte nach hinten und schlug donnernd auf den Betonboden.

In die Staubwolke hinein wurden zwei Blendgranaten abgefeuert.

Paarweise, in kurzen Abständen stürzten sich die SEK-Männer ins grelle Licht. Berstendes Holz, dumpfe Schläge, Schreie folgten. Schüsse fielen nicht.

Als sich allmählich der feine Zementstaub verzog und das Gleißen der Blendgranaten nachließ, konnten Ulrike und ihr gehbehinderter Partner das Resultat der Aktion sehen: Zwei Schergen der *SafeConduct*, einer von ihnen mit ausladender Stirnglatze, lagen am Boden, verschnürt und verpackt wie Postpakete. Eine Szene wie aus einem Werbefilm der Polizei.

Schmalenberg hinkte mühsam hinter Ulrike, dem Chef der SEK-Truppe und Lachmeier her. Zu allem Übel blieb er mit einer Gehstütze an der am Boden liegenden Stahltür hängen und fiel der Länge nach hin. Glücklicherweise hatten alle nur Augen für den erfolgreichen, unblutigen Einsatz, so daß sein peinliches Mißgeschick unbeobachtet blieb. Nachdem er sich aufgerappelt und den Staub von den Hosen geklopft hatte, traf er als letzter in dem freigesprengten Kellergewölbe ein.

Erst jetzt bemerkte der Einsatzleiter seinen Kollegen von der Kölner Kripo. »Herr Schmalenberg!« schnauzte er. »Sie haben doch versprochen, daß ...«

»Reg dich ab! Du kennst mich doch«, gab sich Hans trotz der brennenden Schmerzen supercool. »Wo ist Grundmann?«

Alfons Lachmeier deutete wortlos auf eine schwere Eisentür.

Riegel wurden zurückgeschoben, die Tür geöffnet. Hans und Ulrike wagten kaum zu atmen.

80.

Fünf Stockwerke über ihnen, in der Zentrale der *SafeConduct,* herrschte gespannte Ruhe. Im Angesicht der vermummten und schwer bewaffneten Gestalten wagten die vier mit Plastikriemen gefesselten Mitarbeiter der *SafeConduct* keinen Muckser. Sie waren froh, nicht mehr bäuchlings am Boden liegen zu müssen. Unter den wachsamen Augen zweier SEK-Beamten mit entsicherten Waffen durchsuchten zwei andere die überwältigten Personen. Die Ausweisdaten wurden zur Überprüfung per Funk an die Zentrale weitergegeben. Gegen niemanden lag etwas vor.

In die beklemmende Stille hinein wagte die Empfangssekretärin einen verhaltenen Protest: »Herr K-kanter, so sagen Sie doch was!«

Der Angesprochene, ein hagerer, gut gekleideter Herr mit einer feinen Oberlippennarbe, öffnete seinen schmalen Mund und räusperte sich. »Ich muß auf das Entschiedendste protestieren.« Die Kraft seiner Worte verblaßte durch die Monotonie und Sanftheit seiner Stimme. Als eine Reaktion ausblieb, wurde er mutiger, der Tonfall energischer: »Sie haben hier den Leiter der Firma *SafeConduct* vor sich, ich verlange von Ihnen eine Erklärung!«

Anhaltendes Schweigen.

»Dieser Einsatz wird für Sie böse Konsequenzen haben! Ich zähle einflußreiche Leute aus Politik und Wirtschaft zu meinen persönlichen Freunden. Die werden herausbekommen, wer hinter dieser blindwütigen Aktion steckt.« Schließlich drohte Kanter unverblümt: »Und ich werde Sie wiedererkennen, meine Herren! Sie können sich darauf verlassen, daß ich Sie trotz Ihrer vermummten Gesichter identifizieren werde!«

81.

Blut an den Wänden, Blut auf dem Boden, Blut an der verdreckten Kleidung des Menschen, der leblos auf einer schmalen Pritsche lag.

»Nein!« schrie Schmalenberg und humpelte an allen vorbei in die schmale Gefängniszelle. Weil er nicht schnell genug vorwärtskam, ließ er seine Gehstützen fallen und benutzte den Gips als Stiefel. Sein gebrochener Knöchel war ihm egal. Nachdem er seinem Freund flüchtig über das Haar gestrichen hatte, suchte er mit Zeige- und Mittelfinger am kaltschweißigen Hals die Schlagader.

Es dauerte eine Weile, bis er die schnelle Druckwelle fühlte, schwach zwar, aber es war ein Puls!

»Grundmann lebt«, flüsterte Hans erleichtert und brüllte im Kommandoton: »Wir brauchen den Notarzt!«

Der wartete bereits vor der Zellentür, zusammen mit zwei Rettungssanitätern.

»Komm, Hans.« Ulrike legte ihrem Kollegen die Hand auf die Schulter und zog ihn sanft vom Lager seines Freundes weg, um den Helfern Platz in diesem engen Loch zu machen. »Du kannst jetzt nichts mehr machen.«

Martin Grundmann war bewußtlos. Mit routinierten Griffen wurden seine Atemwege freigemacht. Der Notarzt spiegelte den Kehlkopf und schob vorsichtig einen Tubus in die Luftröhre.

Als der Sauerstoff angeschlossen worden war, wich die blaß-bläuliche Hautfarbe langsam einem zarten Rosa. Unterdessen hatte ein Sanitäter eine Infusion angelegt. In schneller Tropfenfolge lief ein Volumenersatzmittel in die Vene. Keine fünf Minuten später wurde Grundmann vorsichtig auf eine Trage gehievt und nach draußen geschoben.

»Wie sieht's denn aus?« fragte Ulrike.

»Noch kann ich nicht viel sagen«, wehrte der Mediziner ab. »Er atmet spontan, ist aber in einem sehr schlechten Allgemeinzustand, hat reichlich Blut verloren, wie man sehen kann. Dadurch ist sein Kreislauf zentralisiert.«

»Was heißt das?«

»Durch den hohen Flüssigkeitsverlust hat er einen Schock. Das ist eine sehr ernste Sache. Wer weiß, ob seine Nieren noch arbeiten. Gebrochen scheint nichts zu sein, außer dem Nasenbein, aber das ist halb so schlimm, na ja, und die Zähne. Ein Glück nur, daß wir ihn heute gefunden haben. Die kommende Nacht hätte er nicht überlebt. So, und jetzt entschuldigen Sie mich bitte.«

»Wohin bringen Sie ihn?« erkundigte sich Schmalenberg.

»Ins St. Josef-Krankenhaus«, antwortete der Arzt.

»Ins Josefs?« wunderte sich Hans und wollte schon widersprechen.

»Das ist das nächste. Die Intensivstation ist dort sehr gut, besonders seit die Chirurgie unter neuer Leitung steht.«

82.

Bohlmann und Schmalenberg warteten nicht lange auf eine Einladung, sondern nahmen gleich Platz in der kleinen Sitzgruppe am Fenster.

Obwohl die Nacht nur kurz gewesen war, hatte sich Hans mehr erholt als in den Nächten davor. Der schreckliche Druck war endlich verschwunden. Er fühlte sich fit und in Kampfeslaune: »Wir brauchen einen Durchsuchungsbefehl für die *SafeConduct*! Das wird aber nicht reichen. Wir werden die Geschäftspapiere und Akten beschlagnahmen müssen!«

»Bleiben Sie auf dem Teppich, Herr Schmalenberg.« Aufgebracht dämpfte Dienststellenleiter Streck wieder mal den Tatendrang seines Untergebenen. Bevor er weitersprach, ließ er sich erschöpft in den Scheibtischsessel fallen, öffnete wie so oft demonstrativ den obersten Kragenknopf und zog den Krawattenknoten auf. »Was Sie mir immer zumuten, Herr Schmalenberg, und Sie, Frau

Bohlmann, sind auch kein Deut besser als Ihr Kollege! Sie werden mich noch beide ins Grab bringen.« Nachdem er ein paar hastige Atemzüge gemacht hatte, blaßte sein hochrotes Gesicht allmählich ab. »Das kommt überhaupt nicht in Frage! Das ist eine seriöse Firma, die mit allen großen Versicherungskonzernen der Bundesrepublik zusammenarbeitet.«

»Die Staatsanwaltschaft hat auf unser Betreiben hin die Geschäftsräume der *SafeConduct* schon versiegeln lassen.«

»Sie sind wohl nicht recht bei Trost! Machen Sie das augenblicklich wieder rückgängig!« geriet Streck kurzzeitig außer Kontrolle. »Ich fahre ein verlängertes Wochenende weg, und Sie bringen gleich unsere ganze Abteilung in Verruf.«

Mit geschlossenen Augen versuchte er, ruhig und gleichmäßig zu atmen. »Gut – die Befreiung von Dr. Grundmann war eine gelungene Aktion. Darauf dürfen Sie beide stolz sein. Ich werde Sie bei der anstehenden Pressekonferenz namentlich erwähnen.«

Hans schnitt eine Grimasse und streckte ihm die Zunge raus. Ulrike mußte grinsen. Diese Auszeichnung war beiden schnuppe.

Dann schlug der Chef seine Augen auf und fuhr fort: »Aber nur, weil Herr Dr. Grundmann zufällig im Keller der *SafeConduct* festgehalten worden ist, haben wir noch lange keinen Grund, an der Integrität dieser Firma zu zweifeln. Ich kenne den Geschäftsführer, Herrn Kanter, persönlich, schätze ihn sehr und verbürge mich für ihn!«

»Festhalten nennen Sie das? Diese brutale Mißhandlung?« empörte sich Ulrike. »Wir wissen nicht mal, ob Grundmann diese Folter überleben, geschweige denn, welche Folgen er davontragen wird!«

Dagegen blieb Hans ruhig, während er seinem Chef den ultimativen Schock versetzte: »Ihr Herr Kanter wurde gestern abend von uns verhaftet, zusammen mit den anderen Mitarbeitern, die wir bei der *SafeConduct* angetroffen haben.«

»Sie – Sie haben, was?« Sofort nahm Strecks Gesicht wieder die ungesunde, hochrote Farbe an. Sein Hals begann bedrohlich zu schwellen. Da half auch kein offener Kragenknopf mehr. Er schnappte nur noch wie ein Fisch.

Ulrike nutzte den günstigen Moment, in dem nicht gleich eine Unterbrechung durch einen cholerischen Wutausbruch drohte. »Wir haben den dringenden Verdacht, daß Kanter nicht nur von der Entführung Grundmanns gewußt, sondern diese sogar initiiert hat. Wir haben einen Zeugen.«

»Dieser hat uns bestätigt, was wir schon rausgefunden hatten, daß nämlich unser lieber Ex-und-jetzt-Hopp-Kollege Thomas Müller die beiden Ärzte Zahnstein und Gonzalez-Döricht auf dem Gewissen hat – im Auftrag der *SafeConduct* wohlgemerkt«, ergänzte Hans.

»Leider kennen wir noch nicht die Zusammenhänge. Bei den Motiven und Hintergründen für die Morde und die Entführung von Grundmann tappen wir im dunkeln. Die Bedeutung des ominösen Aktenordners, für den sogar Menschen umgebracht wurden, ist uns ein völliges Rätsel. Ein Mann namens Schenk scheint eine wichtige Rolle zu spielen.«

»Wir erhoffen uns von einer Hausdurchsuchung bei der *SafeConduct* mit Sichtung der Akten und Durchleuchtung der Geschäftsbeziehungen Antworten auf die offenen Fragen.«

»Und wir wollen vermeiden, daß der ehrenwerte Herr Kanter seinen Kopf aus der Schlinge zieht, indem er Beweise vernichtet und später den anderen die Schuld in die Schuhe schiebt. Diesem Schwein traue ich alles zu. – Herr Streck? Mein Gott, Hans, guck mal! Was ist denn mit dem Chef los?«

Schmalenberg zögerte nicht lange, sprang auf, hinkte zu Streck und schlug ihm mit seiner Faust einmal kräftig gegen das Brustbein, wie er das aus Erste-Hilfe-Kursen in grauer Vorzeit kannte.

Unterdessen hatte Ulrike die Tür zum Vorzimmer aufgerissen und brüllte: »Wir brauchen sofort einen Notarztwagen!«

83.

»Wir hätten nicht herkommen sollen«, stellte Ulrike fest. »Hast du gemerkt, wie feindlich uns die Kollegen begrüßt haben?«

»Ist mir nicht aufgefallen«, raunte Hans und bot ihr ein Kaugummi an.

Ulrike lehnte kopfschüttelnd ab. »Die geben uns bestimmt die Schuld am Zusammenbruch des Chefs.«

»Unsinn! Die glotzen nur deswegen so sauer, weil wir ihnen soviel Arbeit eingebrockt haben. An ihrer Stelle wäre ich auch nicht gerade fröhlich.«

»Meinst du, der arme Streck wird wieder?«

»Na klar, der Hund ist zäh!« Hans speichelte sein Gummi ein. »So heftig, wie der reagiert hat, würde ich mich nicht wundern, wenn sich herausstellen sollte, daß er auf der Gehaltsliste von Kanter steht.«

»Jetzt ist aber gut! Wir kennen Streck schon seit Jahren«, verteidigte Ulrike ihren Vorgesetzten. »Er mag vielleicht ein bißchen schwierig sein. Das ist aber noch lange kein Grund, ihn der Korruption zu bezichtigen. So 'n Verdacht äußert man auch nicht aus Spaß.«

Hans lenkte ab, als er merkte, daß mit seiner Kollegin über dieses heikle Thema nicht zu reden war. »Wie viele Kisten mögen das sein?«

»Dreißig, vielleicht vierzig«, antwortete sie mürrisch.

»Kein Wunder, daß die Jungs so stinkig sind. Wenn ich mir vorstelle, daß sie den ganzen Wust noch sichten und lesen müssen.«

»Hans! Verkneif dir dein Grinsen, sonst bringen sie uns um!«

»Und erst die Festplatte ...«

Diesmal war es Ulrike, die sich wegdrehen mußte, um mit ihrem Lachen nicht die Kollegen zu provozieren, die im Schweiße ihres Angesichts Kisten und Kästen aus dem modernisierten Altbau der *SafeConduct* herausschleppten und in den fünf Lieferwagen verstauten.

»Hätte uns der große Vorsitzende Kanter nicht mit seinen Verbindungen zur Prominenz aus Politik und Wirtschaft gedroht, wäre unsere Inventur mit Sicherheit etwas gnädiger ausgefallen.« Hans lehnte sich lässig gegen einen Baum auf dem begrünten Mittelstreifen des Hansarings und übersah dabei einen Haufen Hundescheiße. »Fahren wir danach ins Josefs und statten Martin einen Besuch ab?«

»Gute Idee.«

»Ich muß auch dringend meinen Gips loswerden. Der geht mir langsam auf die Nüsse.«

»Wonach lassen wir die Jungs da drüben eigentlich suchen?« fragte Ulrike.

Hans sah sie erstaunt an. Einmal mehr fiel ihm ihr hübsches, markantes Gesicht auf. Er wagte aber nicht, seinen Gedanken auszusprechen. »Keine Ahnung! Wenn unsere Leute nichts finden sollten, hat die Steuerfahndung was zu naschen. Was soll sein?«

»Ist es nicht schön, verbeamtet zu sein?«

84.

»Was klebt denn da an Ihrem Gips?« Schwester Erika aus der Ambulanz verzog angewidert ihr Gesicht.

»Hundescheiße! Deswegen und überhaupt möchte ich das verdammte Ding loswerden.«

»Da muß ich erst den Oberarzt fragen.«

»Bitte tun Sie mir das nicht an!« flehte Schmalenberg. »Ich kann nicht mit so einem stinkigen Teil durch die Gegend laufen.«

»Warum nicht? Wer's tragen kann?« Schon war sie verschwunden, kam aber fünf Minuten später mit Oberarzt Morgen zurück, der jetzt das Amt des kommissarischen Leiters der chirurgischen Abteilung bekleidete. Der Tod von Gonzalez-Döricht hatte im St. Josef-Krankenhaus nur die Atmosphäre, nicht die Grundsätze der Krankenversorgung verändert, da der wahre Boß schon immer Captain Morgen gewesen war. Hier im Haus war er die von allen geachtete, kompetente, graue Eminenz der schneidenden Zunft.

Es war ernüchternd, wie wenig Spuren jemand hinterläßt, der aus einem Arbeitsverhältnis scheidet, egal, ob durch Kündigung, Berentung oder Tod. Im Krankenhaus, wo täglich viele Menschen durchgeschleust werden, scheint dieses Vergessen besonders rasch vonstatten zu gehen. Das galt gerade für einen so verhaßten Mann wie Prof. Gonzalez-Döricht.

»Mein lieber Herr Schmalenberg«, begann Morgen seine Gardinenpredigt, »Ihr Gips sieht aus, als hätten Sie damit Fußball gespielt. Wir haben uns mit Ihrer Behandlung sehr viel Mühe gegeben, da kann man von Ihnen wohl etwas mehr Sorgfalt erwarten.«

Hans maulte kleinlaut: »Sie haben ja recht, Herr Doktor, aber bitte befreien Sie mich von diesem Monster.«

»Schwester Erika, walten Sie Ihres Amtes«, ordnete der Oberarzt an und war schon im Begriff, den Gipsraum wieder zu verlassen. »Und daß Sie mir auch weiterhin das Bein mit nicht mehr als 15 Kilogramm belasten, Herr Schmalenberg.«

»Eye, eye, Captain!«

Morgen drehte sich kurz um und schmunzelte. »Jetzt fangen Sie auch schon an.«

Vom schweren Gips befreit, machte sich Hans auf den Weg zur Intensivstation, wo Ulrike bereits an der Eingangstür auf ihn wartete. Sie wollte Grundmann nicht ohne ihren Kollegen besuchen.

Kurz nachdem sie geklingelt hatten, erschien ein Pfleger in hellblauer Schutzkleidung.

»Wir möchten zu Dr. Grundmann«, begann Ulrike.

»Sind Sie verwandt mit ihm?«

»Nein, aber gute Freunde.«

»Tut mir leid, dann darf ich Sie nicht reinlassen.«

Hans hielt ihm seinen Dienstausweis vor die Nase. »Rufen Sie bitte den diensthabenden Arzt. Wir sind nicht zum Vergnügen hier.«

Drei Minuten später traten sie, in weite Kittel gehüllt, an das Bett ihres Freundes.

Grundmann schlief. Ein dickes Gipspflaster klebte auf seiner Nase. Mit gesäubertem Gesicht und gekämmten Haaren sah er wieder ganz manierlich aus. Der Monitor zeigte eine rhythmisch gezackte Linie. Auf dem Nachttisch stand eine Schnabeltasse mit kaltem Tee. Wenn er schon wieder trinken konnte, schien es ihm nicht so schlecht zu gehen, kombinierte Hans als medizinischer Laie. Die blutige Flüssigkeit mit Geweberesten im Urinbeutel dämpfte allerdings seinen Optimismus.

»Die arme Socke«, flüsterte Ulrike. »Ich glaube, wir wecken ihn besser nicht.«

In diesem Moment klappten die Augenlider auf. »Ich schlafe nicht«, nuschelte Martin. Als er grinste, sahen die Kripobeamten, daß die vorderen Schneidezähne fehlten. »Ich kann leider nicht so gut sprechen. Wie sehe ich aus?«

»Blendend«, antwortete Hans und freute sich über das erste Lebenszeichen.

»Du warst schon immer ein beschissener Lügner«, murmelte Martin undeutlich. »Du mußt mal meinen Oberkörper sehen, der ist mit Brandflecken nur so übersät. Habt ihr mir ein Kölsch mitgebracht?«

Hans und Ulrike waren sprachlos. Sie hatten mit einem todkranken Mann gerechnet.

»Zu was seid ihr überhaupt nütze? Na gut, ihr habt mir das Leben gerettet. Aber ist das ein Grund, mir kein Bier mitzubringen?«

Eine Intensivschwester kam herein, um Blutdruck und Puls zu messen. »Herr Dr. Grundmann hat sich erstaunlich schnell erholt. Dabei ist er heute nacht nochmal ganz schön mit dem Kreislauf abgerauscht. Bleiben Sie bitte nicht zu lange, er braucht dringend Ruhe!«

»Natürlich, nur fünf Minuten«, versprach Ulrike der Schwester.

»Das könnte euch so passen, mich hier allein zurückzulassen«, beschwerte sich Martin. »Habt ihr eigentlich die Schweine erwischt?«

Ulrike nickte. »Deine beiden Folterknechte werden keinen Schaden mehr anrichten. Ein paar andere Vögel haben wir gleich mit eingebuchtet.«

»Einen von ihnen kann ich hundertprozentig identifizieren. Der hatte eine riesige Stirnglatze. Komisch, zuletzt trugen sie keine Masken mehr über dem Gesicht.«

»Da war dein Tod schon eingeplant, darum haben sie es mit ihrer Verkleidung nicht mehr so genaugenommen.«

»Oh Gott! Darüber hab ich gar nicht nachgedacht! – Wo habt ihr mich überhaupt gefunden? Ich habe nicht den leisesten Schimmer, wo ich war.«

»Ganz zentral, im Keller eines Altbaus am Hansaring. Die Firma, die die Räume nutzt, heißt *SafeConduct*.«

»Wie heißen die?«

»*SafeConduct*. Sagt dir der Name was?«

»Au!« stöhnte Martin, als er seinen Kopf schütteln wollte. »Keine Ahnung. Ich war hinter einem Dr. Schenk her, der bei der *Kölner Versicherung* arbeitet.«

»Wissen wir«, bestätigte Hans und erklärte ein wenig stolz: »Wir haben Zahnsteins Aktenordner im *Dorint*-Hotel gefunden und deine Notiz auf dem *Kölner Stadtanzeiger*. Du hattest dort Schenks Namen und die Telefonnummer der Berufsgenossenschaft notiert.«

»Alle Achtung! Ihr habt verdammt gut gearbeitet, das muß ich schon sagen. Hätte ich euch gar nicht zugetraut. Dann haben sich mein hartnäckiges Schweigen und die Qualen also gelohnt?«

»Wenn du früher geredet hättest, hätten wir dich nicht lebend gefunden«, stellte Ulrike nüchtern fest.

»Hast du eigentlich was über Schenk rausbekommen?« erkundigte sich Hans.

»Das ist kaum der Rede wert. Hoffentlich wißt ihr inzwischen mehr als ich. Er hat früher bei der Berufsgenossenschaft gearbeitet, bevor er zur *Kölner Versicherung* gewechselt ist. Er war wohl ziemlich erfolgreich.«

»Ist das alles?«

»Leider ja – und dafür das ganze Risiko. Da wäre ich fast draufgegangen für nichts und wieder nichts. Ich sage euch, die haben mir verdammt wehgetan. Es war so grauenvoll, das würde ich meinem ärgsten Feind nicht wünschen!«

Betretenes Schweigen der beiden Kommissare.

»Sie müssen dem Patienten jetzt aber Ruhe gönnen«, meldete sich Grundmanns Beschützerin.

Ohne zu protestieren, machten Hans und Ulrike Anstalten zu gehen.

»Wartet noch«, hielt Martin sie zurück. »Der Schlüssel zu allem liegt bei Schenk. Zahnstein war damals auch diesem Kerl auf der Spur. Wenig später war er tot. Genauso haben sie mich verschwinden lassen, nachdem ich mich an Schenks Fersen geheftet hatte. Das kann kein Zufall sein! Der Typ ist gefährlich! Ihr müßt rauskriegen, was der für eine Rolle spielt. Die chirurgische Chefsekretärin, Desiree Schmitz, kennt den Schenk von seinen Besuchen bei Gonzalez-Döricht. – Was für 'n Tag haben wir heute?«

»Dienstag.«

»Dann müßte sie noch auf der internistischen Privatstation liegen. Internisten trennen sich nicht so schnell von ihren Patienten. Besucht sie doch einfach und fragt sie nach Schenk!«

»Okay, Martin, machen wir«, versprach Ulrike. »Und jetzt ruh dich erst mal aus. Wir besuchen dich morgen wieder.«

»Wehe, ihr vergeßt das Kölsch«, drohte er nuschelnd.

85.

»Und wenn sie gerade schläft?« flüsterte Ulrike.

»Egal«, ermutigte sie Hans.

Nach kurzem Doppelklopf öffnete Ulrike vorsichtig die Tür zum Zimmer 16 auf der internistischen Privatstation.

»Nicht so zaghaft, junge Frau«, wurde sie von einer kräftigen Stimme begrüßt. »Treten Sie näher!«

Desiree Schmitz hatte sich prächtig erholt. Mit ihrem weißen Spitzenblüschen, der himmelblauen Stola und vor allem ihrer Körperfülle residierte sie im Bett wie einst Königin Viktoria. »Es freut mich, neue Gesichter zu sehen«, begann sie ihre Audienz.

»Mein Name ist Ulrike Bohlmann, und das ist mein Kollege Schmalenberg.«

»Sie sind sicher von der Kriminalpolizei.«

Ulrike lächelte. »Kompliment, ich bewundere Ihre Menschenkenntnis.«

»Wenn man solange als Chefsekretärin gearbeitet hat wie ich, entwickelt man ein Gespür für Menschen.« Sie zwinkerte verschmitzt. »Aber um ehrlich zu sein, habe ich Herrn Hauptkommissar Schmalenberg als Privatpatienten im Computer vom Chef gespeichert – ähm, vom früheren natürlich. Was kann ich für Sie tun? Sie sind wohl kaum hergekommen, um mir gute Besserung zu wünschen, oder? Bitte, nehmen Sie Platz!«

»Vielen Dank, aber wir müssen gleich weiter. Herr Dr. Grundmann hat uns an Sie verwiesen, weil Sie manchmal mit einem Herrn namens Schenk zu tun hatten.«

»Wenn Herr Dr. Grundmann Sie geschickt hat, dann müssen Sie die beiden Helden sein, die ihn befreit haben?« Desiree Schmitz bekam glänzende Augen. »Das ganze Krankenhaus spricht heute morgen von nichts anderem als der erfolgreichen Befreiungsaktion. Der Arme ist ja furchtbar zugerichtet worden. Man kann von Glück sagen, daß er mit dem Leben davongekommen ist. Haben Sie schon die Verbrecher?«

Ulrike nickte. »Die werden keinen Schaden mehr anrichten. Der Fall ist aber noch nicht abgeschlossen. Im Rahmen der Ermittlungen würden wir gern mehr über diesen Schenk erfahren.«

»Ich werde Ihnen selbstverständlich helfen, wo ich kann. Haben Sie ihn mal kennengelernt?«

»Nein, das kommt noch. Wir möchten nicht ganz unvorbereitet sein und etwas über seine Vorlieben, Gewohnheiten und Eigenarten erfahren. Warum hat er sich regelmäßig mit Professor Gonzalez-Döricht getroffen?«

»Setzen Sie keine zu hohen Erwartungen in mich. Viel kann ich Ihnen nicht sagen. Solche farblosen Menschen interessieren mich nicht. Ich bevorzuge Männer von ganz anderem Format.« Dazu hob sie die schwarzen Streifen, die ungefähr die Stellen markierten, an denen sich früher

Augenbrauen befunden hatten, und musterte Ulrikes schweigsamen Kollegen kritisch bis abschätzig. »Sagt Ihr Kollege eigentlich nichts?«

»Sie dürfen mich ruhig persönlich ansprechen, Frau Schmitz«, mokierte sich Hans. »Ich kümmere mich nur um die wirklich wichtigen Fragen im Leben.«

»Als da wären?« wollte Frau Schmitz wissen.

»Zum Beispiel, welches Parfüm Sie benutzen. Der ganze Raum ist erfüllt von diesem Duft.«

»Uralt Lavendel.«

»Lavendel! Hab ich's doch gewußt!«

»Ach! Sie interessieren sich für ätherische Öle?« Königin Viktoria blühte auf. »Ist Lavendel nicht wunderbar? Es verbreitet eine Atmosphäre von Reinheit und Frische. Es vertreibt böse Geister und schlechte Gedanken, hinterläßt ein Gefühl von Leichtigkeit für Seele und Körper.«

»Ich benutze Lavendel täglich.«

»Jetzt übertreiben Sie aber, Herr Hauptkommissar.«

»Als biologische Waffe gegen Motten.«

Die Chefsekretärin schluckte. Man sah ihr an, daß sie mit sich rang, ob sie die Audienz nicht augenblicklich beenden sollte. Sie zeigte Größe und fuhr fort: »Dr. Schenk war einer von den vielen merkwürdigen Bekannten unseres verblichenen Chefs. Er war kein Patient. Meines Wissens ist Herr Schenk ein hohes Tier bei der Berufsgenossenschaft. Aber nageln Sie mich bitte nicht fest.« Sie zauberte aus ihrem Dekolleté ein rosafarbenes Tüchlein und tupfte ihre Nase. »Ich vermute, daß Herr Dr. Schenk, er ist promoviert, nebenbei wissenschaftlich gearbeitet hat. Für mich ist er der klassische Typ eines Forschers: hager, asketisch, humorlos.«

»Wie kommen Sie darauf?« fragte Ulrike belustigt.

»Gonzalez-Döricht hat ihm regelmäßig Blutproben besorgt. Gewiß hat sich mein ehemaliger Chef damit einen Groschen dazuverdient, geldgierig wie er war. Aber das wissen Sie sicher längst.«

Hans und Ulrike schauten sich verdutzt an. »War das Blut von bestimmten Patienten?«

»Da müssen Sie schon die Privatassistenten fragen, die

das Blut abnehmen mußten, meistens von Junkies, HIV-Positiven oder Hepatitis-C-Patienten. Mit solchen Menschen hat sich nämlich der Chef nie persönlich abgegeben. Dafür war er sich zu schade.« Als Frau Schmitz die ungläubigen Gesichter sah, wurde sie unsicher. »Habe ich irgendwas Falsches gesagt? Keiner hat sich deswegen Gedanken gemacht.«

»Nein, nein, im Gegenteil. Das war sogar mehr als aufschlußreich und beantwortet uns endlich entscheidende Fragen!«

86.

Als Ulrike den Dienstwagen in die Goethestraße lenkte, begann es leicht zu nieseln. Sie parkte nicht direkt vor Schenks Anwesen, sondern zwei Grundstücke davor. »Dann wollen wir mal sehen, ob der Kerl so aussieht wie auf dem Betriebsfestfoto. Wie wär's, wenn wir ihn um einen aktuelleren Schnappschuß bitten würden?«

»Gute Idee«, fand Hans, »und falls er kein neues Bild von sich hat, verhaften wir ihn.«

»Das tun wir sowieso.«

»Vor kurzem warst du dir da noch nicht so sicher.«

»Aber wir haben eine Blanko-Aussage von Sybille Bremer. Sie wird uns alles unterschreiben, was wir diesem Knilch vorwerfen.«

Sie waren kaum ausgestiegen, als zwei Männer in der schwarzen Uniform eines privaten Sicherheitsdienstes auftauchten. »Was suchen Sie hier?« fauchte der Ältere der beiden. »Ohne triftigen Grund dürfen Sie hier nicht parken.«

Hans tauschte mit Ulrike einen kurzen Blick und grinste. »Hat sich der Kerl bei dir vorgestellt, Ulrike? Bei mir nicht.«

»Mit der Kostümierung gehen die Jungs in der nächsten Session als Dorf-Sheriffs.«

»Euch wird das Lachen gleich vergehen. Den Ausweis, aber 'n bißchen plötzlich!«

»Bei Ihnen piept's wohl!« antwortete Hans.

Ulrike schüttelte nur den Kopf, während sie den Wagen verriegelte. Plötzlich spürte Hans einen kräftigen Griff an seiner Windjacke. »Mach keine Zicken, Kleiner! Entweder wir sehen jetzt deinen Ausweis, oder es gibt was in die Fresse.« Der Schäferhund knurrte bedrohlich.

Schmalenbergs Mimik erstarrte zu Eis. Blitzschnell schlossen sich seine Hände zu Fäusten, Muskelpakete wurden bretthart.

Bohlmann trat einige Schritte zur Seite, um für alle Fälle das Auto nicht im Schußfeld zu haben. Aber Deeskalation war angesagt, die neue Strategie der NRW-Polizei. In ruhigem, schulmeisterlichem Ton erklärte sie: »Sie wissen sicherlich, daß Sie dazu kein Recht haben. Das hätten Sie nicht tun dürfen. Sie verstoßen damit gegen Paragraph 34 a Absatz 2 der Gewerbeordnung, der die ›Zuverlässigkeit‹ des Personals im privaten Sicherheitsgewerbe regelt. Im Prinzip sind wir tolerante Menschen und gönnen jedem seinen Arbeitsplatz ...«

»Quatsch nicht so 'n Stuß, Alte, sondern rück lieber deinen Ausweis raus!«

Ulrike ließ sich nicht beirren: »Na gut. Nach dieser intelligenten Aktion dürft ihr euch erstmal vom aktiven Berufsleben verabschieden und ins große Heer der Arbeitslosen einreihen. Schade eigentlich, aber eure Lizenz seid ihr los.« Sie schwenkte ihre Dienstmarke. »Habt ihr so 'n Ding schon mal gesehen? Sowas braucht man, wenn man Ausweise einkassieren will!«

Nachdem die stählerne Faust den Arm des Hauptkommissars freigegeben hatte, begutachtete Hans die Hinterlassenschaft: häßliche Falten im feinen Tuch. »Dürfte ich die Herren Ihrerseits um die Papiere bitten?«

Während er seine Jacke glattstrich, klagte er mit übertriebener Wehleidigkeit: »Ooooh! Ich glaube, er hat mir den Arm ausgekugelt. Ich weiß gar nicht, Ulrike, ob ich diensttauglich bin? Mir tut der Ellenbogen auf einmal so furchtbar weh. Ich kann ihn kaum bewegen.«

»Willst du dich einen Moment hinsetzen und ausruhen, Hans? Soll ich einen RTW rufen?«

»Danke, das ist lieb von dir. Es geht vielleicht ohne, wenn nur diese schrecklichen Schmerzen nicht wären.«

»Das mußt du unbedingt röntgen lassen«, ordinierte Ulrike.

»Ähm – entschuldigen Sie bitte, wenn ich mich einmische«, fand der kreideweiße Möchtegernsheriff seine Sprache wieder, »aber wir haben das nicht so gemeint, ehrlich! War nur Spaß!«

»Was für ein merkwürdiges Namensschild: *Dr. Schenk* und *Therese Schenk*. Mann und Frau?«

»Eher Mutter und Sohn, denke ich«, erwiderte Ulrike, als sie an der Eisenpforte klingelte. »Schenk ist nicht verheiratet!«

»Schwul?«

»Nur, weil er nicht verheiratet ist?«

»Wer ist da?« meldete sich eine junge Frauenstimme aus der Sprechanlage.

»Kripo Köln, Mordkommission! Kommissare Bohlmann und Schmalenberg hätten gern Dr. Schenk gesprochen.«

»Einen Moment, bitte«, wurden sie vertröstet.

Es dauerte geschlagene fünf Minuten, bis der Summer ertönte und die Metalltür zum Gelände der Schenks aufsprang. Zunehmende Ängste, das Merkmal der deutschen Bevölkerung in den 90er Jahren, präsentierten auch hier ihre Trophäen: hohe Gartenmauer, Bewegungsmelder und Hinweisschilder auf eine absolut sichere Alarmanlage gaben dem Anwesen Festungscharakter. In der geöffneten Haustür wartete die zur Stimme aus der Sprechanlage gehörige Frau. Mit ihrem schwarzen Kostüm, der spitzenbesetzten, blütenweißen Schürze und dem Häubchen auf dem hübschen Lockenkopf wirkte sie als Hausmädchen in der heutigen Zeit deplaziert, hatte eher was von der Bedienung in einer Konditorei mit überwiegend älterem Klientel.

Sie ignorierte die erstaunten Blicke der beiden Polizisten. »Die gnädige Frau erwartet Sie im grünen Salon.«

Neureich läßt grüßen, dachte Ulrike. »Wir möchten

aber nicht mit der Dame des Hauses sprechen, sondern mit Dr. Schenk.«

»Tut mir leid, ich habe meine Anweisungen«, bedauerte das Hausmädchen wenig aufrichtig.

»Hätten Sie die große Güte, uns in den grünen Salon zu führen?« ließ sich Hans auf dieses Spielchen ein. Seine Kompromißbereitschaft resultierte weniger aus dem Gefühl von Unsicherheit in einer fremden Umgebung – eine akustische Orientierungshilfe bot der voll aufgedrehte Fernseher – als mehr aus dem Wunsch, die junge Frau mal von hinten zu sehen.

»Bitte, folgen Sie mit!«

Schmalenberg hatte sich zuviel versprochen.

›Resi‹ saß vor dem Fernseher, der mit der Lautstärke eines alten Elektrolux-Staubsaugers lief, und schlief.

»Heute nacht kann sie wieder kein Auge zumachen«, klagte das Hausmädchen, rüttelte ihre Arbeitgeberin unsanft wach und schrie: »Die Herrschaften von der Polizei sind da!«

Mit einem kräftigen Seufzer beendete die Hausherrin ihr Nickerchen. Die alte Dame schob ihr verrutschtes Gebiß an die richtige Stelle. »Was wollen Sie?«

»Schmalenberg«, stellte sich Hans brüllend mit einer angedeuteten Verbeugung vor. »Entschuldigen Sie bitte die Störung, gnädige Frau.«

»Warum sollte ich die entschuldigen?«

Blöde Schnalle! Aber wenigstens machte sie die Kiste leiser. »Nicht Sie sind der Grund unseres Besuches. Wir würden gern Ihren Sohn sprechen.« Hans fühlte sich wie Horst Tappert beim Aufsagen seiner hölzernen Drehbuch-Texte.

Die Alte wurde garstig: »Den Weg hätten Sie sich sparen können! Schon am Telefon hätte ich Ihnen sagen können, daß mein Sohn nicht zu sprechen ist. Lassen Sie sich von seiner Sekretärin einen Termin geben. Guten Tag!«

»Jetzt hören Sie mal zu!« Ulrike war mit ihrer Geduld am Ende. »Wir sind hier nicht zum Spaß. Wir sind hergekommen, um Ihren Sohn –« Weiter kam sie nicht, weil die alte Schenk ihren Sony wieder voll aufgedreht hatte.

Das Hausmädchen zuckte mit den Schultern. »Man muß sie zu nehmen wissen.«

»Bitte sagen Sie uns, wo wir Herrn Schenk finden können.«

Die Angestellte zögerte, ehe sie antwortete: »Sein Zimmer liegt am Ende des Flures. Aber bitte verraten Sie nicht, daß ich Ihnen das gesagt habe.«

Dort klopfte Hans an die Tür. Keine Antwort. Er drückte die vergoldete Klinke runter. Vor ihnen lag ein großes Zimmer mit einer breiten Fensterfront und einem separaten Zugang zum Garten. Sie betraten einen zweiten Wohntrakt.

»Herr Schenk? Sind Sie da?«

Der wuchtige Schreibtisch, ein paar Gemälde und die schwere Polstergarnitur mit einem in die Wand eingelassenen Fernseher verbreiteten eine Atmosphäre von teurer Geschmacklosigkeit. Keine Spur von Schenk.

Während Ulrike sich in vornehmer Zurückhaltung übte und den Raum näher in Augenschein nahm, öffnete Hans rechts von ihnen eine Tür und verschwand. »Das ist das Badezimmer!« war das letzte, was sie von ihm hörte.

Als sie fünf Minuten nichts von ihrem sonst so geschwätzigen Kollegen vernommen hatte, wurde sie unruhig. Sie folgte ihm in den Waschraum.

»Hans?« Sie bekam keine Antwort. Ihr Herz begann zu hämmern. Bohlmann war versucht, ihre Dienstwaffe zu ziehen. Aus dem Bad hinaus führte eine zweite Tür ins Schlafzimmer. Auch hier suchte sie ihren Kollegen vergeblich. Ihr Blick fiel auf das verwühlte Bett. Trotz der Tageszeit brannte die Nachttischlampe – seltsam!

»Hans?« Auf der gegenüberliegenden Seite stand die Tür zu einem Raum offen, der im Dunkeln lag. Dort mußte Schmalenberg sein. Einen anderen Ausgang gab es nicht. Jetzt zog Ulrike doch ihre Pistole aus dem Holster. Flink huschte sie über den weichen Teppichboden. Mit einem Sprung landete sie schließlich im Ankleidezimmer und zielte auf die Gestalt im Schummerlicht. Als sie Hans erkannte, riß sie augenblicklich ihre entsicherte Waffe hoch.

»Spinnst du? Wieso meldest du dich nicht, wenn ich dich rufe?« Wütend knipste sie das Licht an. »So passieren Unfälle! Ich sehe schon die Schlagzeile im *Express*: Polizistin erschießt Kollegen!«

»Hör auf zu meckern! Guck lieber, was ich hier vor mir habe.« Schmalenberg stand seelenruhig vor einem geöffneten Kleiderschrank und starrte hinein. »Das glaubst du nicht!«

Sie trat an seine Seite. Umgeben von Hemden und Anzügen saß ein verhuschtes Kerlchen auf einem grünen Lederkoffer. Sollte das etwa Dr. Schenk sein, der erfolgreiche Jurist und nebenberufliche Massenmörder?

»Ich wollte abwarten, wie lange er sich totstellt«, entschuldigte Hans sein riskantes Schweigen. »Er sitzt da wie ein Kind, das die Augen schließt und denkt, es sei unsichtbar.«

Ulrike war gleichermaßen fasziniert. »Herr Schenk?«

Plötzlich hob der Mann auf dem Koffer seinen Kopf und blickte hoch. »Sie können mir nichts beweisen!«

Eigentlich hatten die beiden Beamten viel bedächtiger vorgehen wollen, aber bitte, sie konnten auch anders.

»Sie sind verhaftet, Herr Schenk«, erklärte Ulrike mit kalter Stimme. »Sie haben infektiöses Material dazu benutzt, um die Gesundheit von Menschen zu ruinieren und sie erpreßbar zu machen.«

»Sie können mir nichts beweisen!« wiederholte die Fistelstimme stereotyp.

»Meinen Sie? Wir haben sogar eine Zeugin. Sie werden sich bestimmt an Sybille Bremer erinnern können. Durch Ihre schmutzigen Machenschaften hat sie jetzt Aids und ist schwerkrank. Wir haben ihr dieses Foto gezeigt.«

Hans hielt ihm das Betriebsfestfoto vor die Nase.

»Herr Dr. Schenk! Sie wurden einwandfrei identifiziert!« Angespannt, aber ohne ihr Gefühl zu zeigen, hoffte Ulrike auf eine verräterische Reaktion.

Als die ersten Tränen kullerten, wußten die Kommissare, daß sie ins Schwarze getroffen hatten.

87.

Aber welchen Part spielte die *SafeConduct* in diesem Krimi?

In den nächsten drei Tagen versuchten Bohlmann und Schmalenberg mehrfach und mit allen Tricks, die acht Kollegen von der ›Sonderkommission-*SafeConduct*‹ auszuhorchen, um etwas über den neuesten Erkenntnisstand zu erfahren. Vergeblich, sie bissen auf Granit. Der Leiter Stefan Söns, stur wie ein Panzer, verbat sich jegliche Einmischung. Für Hans und Ulrike war das nichts anderes als der primitive Rachefeldzug von Knötterköppen, die zu einer lästigen Strafarbeit verdonnert worden waren und nun um ihren Beamtenschlaf fürchteten.

Umso überraschender kam der Anruf, mit dem Hans und Ulrike zur ersten Bestandsaufnahme in die Räume bestellt wurden, die im Polizeipräsidium am Waidmarkt extra für diese Gruppe reserviert worden waren.

Auf dem Weg dorthin unterhielten sie sich über Schenk. Beide hatten im Laufe der Jahre schon manchen Bodensatz der Gesellschaft dingfest gemacht, dieser Fall aber übertraf an Menschenverachtung, Heimtücke und Bösartigkeit alles bislang erlebte. Nachdem sie in Schenks Haus infektöse Blutproben und Spritzensets gefunden hatten, waren auch die letzten Zweifel an seiner Schuld ausgeräumt.

»Trotz seines Geständnisses zeigt Schenk nicht das geringste Unrechtsbewußtsein«, sinnierte Ulrike, »im Gegenteil! Ich habe sogar den Eindruck, daß er sich ungerecht behandelt fühlt.«

Hans lachte bitter. »Der Typ ist hammerhart. Er hält sich wahrscheinlich für den selbstlosen Streiter gegen die parasitären Auswüchse unseres Sozialversicherungssystems.«

»Worin unterscheidet sich dieser Mensch eigentlich von einem Adolf Eichmann? Im Dritten Reich hätte Schenk sicher ein Betätigungsfeld gefunden und die Anerkennung bekommen, die ihm unsere Gesellschaft versagt.«

»Mich gruselt's bei dem Gedanken, wie viele potentielle Eichmanns und Mengeles unter uns leben und unerkannt –«

»Oder anerkannt!«

»... ihr Unwesen treiben«, beendete Hans seinen Gedanken und öffnete die Tür mit dem Schild: *Sonderkommission-SafeConduct*.

Berge von Kisten und Kästen standen überall herum. Auf den Tischen stapelten sich Aktenordner und Notizen. Wer um alles in der Welt sollte sich in diesem Wust von Papieren zurechtfinden, fragte sich Hans und erwartete grimmige Mienen.

Die acht Kollegen blickten auf und erhoben sich nacheinander behäbig von ihren Plätzen.

Söns begann als Erster zu applaudieren, zwei weitere Männer folgten seinem Beispiel, danach ein vierter. Zum Schluß klatschten alle munter in die Hände und genossen den Anblick der zwei völlig verunsicherten Kripokommissare.

Schmalenberg konnte nicht glauben, daß sie gemeint waren, und schaute nach, ob noch jemand hinter ihnen stand. Ulrike grinste verlegen wie ein kleines Mädchen.

Flucht nach vorn. »Wollt ihr uns vergackeiern, oder was?« raunzte Hans die Truppe an.

Anschwellender Applaus war die Antwort.

Auf Schmalenbergs Wangen zeigte sich ein rosa Schimmer, und es mußte schon knüppeldick kommen, um ihm die Schamesröte ins Gesicht zu treiben. Ulrike ging es nicht anders. Zwei Augenpaare wurden feucht vor Rührung.

Söns kam auf die beiden Kommissare zu und schüttelte ihnen herzlich die Hände. »Ein Riesencoup! Als wir verpflichtet wurden, die Unterlagen dieser zwielichtigen Firma zu sichten, waren wir nicht gerade enthusiastisch, um es milde auszudrücken. Am liebsten hätten wir Ihnen die Reifen zerstochen. Aber inzwischen hat sich das Dickicht gelichtet, und wir sind auf Unglaubliches gestoßen. So 'n Treffer landet man bestenfalls alle zehn Jahre. Da können wir uns allen und ganz besonders Ihnen nur gratulieren! Gott sei Dank, daß denen endlich jemand auf die Schliche gekommen ist.«

»Nun erzählen Sie schon!« forderte Hans neugierig.

In allen Ecken des Raumes rafften die Beamten ihre Unterlagen und Notizen zusammen, schnappten sich ihre Stühle und verteilten sie zu einer großen Runde. Einer nach dem anderen berichtete von den Ergebnissen der Recherchen.

»Die Geschichte der *SafeConduct* beginnt im Jahre 1970, als der kleine Versicherungsangestellte Kanter dem *Gerling-Konzern* den Rücken kehrte und seine eigene Privat-Detektei gründete. Die erhofften Großaufträge blieben aus, statt dessen mußten sich er und seine Mitarbeiter mit der Aufdeckung kleinerer Versicherungsbetrügereien begnügen. Erst in den 80er Jahren, als die großen Versicherungsgesellschaften erkannten, daß Privatfirmen viel effizienter und billiger arbeiteten als ihre eigenen Abteilungen, wuchs die *SafeConduct* zu einem überregionalen Unternehmen heran, allerdings mit immer wiederkehrenden Insolvenzen. Der Durchbruch zur umsatzstarken, mittelständischen Firma kam erst vor acht Jahren – durch die Beteiligung eines gewissen Dr. Schenk.«

»Wie bitte?« unterbrach Schmalenberg. Er und Ulrike trauten ihren Ohren nicht.

»Dr. Schenk hält mittlerweile 30 % der Geschäftsanteile.« Als der junge Beamte Schmalenberg durch die Zähne pfeifen hörte, fragte er nach: »Was ist daran so bemerkenswert?«

»Wir haben Schenk vor drei Tagen verhaftet«, erklärte Ulrike lapidar. »Wie kam es denn zu der Beteiligung?«

»Die genauen Umstände sind noch unklar. Es scheint aber nicht in erster Linie um Geld gegangen zu sein. Schenk hat nämlich nur eine lächerlich geringe Kapitaleinlage gezahlt. Vielleicht hat er sein Know-how aus dem Versicherungswesen ins Unternehmen eingebracht.«

Was mochte das wohl für ein Know-how sein, dachte Hans schaudernd, Schenk hatte damals noch bei der Berufsgenossenschaft und nicht bei der *Kölner Versicherung* gearbeitet.

»Wieso nahm die *SafeConduct* nach Schenks Beteiligung einen so rapiden Aufschwung?« wollte Ulrike wissen.

Diesmal meldete sich ein anderer Mitarbeiter der Sonderkommission zu Wort: »Die Kollegen von den Finanzbehörden waren so freundlich, uns bei der Beantwortung dieser Frage zu helfen. Trotzdem stehen wir mit unseren Ermittlungen erst am Anfang. Die Umsätze der *SafeConduct* kletterten in den letzten acht Jahren sprunghaft. Aber nicht etwa durch eine steigende Anzahl von Großaufträgen. Nein, die gab es nach wie vor nur spärlich. Es war die alltägliche Routinearbeit, die Aufdeckung kleinerer Versicherungsdelikte, die, und jetzt kommt es, um ein Vielfaches besser bezahlt wurde als früher.«

»Geradezu grotesk!« bekräftigte sein Partner. »Da wurden Honorare in fünfstelliger Höhe für Ermittlungen gezahlt, wo es beispielsweise um Betrügereien bei Reisegepäckversicherungen ging! Der Streitwert war kaum der Rede wert.«

»Darf ich bitte ausreden«, verlangte der Dienstältere pedantisch sein Rederecht zurück.

»Klar, entschuldige.«

»Die Bezahlung für banale Detektivarbeit und Observierungen überstieg häufig die Schadenssumme um mehrere Stellen vor dem Komma.«

»Welche Versicherung ist so bescheuert und zahlt freiwillig völlig überhöhte Honorare?« dachte Hans laut weiter.

»Genau das haben wir uns auch gefragt.«

»Ganz einfach! Da hat man systematisch Gewinne abgezweigt, die später unter den Beteiligten verteilt wurden«, vermutete Ulrike.

»Sowas mag es im Einzelfall geben«, mischte sich der Leiter der Sonderkommission ein. »Hier aber sind fast alle großen Versicherungsunternehmen Deutschlands beteiligt, vielleicht sogar öffentliche Rententräger.«

»Wollen Sie damit sagen, daß die Konzerne die Gelder für Leistungen ganz anderer Art gezahlt haben?«

»Sie haben's erfaßt, Herr Schmalenberg.«

»Wenn ich dazu was sagen darf?« ergriff ein schlaksiger Zweimetermensch das Wort.

»Bitte.«

»Wir haben gezielt nach Aktivitäten der *SafeConduct* gesucht, die außerhalb der Geschäftsidee liegen und nicht unmittelbar mit der Aufdeckung von Versicherungsbetrügereien zu tun haben. Über Mitarbeiterlisten haben wir herausgefunden, daß zahlreiche Schwestern und Pfleger in Altenheimen ganz Deutschlands sowie Beschäftigte von mobilen Pflegediensten und *Essen auf Rädern,* alle bekanntlich schlecht bezahlt, auf der Gehaltsliste der *SafeConduct* stehen.«

»Wieso das denn?«

»Eine Altenpflegerin, die wegen achtfachen Mordes an ihren Schutzbefohlenen zu einer langjährigen Haftstrafe verurteilt worden ist, wurde von einem Anwalt der *SafeConduct* verteidigt ...«

Schmalenberg wurde ungeduldig: »Machen Sie's nicht so spannend!«

»Wir sind weiterhin auf geheime Dossiers über observierte Personen gestoßen, die aus unterschiedlichsten Lebensbereichen, Berufsgruppen und Gesellschaftsschichten stammen, wohl aber eines gemeinsam haben: Sie waren in keinerlei Versicherungsbetrügereien verwickelt. Warum wurden Informationen über diese Menschen gesammelt, haben wir uns gefragt. Es gab eine zweite Gemeinsamkeit: Sie alle waren Bezieher von Dauerrenten, sei es aus Unfallversicherungen, Haftpflichtschäden, Todesfällen, Gliedertaxen und was weiß ich noch alles.«

»Oh Gott!« brach es aus Ulrike heraus.

»Sie sagen es«, bestätigte Söns.

»Haben Sie mit diesen Leuten Kontakt aufgenommen?«

Der lange, dünne und in seinen Bewegungen etwas ungeschickt wirkende Beamte nickte betroffen. »Ein Teil, insbesondere die alten Menschen, ist verstorben, für ihr soziales Umfeld mitunter völlig überraschend und unerwartet. Wir vermuten, daß dort nachgeholfen wurde.

Genaueres werden die Exhumierungen zeigen. Die Jüngeren sind überwiegend HIV-positiv oder haben eine Hepatitis C. Manche von ihnen sind bereits lebensgefährlich erkrankt.«

Betroffenes Schweigen. Harter Tobak für jeden in der Runde.

Hans rundete das Schreckensbild ab: »Wir haben Schenk vor drei Tagen verhaftet, weil er seinen ›Kunden‹ unbemerkt HIV- und Hepatitis-C-infiziertes Blut gespritzt hat. Bis gerade dachten wir, er sei ein durchgeknallter Einzeltäter. Offenbar war er der Erfinder dieser neuen Geschäftsidee.«

Betretene Stille erfüllte erneut den Kreis.

»Haben Sie eigentlich die Verhafteten mit Ihren Erkenntnissen konfrontiert?« fragte Ulrike dann.

»Unser Kronzeuge, nennen wir ihn Lachmeier, hat unsere Vermutungen größtenteils bestätigt. Die beiden Folterknechte beschuldigen sich gegenseitig und machen sicherlich bald entscheidende Fehler. Wir hoffen auf eine Aussage der Altenpflegerin. Nur der Geschäftsführer der *SafeConduct*, Kanter, schweigt beharrlich.«

»Und Sie haben sogar öffentliche Rententräger in Verdacht, an diesem gräßlichen Spiel beteiligt zu sein?« erkundigte sich Hans, sichtlich erschüttert.

»Herr Schmalenberg«, protestierte Söns eilig, aber wenig überzeugend, »diesbezüglich haben wir eigentlich keine Befürchtungen. Einen solchen Verdacht würde ich weit von mir weisen.«

»Das Euthanasie-Prinzip zur Kostendämpfung im Rentenwesen?«

»Sie gehen zu weit, Herr Schmalenberg!« wurde Söns scharf. »Seien Sie vorsichtig mit dem, was Sie sagen.«

Hans ließ sich nicht einschüchtern: »Um die Bevölkerung nicht zu verunsichern, muß natürlich strengstes Stillschweigen bewahrt werden. Eine Veröffentlichung solcher Spekulationen hätte verheerende Folgen für die Rentenkassen. Hinter jedem Tod eines Rentners würde Manipulation vermutet werden. Eine Katastrophe! Eine Flut von Klagen und Regreßansprüchen wäre die Folge.«

88.

Das erste, was Schmalenberg an diesem Morgen spürte, war sein Kopf. Viele kleine Bildhauer hämmerten lautlos gegen das Innere seiner Schädeldecke. Hätte er doch bloß vor dem Einschlafen prophylaktisch eine Tablette eingeworfen. Schuld war nur der verfluchte Qualm in den Kneipen, die paar Kölsch konnten es kaum gewesen sein. Seine Augen hielt er geschlossen, um kein Licht eindringen zu lassen, das womöglich die Arbeit der Steinmetze intensiviert hätte.

Das zweite, was er bemerkte, war ein weicher, warmer, runder Po an seiner Seite. Wow! War es also doch kein Traum gewesen.

Schmalenberg nahm Witterung auf und stellte mit Befriedigung fest, daß es Ulrikes Parfüm war, das ihm da in die Nase stieg. Jetzt mußte er doch einen Blick riskieren: Süß sah sie aus, wie sie sich ins Kopfkissen eingemummelt hatte und friedlich atmete. Ihr schlanker, stolzer Nacken, die vollendete Rundung ihrer Schulter und der muskulöse Rücken mit dieser glatten, seidigen Haut weckten seine Lebensgeister.

Leider schien das die Steinmetzarbeiten zu beschleunigen. Na ja, dann sind die Jungs eben früher fertig, tröstete er sich.

Warum hatte er auch soviel saufen müssen, ging er mit sich hart ins Gericht. Hätte er gewußt, daß sich die Nacht mit Ulrike so phänomenal entwickeln würde, hätte er natürlich auf ein paar Gläser verzichtet. In der Erinnerung an den gestrigen Abend hatte er sich außer dem Alkohol aber nichts vorzuwerfen. Er hatte sie nicht bedrängt. Sie war es, die noch auf einen Absacker hatte zu ihm heraufkommen wollen. Seine Wohnung war zufällig aufgeräumt gewesen und sein Bett gottlob frisch bezogen. Später hatte er sich sehr viel Zeit genommen, so daß sie beide was davon hatten. Demnach dürfte es gleich kein so böses Erwachen geben wie vor drei Jahren. Damals hatte Ulrike sogar vorübergehend die Versetzung in eine andere Dienststelle beantragt.

Zu gern hätte er diesen süßen Hintern nochmal berührt, riß sich aber zusammen und genoß die stillen Minuten mit ihr, neben diesem schönen Körper, und schlief wieder ein.

»Was macht dein Kopf?«

»Besser«, antwortete Hans und erhob sich vom Frühstückstisch. »Danke der Nachfrage. In meinem Oberhemd siehst du bezaubernd aus. Ist dir nicht zu kalt?«

»Im Gegenteil.«

Hans lächelte glücklich und schenkte ihr etwas Tee nach.

»Hans?« Ulrike wurde ernst. »Einen Vorwurf muß ich dir aber machen!«

Schmalenberg machte ängstliche Oh-je-was-kommt-jetzt-Augen.

»Warum hast du mir nie gesagt, was für ein toller Liebhaber du sein kannst!«

»Ähm – du hast mich nicht gefragt!«

89.

Die Station 7 war relativ ruhig. Die meisten Patienten hatten sich zu einem Mittagsschläfchen zurückgezogen, um ihren Verdauungstrakt in Ruhe arbeiten zu lassen.

In Schmalenbergs Kopf hatte es aufgehört zu hämmern, dafür war ihm jetzt flau im Magen. Dem Geruch nach zu urteilen, hatte es heute Zwiebeln gegeben.

Kaum hatten Bohlmann und er den Stationsflur betreten, wurden sie vom Zivildienstleistenden erkannt. »Ich werd verrückt, wenn das nicht Herr Schmalenberg ist! Tach, Frau Bohlmann!« Sonst unerschrocken und respektlos gegen jede Autorität, gab der Neunzehnjährige ehrfürchtig den beiden Kommissaren die Hand. »Die Zeitungen sind ja voll von Ihren Taten. Sonst können mir die Bullen gestohlen bleiben, aber bei Ihnen mache ich eine

Ausnahme.« Er lachte, machte auf dem Absatz kehrt und lief los. »Das muß ich gleich Schwester Franziska erzählen. Die redet seit Tagen von nichts anderem.«

»Warten Sie!« rief Hans ihm hinterher. »Das muß nicht heute sein.«

Zu spät, der Zivi war schon im Schwesternzimmer verschwunden und kam mit seiner Chefin im Schlepptau wieder heraus.

»Herr Hauptkommissar«, strahlte Franziska überglücklich. »Das wird aber auch Zeit, daß Sie sich mal blicken lassen! Wie geht's Ihrem Bein?«

Hans schaute auf seinen geschwollenen Knöchel. »Geht so. Wenn ich –«

»Am liebsten wollen wir alles aus erster Hand erfahren und nicht durch Zeitungen oder Nachrichten. Wozu hat man schließlich einen so berühmten Patienten wie Sie.«

Schmalenbergs empfindlicher Kopf meldete sich wieder. »Bitte, seien Sie uns nicht böse, Schwester Franziska, aber heute geht es wirklich nicht.«

»Oooh – tun Sie uns das nicht an, Herr Schmalenberg!«

»Wir sind schon am nächsten Fall, an einer ganz heißen Sache. Haben gerade mal Zeit, unsern Freund zu besuchen.«

»Na gut, Herr Kommissar«, zeigte Schwester Franziska schweren Herzens Verständnis, »aber eine Frage ...« Sie vergewisserte sich, daß niemand lauschte. »Geht's wieder um Mord?«

»Doppelmord«, flüsterte Ulrike konspirativ.

»Wie aufregend! In meinem zweiten Leben werde ich auch Kommissarin.«

»Wieso liegt Dr. Grundmann nicht auf der Privatstation?«

»Höre ich da etwa einen versteckten Vorwurf?« wurde Franziska streng. »Erstens gibt es auch hier Einbettzimmer, und zweitens geht es ihm nirgendwo besser als bei uns. So, und jetzt gehen Sie schnell zu ihm rein, damit Sie bald Ihre Ermittlungen wieder aufnehmen können.« Sanft schob sie ihre Helden vor Grundmanns Zimmertür und klopfte auch gleich noch an.

»Herein«, nuschelte es von drinnen.

Martin hatte sich gegenüber den ersten Tagen auf der Intensivstation sichtlich erholt. Aus den dunkelblauen Blutergüssen waren weniger schreckliche, grüngelblich schimmernde Flecken geworden. Die Brandwunden waren verschorft. Durch die Zahnlücke hatte sein Lachen etwas Rührendes.

»Gott sei Dank habt ihr mir keine Blumen mitgebracht. Hier sieht es aus wie bei Fleurops! Man kann kaum noch treten. Hockt euch.«

»Gut schaust du aus, du alter Sack«, freute sich Hans.

»Kaum hat man sich wieder einigermaßen bekrabbelt, wird man auch schon belogen. Habt ihr Kölsch mitgebracht?«

Ulrike strahlte und hielt eine Kühltasche hoch. »Sogar mit Kühlelementen! Ohne Bier hätten wir uns nicht hergetraut.«

»Verstau sie fix im Schrank, bevor Franzi kommt. Sie ist gnadenlos, wenn es um Bier und Zigaretten geht. – Was gibt's Neues?«

»Nichts, was du nicht schon aus der Presse weißt. Kanter und Schenk schweigen wie zwei Blindschleichen, dafür plaudert unser Kronzeuge umso munterer.«

»Es ist doch verrückt, was Zahnsteins Aktenordner alles ins Rollen brachte«, stellte Martin nuschelnd fest.

Ulrike nickte zustimmend. »Und das, obwohl darin nur langweilige Krankenhausinterna standen. Schenk wurde lediglich mit Namen erwähnt, über die *SafeConduct* gab's überhaupt nichts.«

»Schenks Paranoia war unser Glück«, ergänzte Hans.

»Hoppla, da spricht der Psychologe«, lachte Martin und zeigte seine Zahnlücke.

»Und Zahnsteins und Gonzalez-Dörichts Pech«, bedauerte Ulrike.

Aber Hans ließ sich nicht beirren. »Weil Schenk eine übersteigerte Angst vor dem Entdecktwerden hatte, wird er seinem Geschäftspartner Kanter den Floh ins Ohr gesetzt haben, in dem Aktenordner stünde belastendes Material über die *SafeConduct*.«

»Kann gut sein«, pflichtete ihm Ulrike bei. »Das wäre eine Erklärung für das brutale und unvorsichtige Vorgehen der *SafeConduct*, die sich sonst durch exzellentes, umsichtiges Management ausgezeichnet hat. Jetzt aber mal Schluß mit dem Schnee von gestern! Wir sollten uns endlich den positiven Dingen des Lebens widmen.«

»Ich habe heute abend ein leckeres Kölsch, was will ich mehr. Man wird bescheiden.«

»Aber Martin!« maßregelte Ulrike ihn wie einen Schuljungen. »Es muß doch in deinem Leben noch was anderes geben außer Saufen.«

»Da fällt mir nur ein – was ist mit Gudrun?«

»Sie ist seit heute wieder auf freiem Fuß. Laut Staatsanwaltschaft besteht keine Verdunkelungsgefahr.«

»Sie wird wegen der Erpressungsgeschichte mit einem ihrer dunkelblauen Augen davonkommen«, verriet Hans. »Man munkelt was von einer Bewährungsstrafe. Aber ich will nichts versprechen. Sie kommt dich außerdem gleich besuchen.«

Martin nahm spontan die Hand vor den Mund.

»Keine Angst. Sie weiß von deinem Mißgeschick und freut sich trotzdem. Ich möchte bloß wissen, was die Frauen immer an dir finden?« lästerte Hans. »Wahrscheinlich ist es dein Geld.« Er zog einen Briefumschlag aus seiner Jackentasche und reichte ihn seinem Freund.

Martin öffnete das Kuvert und bekam große Augen. »Ein Scheck über 30.000 Flocken? Ja, spinn ich denn?«

»Die Belohnung für deine Arbeit in Sachen ›Zahnstein-Mord‹.«

Doch schon verflog die kurze Freude. »Das Geld reicht gerade mal für neue Zähne.«

»Deine Eßzimmereinrichtung zahlt Kanter – aus der Portokasse.«

Martin blickte hoch und lächelte. »Ihr seid schon echte Freunde, auch wenn ich manchmal meine Zweifel hatte. Wenn es jetzt noch den großen Versicherungskonzernen an den Kragen geht, hat sich mein körperlicher Einsatz wirklich gelohnt.«

Bohlmann und Schmalenberg tauschten einen flüchtigen Blick und dachten vermutlich das gleiche: Die Versicherungen festzunageln war völlig illusorisch. Überhöhte Honorare für Bagatellen zu zahlen, schien unvernünftig, war aber keine Straftat. Gewiß würden Zahlungen an die *SafeConduct* als Verluste abgeschrieben werden. Und nicht nur das. Wenn die Konzerne einmal begriffen hatten, wie einfach und elegant man sich lästiger Zahlungsverpflichtungen entledigen konnte, würden sie sich eine neue *SafeConduct* suchen. – Rosige Aussichten für jetzige und zukünftige Rentenempfänger!

Aber was sollten sie Grundmann mit solchen Gedanken frustrieren, wo er gerade erst ins Reich der Lebenden zurückgekehrt war.

Krimis von Hartwig Liedtke

Tod auf Rezept

ISBN 3-89425-032-1 DM 14,80
Nominiert zum »Glauser« 1993

Der fußballgroße Tumor, den das Chirurgenteam aus der Bauchhöhle des Patienten schneidet, ist eine zuckende Masse aus Blut und Plasma. Bei einem Kollegen, der in die Dienste des Pharma-Konzerns TAMEGI eintrat, hat Dr. Martin Grundmann schon einmal Ähnliches gesehen. Schade, daß der neugierige Arzt Opfer typischer Großstadtkriminalität wird. Einbrecher und Verkehrsrowdies haben es auf ihn abgesehen.

»Liedtke kennt das Milieu: Was er erzählt, klingt zwar haarsträubend, aber wahr.«
(Sächsische Zeitung)
»Autor Hartwig Liedtke verschreibt den 'Tod auf Rezept'. Als Arzt kennt er sich bei den 'Göttern in Weiß' aus und läßt erstmal einen 3000-Liter-Bottich mit stinkender Brühe explodieren.« (BILD)

Klinisch tot

ISBN 3-89425-018-6 DM 14,80
4. Auflage

Dr. Thomas Bremer (35), ehrgeiziger Schwiegersohn des Chefarztes Prof. Eichstätt, stirbt bei einem Autounfall. Kommissarin Ulrike Bohlmann und ihre Kollegen Schmalenberg und Söns vom 1. Kommissariat der Kölner Kripo lernen bei ihren Ermittlungen die intrigenreiche Welt der Krankenhausärzte kennen, wo Streß und Konkurrenzkampf herrschen. Wer bei den "Halbgöttern in Weiß" nicht richtig funktioniert, ist vielleicht schon bald klinisch tot.

»Starker Tobak von einem, der sich nicht anpassen will«
(Kölner Stadt-Anzeiger)
»Ein spannender, gut erzählter Krimi mit witzigen Dialogen, der viele Interna aus dem Ärzte- und Klinikdschungel preisgibt.«
(Radio Leverkusen)

grafit

Krimis von Jacques Berndorf

Eifel-Blues

ISBN 3-89425-442-4 DM 16,80

Der erste Eifel-Krimi mit Siggi Baumeister

Drei Tote neben einem scharf bewachten Bundeswehrdepot in der Eifel: Verkehrsunfall? Eifersuchtstragödie? Spionageaffäre? Der Journalist Baumeister wird krankenhausreif geschlagen, aber das macht seine verbissene Wut nur noch größer.

Eifel-Gold

ISBN 3-89425-035-6 DM 16,80

Der zweite Eifel-Krimi mit Siggi Baumeister

Der größte Geldraub in der Geschichte der Republik passiert ausgerechnet in der Eifel. Wer steckt hinter dem perfekten Plan? Internationale Terroristen oder alte Stasi-Seilschaften? Ehrgeizige Ermittlungsbehörden behindern nicht nur Baumeister.

Eifel-Filz

ISBN 3-89425-048-8 DM 16,80

Der dritte Eifel-Krimi mit Siggi Baumeister

Auf Bahn 16 werden die Leichen eines jungen Paars gefunden. Die beiden Toten waren verheiratet, aber nicht miteinander. Das bizarre Mordwerkzeug: eine Armbrust. Das Motiv: Eifersucht? Spuren führen zu internationalen Finanzkreisen.

Eifel-Schnee

ISBN 3-89425-062-3 DM 16,80

Der vierte Eifel-Krimi mit Siggi Baumeister

In der Heiligen Nacht verbrennen Ole und Betty in einer Feldscheune. Das junge Paar war in jeder Disko der Eifel bekannt, immer gut drauf. - Ein Krimi über Sehnsüchte, Träume und Betäubungen junger Leute.

Eifel-Feuer

ISBN 3-89425-069-0 DM 16,80

Der fünfte Krimi mit Siggi Baumeister

Wer hat den General in seinem Landhaus getötet? Baumeister muß sich gegen die Attacken und Desinformationstricks aller Geheimdienste wehren, ehe er dem brisanten Geheimnis des Toten auf die Spur kommt.

Mordsgeschichten zu jedem Anlaß I

Der Mörder kennt die Satzung nicht
Vereins-Krimis
ISBN 3-89425-090-9 DM 15,80
Mit Geschichten von Ahrens, Ard, Diesmann, Ehlers, Karr & Wehner, Kehrer, Kley, Koch, Könemann, Koglin, Kruse, Lennkh, Rettig, Schmid, Weigle, Wolf, Zadrazil, Zinth

Der Mörder bläst die Kerzen aus
Geburtstags-Krimis
ISBN 3-89425-081-X DM 15,80
Mit Geschichten von A.B.S., Anderle, Ard, Balke, Beetz, Böhm, Büchner, Diesmann, Eik, Ginsberg, Illner, Karr & Wehner, Kneifl, Küsel, -ky, Pointner, Prochazka, Prokop, Schmid, Wolff, Zinth

Der Mörder zieht die Turnschuh an
Sport-Krimis
ISBN 3-89425-082-8 DM 15,80
Mit Geschichten von A.B.S., Ard, Bauer, Beetz, Benning, Diesmann, Ginsberg, Illner, Karr & Wehner, Kutak, -ky, Meyer, Neumann, Pfeiffer, Rabisch, Ross, Schmid, Wolff

Der Mörder packt die Rute aus
Weihnachts-Krimis
ISBN 3-89425-084-4 DM 15,80
Mit Geschichten von Ard, Diesmann, Eik, Erichsen, Flieger, Ingwersen, Karr & Wehner, Kneifl, Kristan, -ky, Lens, Meyer, Ostberg, Schiefelbusch, Schlüter, Schmid, Weickart, Wolf

Der Mörder würgt den Motor ab
Auto-Krimis
ISBN 3-89425-089-5 DM 15,80
Mit Geschichten von A.B.S., Ard, Diesmann, Erlach, Ingwersen, Karr & Wehner, Kastner, Kley, Kneifl, Koch, Koglin, -ky, Lennkh, Liedtke, Minz, Möckel, Pei, Schäl, Zadrazil

Mordsgeschichten zu jedem Anlaß II

Der Mörder schwänzt den Unterricht
Schul-Krimis
ISBN 3-89425-083-6 DM 15,80
Mit Geschichten von A.B.S., Anderle, Ard, Ehlers, Flieger, Junge, Koglin, Karr & Wehner, -ky, Meyer, Plonsky, Reyntjes, Schlüter, Schmid, Wolf, Wolff

Der Mörder bricht den Wanderstab
Urlaubs-Krimis
ISBN 3-89425-085-2 DM 14,80
Mit Geschichten von Ahrens, Anderle, Ard, Gilles, Karr & Wehner, Kley, Koch, Koglin, -ky, Lens, Liedtke, Meyer, Minz, Neumann, Plonsky, Ross, Schlüter, Schmid, Schuberth, Wolff, Zadrazil

Der Mörder kommt auf Krankenschein
Wartezimmer-Krimis
ISBN 3-89425-086-0 DM 15,80
Mit Geschichten von A.B.S., Ard, Diesmann, Ehlers, Gilles, Ginsberg, Karr & Wehner, Koch, Koglin, Kottmann, Kristan, -ky, Lennkh, Lens, Liedtke, Meyer, Ross, Sauer, Schlüter, Schmid, Wolf, Wolff, Zadrazil

Der Mörder kommt auf sanften Pfoten
Tier-Krimis
ISBN 3-89425-087-9 DM 15,80
Mit Geschichten von Anderle, Ard, Balke, Diesmann, Ehlers, Flieger, Gilles, Karr & Wehner, Kley, Kruse, Lennkh, Liedtke, Meyer, Minz, Ostberg, Sauer, Schmid, Schwarz, Vocke, Weigle, Wolf, Wolff, Zinth

Der Mörder bittet zum Diktat
Büro-Krimis
ISBN 3-89425-088-7 DM 15,80
Mit Geschichten von Ahrens, Ard, Cormann, Dettmar, Junge, Karr & Wehner, Koch, Koglin, Kruse, -ky, Lennkh, Lens, Liedtke, Minz, Pei, Rossié, Schmid, Wolf